中国当代文学十讲

张志忠　张桃洲　陈亚丽　著

广东高等教育出版社
Guangdong Higher Education Press
·广州·

图书在版编目（CIP）数据

中国当代文学十讲/张志忠，张桃洲，陈亚丽著. —广州：广东高等教育出版社，2022.3

ISBN 978-7-5361-7215-9

Ⅰ. ①中…　Ⅱ. ①张…②张…③陈…　Ⅲ. ①中国文学-当代文学-文学研究　Ⅳ. ①I206.7

中国版本图书馆CIP数据核字（2022）第017401号

中国当代文学十讲

ZHONGGUO DANGDAI WENXUE SHI JIANG

出版发行	广东高等教育出版社 社址：广州市天河区林和西横路 邮编：510500　营销电话：（020）87554152 http://www.gdgjs.com.cn
印　　刷	佛山市浩文彩色印刷有限公司
开　　本	787毫米×1 092毫米　1/16
印　　张	15.75
字　　数	242千
版　　次	2022年3月第1版
印　　次	2022年3月第1次印刷
定　　价	58.00元

目录

导 论◇

一、 中国当代文学的课程特征

（一）当代文学是活的，是具有参与感的文学

君是当代人，应知当代事。当代人说当代事，当代作家讲当下故事，更贴近现实，并有助于让我们的生命记忆更深刻。还有一点，因为它就在我们身边进行、展开。阅读是一种参与，评价也是一种参与，我们的研究会对当代文学的走向，以及它的发生、发展，起着我们的作用，这是当代文学课程很重要的一个特征。

比如，我们讲莫言的小说什么地方写得好、什么地方需要加以注意，他可能就在有意无意中听到了，留心了。现在，有一些作家声称“我从来不看批评家的文章，也从来不看别的中国作家的作品，我就自己写自己的东西”。这样的话是靠不住的，是撑门面的。他们白天不看，晚上会看，

他们当着人面前不看，独自一个人的时候会看。听一听别人怎么说自己，看一看别人说他们的这个作品什么地方好一点，什么地方差一点。然后，想一想哪些说得有道理，哪些是胡扯。兼听则明嘛。

我们也可以用自己的力量对当代文学进程产生影响。举个例子，莫言2012年获得诺贝尔文学奖，这是皆大欢喜的事情。但是在此之前，2011年8月，莫言的《蛙》一方面入选了中国作家协会第八届“茅盾文学奖”的备选名单，另一方面它又引起了很大的争议。大概从2000年开始，莫言的《檀香刑》《四十一炮》《生死疲劳》都参加过历届“茅盾文学奖”的评选活动，每一次呼声都很高，但是最后都是铩羽而归。这一次很幸运，经过一番折冲，《蛙》顺利地获得了“茅盾文学奖”，而且莫言当选了中国作家协会的副主席。后来，我们就说，假如2011年莫言没有获“茅盾文学奖”，2012年获“诺贝尔文学奖”的时候，中国文坛、中国作家协会将会处于一种什么样的尴尬地位？

这里说的仅仅是参与感之一，还有一种参与感是对新作家、新作品的及时跟进、及时评论。当年，我把20世纪80年代重要的作家作品几乎全都读过——那个时候没有太多数量的作品。我经常读一些有潜力、有发展前景的作家作品。当年的莫言也好，王安忆也好，他们都是青年作家，刚刚在文坛冒出来。那个年代，我一直在做文学追踪，一直在做青年作家的发现和追踪研究。今天，我们会觉得先锋作家马原很有影响，但要去找研究马原的文章，我可能是最早写研究马原文章的作者之一。在我之前，大概只有两篇或者是三篇文章。再比如莫言，我也是最早的研究者之一。我1990年出版的《莫言论》，是莫言研究的第一部专著。这是我们鼓励新人新作，以推动当代文学进程要做的参与方式之一。

许多年轻作家写出的新作品，它们带来了新的气象和风格，但这些并不是每个人都能接受的。它需要我们及时阐释和积极传播。比如，在我们的教材《中国当代文学作品导读》中，选用了莫言的《枯河》，有的同学说它怎么这样难读，因为它不是一个从头到尾故事线索很明确的作品。其实，不是作品难读，而是有的人的阅读界面太有限了，只读那些从头到尾顺顺溜溜、囫囵吞枣的作品，读那些看起来一目了然、不用思考就可以接受的语言太多之后，对于这样一些有写作方面的深刻追求——打破了时空界限，既写实又营造梦幻的作品会觉得不容易接受。你读屈原的《离骚》，难不难？你还是要跟着老师的讲解去努力了解它。学习当代文学，为什么就只愿意趋易避难，不愿意多下一点功夫呢？

（二）当代文学是有待于时间筛选和沉淀的文学

当代文学还有一个特征，它是有待于时间筛选和沉淀的文学。比如，被改编为电视连续剧的宫斗剧《芈月传》，这样的作品一直有人在阅读和观看，但是要让我来讲，这些作品的艺术价值是值得怀疑的。因为阅读当代文学时，要靠我们自己的鉴别力，靠我们自己的阅读和思考去探究其艺术价值。然而当下的网络文学，一部长篇小说几百万字，一个网络作家一天要写上万字，哪里有时间推敲和思考。

这样就导致当代文学有一个比较大的问题——热闹的东西太多了，但最后能够留下来的非常有限，有待于时间的筛选和沉淀。在这个筛选和沉淀过程中，我们也可以发挥一点作用。法国有位文学理论家蒂博代，写了一部很有名的著作《六说文学批评》，讲到当代文学创作和当代文学批评时，他说，文学决不能归结为只是若干部杰作，如果不是有成千上万很快就将淹没的无名作家的作品维持了一种文学生活，那就根本不会有文学。也就是说，不会有大作家、大作品。他说，批评也有两种。一种是经典的批评；一种是逐日的批评。经典的批评，涉及的是一个过去了的文学世界，其中筛选已经进行。逐日的批评，针对一个现实的世界，其中筛选尚未进行；它的功能在于感觉、理解、帮助形成现在，而不是立刻进行筛选，也不是去用过去的视角，筛选会自己进行的。[①]

---

① 阿尔贝·蒂博代：《六说文学批评》，赵坚译，郭宏安校，三联书店，1989，第9－10页。

（三）当代文学的过程性和经典化

和第二个问题相关的，就是当代文学的过程性和经典化。

若干年来，当代文学研究的一个重要话题，就是当代文学的经典化。从1949年中华人民共和国成立算起，当代文学已经过了70多年的发展。如果从新时期来讲，从1976年到今天，已经有40多年，有多少作品可以确认为当代文学经典呢？我们这个课程本身也是参与文坛其中的一种经典化，至少是选取了一些教师心目中认为可以流传下来的作品。如果要学习古代文学，不用把《全唐诗》都读完，读《唐诗三百首》或是各种各样的选本就够了——它的经典化已经完成，我们是研究经典，做经典的批评。研究当代文学，首先要鉴别和确认经典，确认它的价值。再有一点，当代文学反映现实生活，和现实生活密切呼应，它的现实感非常强。比如，莫言的《天堂蒜薹之歌》。他自己说，《红高粱》一举成名，非常轰动，非常有影响，他还想接着《红高粱》的路子写下去。但是就在1987年，山东苍山县发生了一件事：县政府动员农民种蒜薹，蒜薹大丰收后却没有销路，政府处置失当，最后发生了种蒜薹的农民和苍山县政府的冲突。受这件事情的影响，莫言在很短的时间内，写了一部长篇小说《天堂蒜薹之歌》，为农民申辩。这种现实感很强、针对性很强，有强烈情感的作品，它的艺术性何以确立呢？仍以莫言的作品为例，《天堂蒜薹之歌》一方面是对现实的呼应，丰收成灾——我们读现代文学时，老师都讲过叶圣陶的《多收了三五斗》、叶紫的《丰收》，还有茅盾的《春蚕》。但水稻的丰收、春蚕的丰收，不但没有给农民带来收益，反而因为丰收导致它们不值钱，卖不了好价钱。谷贱伤农，农民破产，并受到更大的盘剥。《天堂蒜薹之歌》在这一方面和这些作品是一脉相承的，它的独特之处在于它能够超越纪实性和情感性。莫言很聪明，发生在苍山县的这样一个事件，他说离我太远了，我不熟悉那边，我把它放到高密县，放到自己的家乡来写，化陌生为熟悉。他在作品中展现了乡村生活的各个方面，包括乡村农民的爱情，而且还专门设置了一个盲人张扣——乡土说唱艺术家，来说唱当下发生的事件，使它的内容充实起来。尽管《天堂蒜薹之歌》可能在莫言的作品里不是最优秀的，但是它在艺术性上是有相当保证的。

这就是当代文学和古代文学、现代文学有差异的地方。因为古代文学、现代文学都经过了沉淀，基本上经典已经确立，它的过程性不会展现出来，仅有现实性且艺术性较低的作品也已经被淘汰。这些方面是我们学习研究当代文学需要加以注意的。

（四）学习中的问题：读文学史、讲故事与读作品

强调一个我们学习中的问题，读文学史是一个层面，读了文学史后，能把作品讲出来是另一个层面。即使你没有读过作品，另一个同学读过了，他给你讲一讲，你也就知道了故事的梗概，知道了其中人物的来龙去脉，但这是远远不够的。这里我要强调一点，最基本的是读作品原文。不要求你把所有的作品都读过，但作品肯定读得越多越好。同时，不要求你对读过的作品都有深入的心得体会，但是学习当代文学，阅读当代文学作品，一定要有几个作家是你比较熟悉的。你能讲得出，并能够通过对这几个作家深入地学习，比较深入地阅读、反复地阅读，然后真正领略文学的奥妙所在，可以举一反三，推广开来。我们这个课程主要强调的是要阅读作品，我们的作业就是要大家阅读作品，考试也要求在考卷中尽可能表现出阅读过这个作品，表现出自己对这个作品有思考，不是背条条。考试也是展现自己学习这门课情况的一个机会，不一定就是为了拿分，即使说想把考试成绩提上去，那也要把阅读作品贯彻到底。不但要自己读过，而且在答卷中，要让老师一看就这知道这个学生是阅读过作品的，那个学生是背条条，答案是靠背出来的。

二、 参考书的推荐及学习方法

给大家介绍几种教学参考书，一本是《中国当代文学史》，是北京大

学教授洪子诚著。这本书不仅在中国很有影响，在许多国家也得到了认可，有各种语种的译本。它对于中国当代文学最初的十七年时期（1949—1966）的文学生产和管理机制有精当的分析。另一本是陈思和主编的《中国当代文学史教程》。陈思和主编的这部文学史注重文学作品的分析，主要讲有哪些重要的作家，哪些作家作品的思想性和艺术性两个方面都在水准线以上。他以自己的一种文学史理念，比如民间话语、潜在写作，以这样一些概念做支撑，做价值判断的标准。

我不知道我们的同学现在怎么读书，就我自己的体验来讲，读书面不要窄，不要只读一本书，要有两本教材放在一起对着读，这个教材讲莫言有什么特征，那个教材讲莫言有什么缺点。在对比中体会差异，顺着这些差异，延着这些问题去思考。读古代文学也是一样，袁行霈的教材读过了，有没有读过上海章培恒的教材？总之要做学问，就要有问题意识。我们做学年论文，做毕业论文，很重要的一点是要有问题意识。这是推荐参考书的目的。在几种教材中，通过对比得出大家共同认可的是哪些方面，有差异的是哪些方面，为什么会有差异，然后再来读作品，按照这样的思路学习。

三、 当代文学的起点与分期

这一部分是讲当代文学的起点、当代文学的历史脉络和分期。

（一）第一次文代会[①]和共和国文艺方针的确立

讲现代文学要讲到1949年的第一次文代会结束，讲当代文学也是从第一次文代会讲起。第一次文代会既是现代文学的一个结点，也是当代文学的一个起点。

---

① 1949年7月召开的中华全国文学艺术工作者代表大会。

当代文学的起点，现在也有另一种说法。比如，北京大学的陈晓明教授，他讲当代文学，把它上溯到1942年召开的延安文艺座谈会，毛泽东在这次会议上发表重要的讲话，就是收入《毛泽东选集》第4卷的《在延安文艺座谈会上的讲话》（简称为《讲话》）。从毛泽东发表《讲话》作为当代文学的起点，这也有它的合理性，因为当代文学的很多方面是沿着毛泽东《讲话》指引的路径向前发展的。我们按照常规，还是从第一次文代会讲起。

第一次文代会标志着当代文学的起点，这种标志不仅仅是说开了一个会议，而是因为这个会议建立了中国当代文学的生产机制。1949年7月2日至19日，全国文学艺术工作者汇聚北平举行了“中华全国文学艺术工作者代表大会”，北京当时还是叫北平，在北平举行。后来是因为有了第二次、第三次文代会，所以把它追认为第一次文代会。这个会议的参加者，既有来自解放区的文艺工作者，也有到1949年7月之际，解放战争当中新解放的原国统区的作家、艺术家。

这次会议的重要性——是组织化、体制化的建立，大会成立了“中华全国文学艺术工作者联合会”，简称“中国文联”，选举了郭沫若为主席，茅盾、周扬为副主席。

现代文学讲上海20世纪30年代前半期左联内部的斗争，会讲到周扬。周扬后来到了延安，当了鲁迅艺术文学院的院长。从1942年一直到1966年的二十多年的时间里，周扬基本上是作为毛泽东文艺思想的阐释者、执行者，在文艺界居于至高的位置。

在中国文联的体制下，成立了各种专业的协会，如“音乐家协会”“舞蹈家协会”等。1949年成立了“中华全国文学工作者协会”，茅盾为主席，到1953年改名为“中国作家协会”。

当时，中国文联、中国作协的组织系统都是从苏联学过来的，中国作协的作家有单位，国家发工资，生活有保障，安排医疗保健，国家把他们养起来让他们进行文艺创作。当年的苏联也好，东欧也好，都是如此，这是社会主义国家的一大特色。

第一次文代会的另一个重要性体现是周恩来总理在会上做的政治报

告，阐释毛泽东在延安文艺座谈会讲话中提出来的“文艺为工农兵服务”的方针，要求文艺工作者要写工农兵。文艺可以写工农兵，也可以写资产阶级、小资产阶级知识分子，但是主要的力量应该放在哪里，必须要弄清楚。否则，就不可能反映出这个伟大的时代，不可能反映出创造这个伟大时代的伟大劳动人民，主要力量是要表现工农兵，为工农兵服务。周恩来讲，第一次文代会是文艺队伍的大会师，老解放区、新解放区来的两部分文艺军队的会师，这是一个层面。另一个层面，是新文艺的工作者和赞成改造的旧文艺的文艺家代表的会师。所谓旧文艺代表是指演传统剧目的戏剧家，或者像张恨水这样的写通俗文学的小说家。再有一层，是在农村中、城市中、部队中的这三部分文艺队伍的会师。①

关于第一次文代会，关于新中国文艺方针的提出，这是一个很大的课题，研究者有很多，有一本专著就叫《全国第一次文代会与新中国文学体制的建构》②。我们没有那么多时间，不能讲得很细，但是还要讲几句，就是对新中国文艺方针的简评。一方面它表现工农兵，贯彻毛泽东提出来的表现“新的人物新的世界”，创作空间有了很大扩展，这可以从1942年说起。比如，有了《白毛女》《红色娘子军》这样一些表现底层女性反抗旧世界、争取个人解放和社会解放题材的作品。还有后来很多表现新中国建设者的作品，不管是焦裕禄，还是铁人王进喜，这样的题材都扩大了文艺的表现对象、生活的表现领域。另一方面它强化了解放区的文艺传统。我们讲到，五六十年代比较活跃的作家都是从解放区走出来的，像赵树理、孙犁、周立波、郭小川、贺敬之等，他们从1942年开始就接受毛泽东《讲话》的指导，有了长期的创作实践。另外，他们的政治身份也比较可靠，首先是一个革命者，先投身革命，后从事文学创作。而从国统区过来的人就会有些尴尬，政治身份、革命表现受到质疑。这是从两个方面来讲解放区文艺方向的扩展：一个是文艺方针，一个是文艺队伍。还有一方面就是

① 周恩来：《在中华全国文学艺术工作者代表大会上的政治报告》（1949年7月6日），载《周恩来选集》上卷，人民出版社，1980，第344－358页。

② 斯炎伟：《全国第一次文代会与新中国文学体制的建构》，人民文学出版社，2008。

20 世纪 50 年代到 60 年代的作品，是怎么处理表现工农兵、表现知识分子、表现小资产阶级的关系和潜在矛盾的。因为除了工农兵题材，作家自己比较熟悉且自己置身其中的知识分子题材如何处理成了一个难题。后面我们讲到《青春之歌》的时候，会稍微做一些展开。最后一个方面是理论的弹性和阐述者的话语权。当代文学，尤其是从新中国成立初十七年一直到“文化大革命”期间，对理论的阐释和理解一直是文艺发展当中的关键性问题。要维护理论的正确性、纯洁性，于是有很多的文化批判运动，这些批判运动很多时候又和宗派主义纠缠在一起。因为从本身来讲，文艺方针是一种语言的表述，但其实它的边界很模糊，有的时候会扩大一点，有的时候会缩小一点，在这种扩张和收缩之间就会造成很多的困惑，出现偏差，造成错误。这是我们反思第一次文代会确立的文艺方针时，应该注意到的几个方面。

（二）当代文学的历史分期

前面讲第一次文代会和文艺方针的确立，以及文艺生产体制的确立。现在讲当代文学的历史分期。

当代文学从 1949 年算起到当下的 70 多年，课下有的同学问我再过一百年，这个当代怎么叫？确实是让人犯难。20 世纪五六十年代出现当代文学这样一个范畴、一个概念，当时面对的是新中国成立初期十几年的工农业建设，那么到当下，当代文学已经走过 70 多年，它是现代文学长度的两倍多。现代文学 30 年，当代文学已超过 70 年，如果继续往前发展，时间还会更长，还叫当代吗？就像《中国现代文学三十年》所言，1919 年到 1949 年不仅是自然延伸的时间段落，同时也是具有鲜明的现代性的、区别于古代的文学。但是按照我们中国文学史写史的方式，恐怕就会逐渐变成中华民国文学史和中华人民共和国文学史，把现代、当代这样语焉不详的概念逐渐淘汰。

当代文学的历史分期，大体是如下这样分的。

从 1949 年中华人民共和国成立，各个方面展现出去旧布新、百废待兴的气象，到1966年“文化大革命”爆发，对于社会生活各个方面产生很大的冲击，这是第一个时段。“文化大革命”首先针对的就是文化，文学艺术首当其冲，遭受灭顶之灾。今天讲起来可能不可想象，一个国家，若干年里没有小说、没有电影，小说也一样，很多年没有新小说，所以1966年的标志性是很强的。

从1966年到1976年是第二个时段，叫“文革十年的文学”，它的集中体现就是革命样板戏。这里只讲分期，不讲具体内容，具体内容我们会在以后一个时段一个时段的讲授中还会讲。

1976年10月，粉碎“四人帮”后，中国进入了改革开放的新时期，也就是第三个阶段。从1976年10月到1992年邓小平的南方讲话，这是很大一个段落，一方面清算了历史的旧账，一方面也憧憬了美好的未来，在充满理想主义气息的社会氛围和文化语境中展开了新时期文学。

四、 第四次文代会和新时期文学

1976年10月，粉碎了“四人帮”后，国家的命运、个人的命运因此都发生了很大的变化。文艺界进入了一个新的历史时期。它有一个重要的标志——1979年的第四次文代会。

我们讲中国当代史会讲到，1976年10月之后，一方面是把江青等人抓了起来，全国人民大快人心。但是另一方面，又有过“两个凡是”的阶段。前面讲到的《纪要》，因为当年毛主席有批示，他还在里面加了很多自己的论述，以加强这个文件的批判力量，增加它的权威性，所以不能轻易否定。《纪要》说文艺界有一条又粗又长的文艺黑线专了我们的政，那“文化大革命”已经结束，现在应该怎样评价文艺界？对之前的结论不否定，很多相关的人物就不可能得到平反，很多作品也不可能被重新发表出来。因此，经过一段时间在思想方面的清理和思想方面的论争，到了中共十一届三中全会之后，文艺界召开第四次文代会，这是文艺界拨乱反正的标志。

在第四次文代会上有个特别的议程，阳翰笙作为文联的负责人专门主持，在开会时要为被林彪、“四人帮”迫害去世，以及身后遭受诬陷的作家艺术家们致哀。致哀的对象不但有名有姓，而且都是成就比较高的大作家和艺术家。我昨天一边做这个课件，一边一个一个数了一遍这个名单，共有 184 个人。我们看一下这些著名作家和诗人的名字。老舍、田汉、阿英（钱杏邨）、赵树理、柳青、周立波、何其芳、郑伯奇、杨朔、郭小川、闻捷、李广田、孟超等。

第四次文代会可谓继往开来。一方面它对历史进行新的评价，对“文化大革命”很多错误的判断进行了纠正，给大批的作家艺术家恢复了名誉。另一方面也对文艺方针政策有新的调整。邓小平在第四次文代会上代表中共中央致祝词，明确指出“艺术属于人民”，内容如下。

我们的文艺属于人民。我们的人民勤劳勇敢，坚韧不拔，有智慧，有理想，热爱祖国，热爱社会主义，顾大局，守纪律。几千年来，特别是五四运动以后的半个多世纪来，他们满怀信心，艰苦奋斗，排除一切阻力，一次又一次地写下了我国历史上光辉灿烂的篇章。任何强大的敌人都没有把他们压倒。任何严重的困难都没有把他们挡住。文艺创作必须充分表现我们人民的优秀品质，赞美人民在革命和建设中、在同各种敌人和各种困难的斗争中所取得的伟大胜利。①

同学们可能看不出这段话有什么特别，把它放在当时的语境中，它是对“文艺为工农兵服务”的拓展与修正，也是对从 20 世纪 60 年代初期文艺政策调整中产生的“两篇文章”所提出的，文艺要为最广大的人民群众服务的新提法。

在许多年里，我们的文艺强调的是它的阶级性，强调的是它的工农兵属性。工农兵一方面是人物的身份，另一方面被认为是在社会主义建设、无产阶级革命当中最先进、最优秀的群众。从阶级性到人民性的强调，显

---

① 邓小平：《在中国文学艺术工作者第四次代表大会上的祝词》（一九七九年十月三十日），载《邓小平文选》第二卷，人民出版社，1994，第 209 页。

然是一个大的转折。

再一个，20 世纪 80 年代，我们的文艺方针也进行了新的修正。很多年里，中国文艺界倡导的是文艺为工农兵服务，文艺为无产阶级政治服务。到 20 世纪 80 年代，强调文艺为社会主义服务，文艺为人民服务。社会主义这个内涵就比政治的内涵大了很多，人民也比工农兵内涵大了很多。文艺方针政策进行了相应的修正，而且一直延续到当下。

总结一下，这一段头绪较多，归结起来就是说共和国进程当中文艺界的一些重要事件，讲到了 9 个重要事件。当代中国社会，政治与文化之间的关系非常紧密，每一个大的政策决定着许多人的命运，每一个大的政策决定一个领域的发展繁荣还是凋敝。说到中国古代文学史，很少会讲到什么重要的政治事件影响了当时的文学艺术，直接制约了文学艺术。讲到唐代的时候，很多诗人或者作家可以把自己的诗歌、文章献给某一位朝廷要员。如果这位要员赏识他的诗文，那么他也可能会得到提拔，得到重用，继而走上仕途。比如，当时的谣谚——“生不用封万户侯，但愿一识韩荆州”，连那么自信的李白，都会写信向他做自我推荐。所以在那种以诗文见重的体制之下，对诗歌创作有积极的促进作用，但是这样的作用非常有限。你可以去权要那里投送你的诗文，你也可以自己进入茶坊酒肆，在歌楼舞女当中来宣传你的诗歌。但是在新中国，对文艺是一种全面的管理，各方面的支持与制约确实是空前的。文艺政策、文艺方针对于文艺兴衰的影响有它的独特性，也有它的重要性。

讲堂互动

学生：中华人民共和国成立之后的文学发展跟成立之后的文艺政策发展，它们之间有一种很密切的关系。这种感觉是非常明显的。我就想到从古代到现代以来，文艺和政治总是有一种很微妙的关系，如果政治上对文艺大力提倡，那么所提倡的文艺就会有一个很大的发展，所以说政治的决策对文艺发展是非常重要的。但是这里就出现了一个问题，文艺真正的独立性和它的文艺性之间的关系怎么处理？是要保持文艺自身的文学性、独立性，还是它要完全跟着政治走？如何处理这种关系？

教师：我觉得这个问题是很切中要害的，我们讲了几节课，其实中心就是这样一个话题。在现当代中国，政治的作用非常巨大，对于社会各个方面的影响都是空前的。从文艺的角度来讲，它的影响可能有以下两个方面。

第一，从十七年到“文化大革命”或者再往前一直到解放区文学、左翼文学，我们作家的政治意识非常之强。比如，丁玲经受过各种各样的批判，但是到 1980 年，她有一个重要的说法，说我首先是党员，其次才是作家——可见她的政治意识之强，这是一种类型。当然也有在政治允许的范围内，或者说在政治辖制顾及不到的层面，产生了所谓的地下写作。前面说在“文化大革命”时期，除了鲁迅之外其他作家作品没有再版、没有重印，不管是外国的还是中国的。但即使是在那个时期，出现了地下诗歌运动，也出现了一批非常优秀的小说。比如，靳凡的《公开的情书》、赵振开的《波动》。

还有另一种作家的选择与文学的特性有关，文学是一个不能定量分析，甚至也很难定性分析的现象。文学的话语空间很宽泛，而且我们现在对于主旋律的阐释也很宽泛。我一直在做莫言研究，他就说：“过去很多老作家会讲因为这个政策或者因为这个政治的限制，所以他们没有办法进行自由表达，所以他们没有写出最好的作品来。”莫言讲：“如果在当下的环境里，你就不能做这样的责任推卸，因为写出好作品的根源在于你自己。”当然，莫言也是一个在政治和文学之间处理得非常机智、非常有成就的作家。

第一讲◇
郭小川与十七年诗歌

一、 颂歌与战歌的时代——十七年诗歌概况

1. 十七年诗歌产生的时代背景

十七年诗歌通常被概括为颂歌与战歌的年代。所谓颂歌，即歌颂，赞颂；歌颂新时代、新气象、新生活。还有一个很重要的题材，歌颂领袖，歌颂党。战歌的情况更复杂一点，一方面是很多诗歌回忆战争年月，回忆当年的艰苦战斗；另一方面是新中国有大规模的工农业建设，要像打仗一样搞建设，战天斗地的战歌。还有就是国内阶级斗争和国际上“反帝反修”的战歌。

在 1949 年以前，中国的工业生产非常有限。中华人民共和国的建立结束了战争和动乱，进入一个全面建设发展的时期，石油工业、汽车工业、电力、钢铁、煤炭等领域都取得了长足的发展。在这个过程中产生了许多

诗歌作品。当年人们曾经雄心万丈地声称要征服大自然。今天看起来所谓征服大自然，一方面有它的积极意义，有它的英雄主义，另一方面也给自然带来了严重的破坏——这当然是事后的一种考察。当时来讲确实觉得人定胜天，人的力量非常伟大，歌颂征服自然的诗篇，歌颂克服工作中困难的诗篇为数甚广。

再一个题材内容是由于在20世纪60年代强调阶级斗争，于是有大量的诗篇抒发投身阶级斗争的豪情壮志。“阶级斗争”这个口号也不是20世纪60年代突然出现的，20世纪50年代，也在强调与各种各样的敌人做斗争。比如，批判胡风，诗人就会写诗表达要跟胡风这样暗藏的敌人做斗争，反右派认为右派是万恶的敌人，诗人也写诗表态，这样的诗歌也是十七年当中一个非常突出的部分。

2. 十七年诗歌的艺术特点

十七年诗歌，首先面对的是中国本土具有的从古到今的文学传统和诗歌传统。古代文学、古代诗歌这个传统不言而喻，从五四到20世纪40年代后期的现代新诗也存在各种各样的流派、各种各样的诗歌追求，并且创作了各种各样的诗歌体式。比如，以郭沫若、艾青为代表的自由体诗歌。从新月派的徐志摩、闻一多，一直到后来的臧克家，都在追求的格律体诗歌，被称为新格律体的诗歌——它和古代的律诗绝句有所区别，但是它有自身的规范，有一定的规律可循。朱自清主编《中国新文学大系》诗歌卷的时候，他提到在自由体、格律体之外，还有象征派，也讲到了李金发。20世纪40年代，又出现了民歌体。如果严格考证，民歌体从20世纪20年代起一直就有。五四时期的诗人就有模仿民歌、模仿乐府诗的创作出现。自20世纪40年代毛泽东的《讲话》之后，民歌体成为一个大的创作趋势。

解放区诗歌《王贵与李香香》就是民歌体诗歌最典型的代表。不知道你们读《王贵与李香香》有什么感觉，有什么内心的触动？我觉得民歌有它独特的表现力，我们不要觉得只有当下是最好的、只有我们喜欢的一些诗人才是最好的。《王贵与李香香》中有一些句子，非常精彩。文学作品就是观察它的艺术表现力在哪里。比如，这首诗里有两句诗“烟锅锅点灯半炕炕明”，“酒盅盅量米不嫌你哥哥穷”。诗句表现出来的穷的程度是非常形象的。家里连一盏灯都点不起，用小烟锅锅来点灯，这样的灯在家里面照不亮满屋，只是照见了炕上，炕上还是半炕炕明。“酒盅盅量米”说的是家里的米太少了，做饭的时候不能用碗去舀，只能拿小酒盅舀米下锅。当然，也不要说这个酒盅盅舀米是诗人自己编造的或者是民间的夸张。过去民间的说法是，妇女坐月子时不能多吃粮食，于是拿小酒盅舀两三酒盅的小米给产妇熬一锅米汤喝催奶。这就是诗歌一方面来源于生活，另一方面这种“烟锅锅点灯”“酒盅盅量米”把一个家庭的贫困拮据非常形象地表现了出来。还不要忘了后半句“不嫌你哥哥穷”：现在有人讲宁愿坐在宝马车里哭，也不愿坐在自行车上笑。和这样的诗句比较起来，贫困当中的爱情更值得歌颂吧。“酒盅盅量米”可以写进诗里，但“我宁愿坐在宝马车里哭”如果要写在诗里，美感何在？

3. 十七年诗歌的表现主题

下面我们从诗歌的表现对象和表现内容来讲。

新的时代，诗歌的抒情空间得到了拓展，新的生活、新的工业建设都给诗人带来了很多灵感。于是，就出现了一批表现工业建设的诗人。

李季创作《王贵与李香香》这首诗时正在陕北。我看过李季的创作谈，在毛泽东的延安文艺座谈会讲话之后，文艺界有一个大规模的深入生活的运动。李季当年就到乡里去当文书。白天他在乡里办公，到晚上，青年男女会坐在村边、田野，在那里谈情说爱，唱信天游。他说他就躲在那个僻静的地方，树丛后面，偷偷地听他们唱歌，把他们的歌词记下来。刚才我们谈到，像《王贵与李香香》中大量的语言和句式都是从现实中来的，而且李季收集整理的信天游在“文化大革命”结束之后还专门出了一个版本。进入新中国，李季主动选择了石油工业领域作为自己的生活基地和创作题材，写出了《玉门诗抄》《石油之歌》等，被誉为“石油诗人”。除了李季以外，还有当时被称为“森林诗人”的傅仇，写《印刷工人之歌》的李学鳌，写《到远方去》等“建设者之歌”的邵燕祥等表现工业建设的优秀诗人。

再一个是古代与现代诗歌很少有写边疆少数民族风情的，小说倒是有许多这种体裁的作品。比如，沈从文写湘西的苗族土家族。20 世纪 50 年代以后出现了一批表现边疆少数民族风情的诗人。新时代讲民族平等，诗人们更是发现了少数民族生活的独特魅力，如闻捷、公刘、白桦。以贺敬之、郭小川为代表的政治抒情诗则是另一个新的品种。像军旅作家李瑛的表现军人生活的诗篇，还有我们教材上特别讲到创作表现海洋生活诗歌的蔡其矫。蔡其矫不仅仅是表现海洋生活，他也曾经在长江规划办做宣传工作，写当年长江的规划治理、长江的开发。

4. 十七年诗歌的艺术方向

与现代诗歌和古代诗歌相比，十七年诗歌存在各种制约。

它的表现空间也有减缩的一面。比如，对个人心灵世界的困惑、个人的爱情、个人对生活的探索或表达，这样题材的诗歌数量就很少。

接下来要谈到当代诗歌艺术道路的探索。毛泽东的旧体诗词写得非常出色、非常精彩，有独特的魅力。但毛泽东对新诗的评价并不高，他认为我们的诗歌应该朝古典加民歌——古典诗词加上现当代民歌两者相结合的方向引导。毛泽东在许多方面的召唤都催生出很多文艺成果，但是古典加民歌到了后来我们很难说谁的诗歌在这个方向上做出了巨大成就。倒是前面讲到的，对自由体诗歌的坚守有比较多的成就，蔡其矫的诗作可以作为一个重要代表。新格律体诗可以从闻捷、李瑛的诗歌看出它的基本轮廓，四行或者八行一节，基本上有协调的韵脚，也有比较整齐的建行。每一首诗的各句字数大体相近，读起来抑扬顿挫。民歌风的写作，我觉得主要还是信天游句式的。这在贺敬之的部分诗歌中表现得非常明显。比如，我们布置的阅读篇目里面就有《回延安》。还有新赋体诗，新赋体是指郭小川从汉赋铺张扬厉、连类取譬当中得到启示，以赋为诗创作的一系列诗歌。我们讲古代文学、讲诗歌、讲诗六义、讲赋比兴。毛泽东也强调诗歌要用比兴，说赋体直称其事比较直白，这样的方式不利于诗歌的含蓄和丰富，但是郭小川的新赋体成为一个独特的样式。

二、成名诗人的新探索

下面我们介绍一下从现代进入当代的几位重要诗人。

1. 久经风霜的礁石——艾青

艾青在20世纪50年代前半期的创作是比较活跃的。艾青本来是留法学美术的，但是在留法期间受法国现代主义诗人阿波利奈尔等人的影响。他回到上海后从事新美术运动，参加中国左翼美术家联盟的美术活动，后来被抓起来关进监狱。监狱里没法画画，但是可以写诗，于是就有了他的名篇《大堰河——我的保姆》，艾青也从此走上了诗歌创作的道路。

艾青20世纪40年代到延安也可以说得风气之先，对于解放区的社会生活、文化形态，他也曾有过小小的批评。但是在毛泽东延安文艺座谈会讲话之后，他比较快地做出了态度上的转变，创作风格也发生了变化，很快也得到了肯定。

艾青的诗歌，讲现代文学的时候会讲到他散文化的风格和铺排的博喻。另一点，他是歌颂土地、歌颂光明的诗人，写下《火把》《向太阳》等歌颂光明的诗。新中国成立之后，他也有相当数量的诗歌创作，比较为人称道的是《礁石》。“礁石”象征一种人格力量，表现一种面对困难和打击的坦然应对。

礁　石

艾青

一个浪，一个浪，
无休止地扑过来，
每一个浪都在它脚下
被打成碎沫，散开……

它的脸上和身上
像刀砍过的一样
但它依然站在那里
含着微笑，看着海洋……[1]

艾青作为新中国的著名诗人，有很多出外访问的机会。他的《宝石的红星》和《在智利的海岬上》，这些诗歌是国际题材的作品。当时有条件出国访问的作家和诗人为数甚少，能够井然有致地将其在作品中表达出来的就更是微乎其微。《宝石的红星》是当年艾青到苏联访问时写成的，比较有代表性的则是《在智利的海岬上》，是献给聂鲁达的诗。

1956 年"双百"方针的提出，对艾青有很大的影响。艾青有两篇寓言诗，一篇叫《画鸟的猎人》，一篇叫《养花人的梦》。《画鸟的猎人》暂时跳过去不讲。《养花人的梦》完全是响应毛泽东百花齐放的号召而作的——有一个养花人，他只喜欢一种花：月季，并且还种了几百棵月季花。养花的人认为只有这样才能每个月都能看到花。有一天晚上，他突然做了一个梦，百花齐放，各种花都来向他申诉。最先说话的是牡丹，它说以我的自尊，绝不愿意成为你院子里的不速之客，但是今天，众姐妹邀我同来，我就来了。然后睡莲也说话，牵牛花也说话。"石榴激动地红着脸说，冷淡里面就含有轻蔑"：它觉得这个养花人对于各种各样的花太不公平，只爱月季花，对于其他花表示冷淡表示轻蔑。然后白兰也对养花人说要能体会出性格的美。这些花教育了养花人，他决定从今天起要让园子成为众花之国，最后终于纠正了他只养月季花不养其他花的这样一种理念。[2] 这篇寓言诗一方面响应了毛泽东的号召，一方面也有他自己的切身体会。他写得非常机智，也非常有个性。

相对照的，我们可以把艾青与百花时代的郭沫若做一个简单对比。当时郭沫若要写一百首诗给一百种花，每一种写一首，后来还印成一个诗画

---

① 艾青：《礁石》，载张永健选编《艾青作品精选》，长江文艺出版社，2004，第194 页。

② 艾青：《养花人的梦》，同上，第 428 页。

相配的画册《百花颂》，上面是花的照片，下面是他的诗。但是一个诗人再有才华，要给一百种花都找到一种性格，还要能够把它描述出来，那是非常困难的。而且他还要求自己把很多当时流行的政治观念“贴”到这个花上。比如，写水仙花，说我们是多快好省的榜样，你看我们也不要土地也不要肥料，有一盆水就够了。客观上讲，诗人太配合时事政治，创作的东西一般经不住时代的筛选。但是艾青的诗，如果抽离了那样一个历史背景，现在读起来也还是觉得是富有哲理性和启示性的。

2. 甜蜜柔和的惶恐——何其芳

何其芳也是现代著名诗人。讲现代文学一般会讲到他的《画梦录》《预言》。《画梦录》是散文，《预言》《夜歌和白天的歌》是诗歌。他在20世纪30年代写了《预言》，到解放区后，他逐渐转向理论方向的研究发展，20世纪40年代到60年代，何其芳成为这个时期重要的文艺理论家。

前面说到新的生活给很多诗人带来了启示，但是何其芳是一个十分严谨的人，他一直想在艺术上要有自己的追求，要有新的变化。他觉得面对新的时代，自己应该写作，但是又一直没有好的诗歌写出来。新中国成立，他非常兴奋，写出了很有名的《我们最伟大的节日》。但是后来很少有新作。我们讲一下他的《回答》。《回答》是由九节组成，其中第八节如下。

我祖国的疆域是多么广大：
北京飞着雪，广州还开着红花。
我愿意走遍全国，不管我的头
将要枕着哪一块土地睡下。

“那么你为什么这样沉默？
难道为了我们年轻的共和国，
你不应该像鸟一样飞翔，歌唱，
一直到完全唱出你胸脯里的血？”①

---

① 何其芳：《回答》，载《何其芳文集》第1卷，人民文学出版社，1982，第222页。

这首《回答》就是模拟别人向他发问，在这样一个颂歌的时代，你的诗歌创作是什么状况，为什么看不到你的新的诗歌？他如此回答，“如果我的杯子里不是满满地/盛着纯粹的酒，我怎么能够/用它的名字来献给你呵，我怎么能够把一滴说为一斗？”何其芳把写不出新作的苦恼写成了诗歌，写出既有对时代的感受，又表达了自己个人困惑与负疚感兼而有之的诗作。这种困惑可能既是自己情感上的，也是诗歌美学上的，或者是他对于新生活的感受不那么饱满，这也是一种非常有个性的表述。

3. 识途的老马——臧克家

臧克家是一位苦吟的诗人，他写诗曾经写得非常苦，就像我们讲唐诗里的“郊寒岛瘦”一般，臧克家一些精彩的诗歌中都有这样一个特点。新中国成立后，他也写了为数不少的诗，我想真正留下来的首选这一篇《有的人》。有这么多的诗人，有这么多的作品，你有一首诗能被公认为当代诗歌的经典，那就已经非常了不起了。

我们列举了几个在现代时期就很有成就的诗人，他们面对新的生活，有各自的选择和各自不同的创作困惑。何其芳会觉得，生活有很多感受，但是从生活角度来看，在机关里工作接触现实生活太少，好像灵感不足以写出新的诗篇，所以沉默居多；艾青尽力追随时代，包括他的《养花人的梦》，但是很不幸，他最后被打成右派；臧克家比较幸运，他一直跟随时代的脚步，跟随时代政治的需要，而且很多年任职《诗刊》的主编，这让他在诗歌界的地位非常重要。这一首诗《有的人》，不仅是他自己的代表作，我想也是纪念鲁迅很好的一首诗。除了《有的人》，谁还能举出别的歌颂鲁迅的诗，足以让我们记住呢？

三、实力派诗人简介

1. 放声歌唱新时代——贺敬之

贺敬之，在讲“现代文学三十年”时讲到了，他是《白毛女》歌剧剧本的主要创作者，同时也是著名的歌曲《南泥湾》和《翻身道琴》的歌词作者。

我前几年到过延安，在延安宝塔山脚下刻着这样两句诗：“几回回梦里回延安，双手搂定宝塔山。”我觉得这是很鼓舞人心的，一位诗人的诗被刻在宝塔山脚下，至少可以流传几十年上百年或者更长的时间。“几回回梦里回延安，双手搂定宝塔山”是贺敬之《回延安》中的名句。

新中国成立后，贺敬之的诗歌代表作是《放歌集》。1971 年林彪事件后，各项政策开始有所松动，开始进行调整。文艺界也对十七年期间出版的一批文学作品进行严格选择，在政治上是可靠的、过关的，又重新拿出来出版上市。我是 1976 年初，偶然在书店买到了贺敬之的《放歌集》，当时非常喜欢，非常热爱，也可以说非常崇拜。贺敬之的诗，在那个没有诗歌的年代读起来，确实是非常鼓舞人心的。

贺敬之 1924 年出生，是山东枣庄市台儿庄人，现在的贺敬之文学馆就在台儿庄战役纪念馆的旁边。他毕业于延安鲁迅艺术学院，创作过歌剧《白毛女》文学剧本，新中国成立后的主要作品收录在《放歌集》。代表作有《回延安》《桂林山水歌》《放声歌唱》《雷锋之歌》等。贺敬之的诗作数量不是太多，但是影响非常巨大，是政治抒情诗人的主要代表之一。在时代的节骨眼上，有重大的政治事件、社会事件发生的时候，他往往能够写出非常出色的诗篇。

20 世纪五六十年代，诗歌赶形势、赶任务、赶重大的政治事件是一种普遍的风气。诗人们争先恐后纷纷挥笔写诗，但是同一个题材，贺敬之的诗往往能够出类拔萃，往往能够在诗歌的擂台上展现自己的风采，夺得擂主的地位。《放声歌唱》写于 1956 年中共八大会议的召开之际。《雷锋之歌》写于 1963 年，当时全国掀起“向雷锋同志学习”的运动，毛泽东、刘少奇、周恩来、邓小平等中央高层领导都为雷锋题词，号召全国人民学习雷锋，轰轰烈烈的学雷锋运动中便产生了很多诗篇。从时代对诗歌的筛选来讲，贺敬之的《雷锋之歌》首屈一指。还有就是《中国的十月》，这首诗可能稍逊色一点，但是它也是1976年10月粉碎“四人帮”之后，歌颂这一伟大胜利的最出色的诗作。贺敬之不仅能够做到放声歌唱新时代，而且在时代的重大事件面前会迅速发出自己及时而深邃的声音。

另外，他的诗歌也经常会采用信天游式的，像我们教材里选的《回延安》。前面讲李季最早采用信天游写出了《王贵与李香香》，但是新中国成立之后，他放弃了信天游体，去学习别的民歌样式，倒是贺敬之接过了信天游的样式，把信天游和现代题材结合起来，不但写了《回延安》，还写了其他的诗篇。

来听听这个《桂林山水歌》，这应该是信天游的加强版。

桂林山水歌

云中的神呵，雾中的仙，
神姿仙态桂林的山！

情一样深呵，梦一样美，
如情似梦漓江的水！

水几重呵，山几重？
水绕山环桂林城……

是山城呵，是水城？
都在青山绿水中……

呵！此山此水入胸怀，
此时此身何处来？

……黄河的浪涛塞外的风，
此来关山千万重。

马鞍上梦见沙盘上画：
“桂林山水甲天下”……

呵！是梦境呵，是仙境？
此时身在独秀峰！

心是醉呵，还是醒？
水迎山接入画屏！

画中画——漓江照我身千影，
歌中歌——山山应我响回声……①

《桂林山水歌》，一方面看起来非常简明，每一节就两行；另一方面它又有一种回环往复之美。诗歌本身没有情节、没有人物形象、没有矛盾冲突，完全靠语言的表述，靠语言的锤炼。像开头四句“云中的神呵，雾中的仙”和“情一样深呵，梦一样美”，这是我们通常说到的起兴。起兴之后第三节就从如情似梦漓江的水开始承接“水几重呵，山几重？/水绕山环桂林城”，然后仍然是围绕着山和水做文章：“是山城呵，是水城/都在青山绿水中。”大量的篇幅都是围绕桂林山水而做，“水迎山接入画屏”。一首诗本来文字就不多，这个“山呀”“水呀”在这里反复出现，但是每一次出现都有它自己独特的指称，不会让你感到重复，不会让你感到他没有话说，他总是拿着几个字来编织不同的情绪和画面。接下来围绕着这个画面，就有了“画中画——漓江照我身千影”，然后从画中画引出“歌中歌”（可以看出来，这就是一种对仗吧），“歌中歌——山山应我响回声”。通过对这首诗的解读，对我们有一个启发，我们要去发现诗歌内在语言的编织。

贺敬之诗歌的另一个特征：“楼梯诗”的中国化。

楼梯诗是当时苏联一个非常重要的诗人马雅可夫斯基创造的，他当年写过《列宁》。《列宁》是一首长诗，有单行本。诗歌内容是歌颂苏维埃时

---

① 贺敬之：《桂林山水歌》，载李丽中编《贺敬之代表作》，河南人民出版社，1992，第165－166页。

代，歌颂苏维埃的领袖列宁。马雅可夫斯基创造了诗歌样式非常前卫的楼梯诗，这样一种非常便于朗诵的诗体，贺敬之不仅对楼梯诗加以借用，同时也在楼梯诗中国化方面做了很多努力。比如，他把中国古诗中的排比和对仗应用到自己的诗歌创作里，还把古代诗人的诗句化入自己的诗歌中。

他的代表作《放声歌唱》，体式就是楼梯诗。

……春风。
　　秋雨。
晨雾。
　夕阳。……
……轰轰的
　　车轮声。
踏踏的
　脚步响。……
呵，《人代会决议》，
　和新中国地图
　　在我手中，
党员介绍信
　紧贴着
　　我的胸膛。
我走进农村。
　我走进工厂。
我走向黄河。
　我走向长江。……
五月——
　　麦浪。
　八月——
　　　海浪。
桃花——

南方。
雪花——
北方。……
我走遍了
我广大祖国的
每一个地方——
呵，每一个地方的
我的
每一个
故乡！①

这个排列方式就是最典型的跳跃性很强的句子，春风、秋雨就有意做了省略。如果是标准化语言，这里还应该有两个字或三个字的一个形容词修饰或描述春风、秋雨，但是它就是有意地做了一种省略，有非常大的跳跃：春风、秋雨、晨雾、夕阳、春秋晨夕一下概括进来了。在这种非常宏大的概括当中，他又经常把自己带入诗歌中，使得这个画面和情景显得非常空阔，既有主体有中心，又有诗人自己的形象展现在其中。它有非常富有概括性和代表性的形象："麦浪""海浪""桃花""雪花"，紧接着又将"我"加入诗中："我走遍了/我广大祖国的/每一个地方……/呵，每一个地方的/我的/每一个/故乡！"第一句"我走遍了，我广大祖国的/每一个地方"，把"五月""八月""桃花""雪花"都笼罩了起来，有了一个聚焦点，而且下一句继续强化"每一个地方的/我的每一个故乡"的主题。再看他这个情景对照，我们今天会觉得高压线、联合收割机、长江大桥、宝成铁路——这些我们已经习以为常。今天是高铁和高速公路的时代、互联网的时代。但是在20世纪50年代，共和国工农业建设还是一个从无到有的过程，这些形象是标志着当年的工农业建设的一种新局面。"在高压线/飞过的/长城脚下，/在联合收割机/滚动着的/大雁塔旁，/在长江大桥

---

① 贺敬之：《放声歌唱》，载李丽中编《贺敬之代表作》，河南人民出版社，1992，第92－93页。

头的/黄鹤楼上，/在宝成铁路边的/古栈道旁……”通过景物的对比来进行时空的穿梭，或者讲时空的穿越——我们现在有一个词叫“穿越”。高压线和长城，长城的历史有几百年上千年，但是高压线在当时可能是刚刚落成。联合收割机那时候在中国也是一个非常新鲜的事物，是从牛耕与人力劳作到驾驶联合收割机来收割麦浪的新变化。而且它又映照着大雁塔，沟通现实与历史。

此外，我们也看到，贺敬之会把古人的诗句融入自己的诗篇，和古代的诗人对话，这种做法也加强了诗歌的中国特色，加强了诗歌的文化蕴涵——这是贺敬之对新诗的突出贡献。

2. 悲悯情怀和辽阔大海的咏叹者——蔡其矫

蔡其矫也是从延安走出来的。第一次文代会是国统区和解放区作家、诗人的大会师，但是进入新时代，从国统区进入共和国时代的诗人作家，他们会有他们自己的创作障碍，其中有一条就是对于新的社会体制、新时代的工农兵有隔膜、受局限。解放区的诗人作家因为一方面他们较早地生活在一个新的时代，在抗战年代就进入中共领导的民主根据地，另一方面又经过了毛泽东《讲话》的洗礼，接近工农兵、表现工农兵，得风气之先。像这一节讲到的贺敬之、蔡其矫、闻捷、郭小川等都是从延安走过来的。

蔡其矫本身是东南亚归侨，20 世纪 30 年代到上海读书。在这期间，他一方面参加学生运动，另一方面开始诗歌创作，1938 年到延安，进入鲁迅艺术学院学习。

前面讲到贺敬之也是鲁迅艺术学院毕业的，他考入鲁迅艺术学院，比蔡其矫要晚几年。贺敬之去报考的时候拿着自己的几首诗，当时就受到鲁艺文学系主任何其芳的高度评价。何其芳称赞他是“17 岁的马雅可夫斯基”。蔡其矫也在鲁艺学习过，然后成为一名记者，在解放区的新闻和文艺团体中工作。20 世纪 50 年代，曾经随中国海军的军舰走东海、走南海，其间创作了一批表现中国海洋的诗歌，开辟了一个新的诗歌题材领域。后来，他在国务院的长江规划办担任宣传部部长。在长江规划办工作期间，写了著名的《雾中汉水》《川江号子》。然后他又回到他的祖籍地福建去工作，常年在福建省从事文学创作。蔡其矫对中国诗歌还有另外一个贡献——我们都知道新时期有一位著名的女诗人舒婷。“文化大革命”中后期，在福建的蔡其矫身边聚拢了一批文学青年，就包括舒婷。虽然当时他们的诗歌无法发表但还是凝聚了一批诗歌力量。后来，舒婷的诗歌经蔡其矫介绍给当时的北岛，最早发表在《今天》上。而且他对舒婷的诗歌创作还有一些具体的指导，包括舒婷的《致橡树》。当时的一群年轻人跟蔡其矫在一起谈文学、谈生活，在讨论关于爱情当中男女两性的位置、男女两性的不同处境时发生争议，舒婷有感而发写了《致橡树》。《致橡树》就是在这样一个背景下创作出来的。

蔡其矫的诗歌具有正视生命艰辛的悲悯情怀。我们看他的《南曲》：

洞箫的清音是风在竹叶间悲鸣。
琵琶断续的弹奏
是孤雁的哀啼，在流水上
引起阵阵的颤栗。①

南曲，应该是福建地方的一种乐曲。从这种乐曲中听出了苦难，听出了战栗，听出了无穷的相思和怨恨。这样的诗在20世纪50年代非常独特，非常另类。尽管他会有曲终奏雅：“故乡呀，你把过去的痛苦遗留在歌中，让生活在光明中的我们永不忘记。”最后把全诗的调子尽量扭转到新时代的光明当中，但是整体的描述仍是一种沉痛和悲凉。

再比如《雾中汉水》。20世纪90年代有一首歌叫《纤夫的爱》——“妹妹你坐船头，哥哥在岸上走，恩恩爱爱，纤绳荡悠悠。”当然这是一种浪漫的想象，然而这种纤夫的劳动在蔡其矫的笔下，充满了沉重和艰辛。你看他写纤夫拉纤的句子：

是千年来征服汉江的纤夫
赤裸着双腿倾身向前

① 蔡其矫：《南曲》，载《蔡其矫诗选》，人民文学出版社，1997，第24页。

在冬天的寒水冷滩喘息……
艰难上升的早晨的红日，
不忍心看这痛苦的跋涉，
用雾巾遮住颜脸，
向江上洒下斑斑红泪。①

这是对于汉江纤夫命运的感叹。

还有一首《川江号子》，也是非常有影响的诗篇，仍然是讲在川江上历险而行的木船上的划船人：

你碎裂人心的呼号，
来自万丈断崖下，
来自飞箭般的船上。
你悲歌的回声在震荡，
从悬岩到悬岩，
从漩涡到漩涡。
你一阵吆喝，一声长啸，
有如生命最凶猛的浪潮
向我流来，流来。
我看见巨大的木船上有四支桨，
一支桨四个人；
看见眼中的闪电，额上的雨点，
我看见川江舟子千年的血泪，
我看见终身搏斗在急流上的英雄，
……②

当然，描写苦难沉重，不是20世纪50年代的标准风格。蔡其矫的诗歌后面有一个大背景——因为参与长江开发规划，诗人已经有了一个开发

① 蔡其矫：《雾中汉水》，载《蔡其矫诗选》，人民文学出版社，1997，第33页。
② 蔡其矫：《川江号子》，同上，第34页。

长江的蓝图，因而会觉得有了从沉重中被唤醒并格外兴奋的感觉，“那新时代诞生的巨鸟，我心爱的钻探机，正在山上和江上，用深沉的歌声，回答你的呼吁”。诗人仍然是用过去的苦难来对照当下及未来的幸福，但是在那个年代这样的诗并不合时宜。不管是《雾中汉水》还是《川江号子》，当时都是很快就受到有关方面的指责，批判的理由是因为在新的时代还唱这么悲凉的歌。

我们今天可能会觉得这样的事情怎么会发生？20 世纪 80 年代初，在上海的《文汇报》还是《解放日报》上刊登了一位小学生的作文，说小学生跟着他爸爸到电影院看电影，那个电影院叫大光明电影院。他看电影时很高兴，等到他从电影院出来之后，又看到大上海繁华马路上华灯齐放，更是其乐融融。但是，他忽然看到路边有个乞丐。这个小学生很有同情心，于是他就顿时觉得“大光明”也没有那么光明了。这样一篇小学生的作文，当年就引起了一场争论。因为我们有一个说法：要学会透过现象看主流、看本质，我们的主流是光明的。这个小学生其实写得很巧妙，他就围绕着这个大光明电影院和这种现实中的光明与阴暗面来做文章，应该讲很敏锐。但是那个年代你写在街上看到黑暗，看到乞丐，觉得夜色不那么光明，这都要受到质疑，何况是蔡其矫所处的是 20 世纪 50 年代。

然后要介绍的是蔡其矫的《波浪》。这首诗是 1962 年写的，但是当时并没有发表。他是在一种巨大的压力之下，表现出内心的反叛、内心的抗争。而且这首诗也是自由体诗歌的一个典范性作品，尽管它也是每小节四行，但是它每一行的字句均错落跌宕。

可是，为什么，当风暴来到，
你的心是多么不平静，
你掀起严峻的山峰
却比暴风还要凶猛？

是因为你厌恶灾难吗？
是因为你憎恨强权吗？
我英勇的、自由的心啊！

谁敢在你上面建立他的统治？

我也不能忍受强暴的呼喝，
更不能服从邪道的压制，
我多么羡慕你的性子，
波浪啊！①

我们再看一下教材，特别要留意其中对于蔡其矫怎样描写大海、怎样描写海浪有一些具体的分析。大海有不同的情境，有狂风巨浪，也有波光粼粼的时候。许多时候说一位诗人写大海写得好，不是说他写了一次大海，而是看他可以从不同的角度、以不同的方式来描述大海，写出它的千姿百态。像这一首《双桅船》，就和《波浪》有很大的差异，非常温馨，非常富有爱情的燃炽。

双桅船

落下两片白帆，
在下午金色的海面上，
像落下两片饥渴的嘴唇，
紧贴着大海波动的胸膛。在它下面，
是随着微波欢笑的阳光，
……②

再一首是蔡其矫在“文化大革命”时期写的。在“文化大革命”那样人与人之间关系极大扭曲，在阶级斗争、路线斗争的大的理论框架之下，人和人互相仇恨，互相敌视，甚至刀枪相向，发生大规模的武斗。于是蔡其矫写了一首《祈求》。

---

① 蔡其矫：《波浪》，载《蔡其矫诗选》，人民文学出版社，1997，第46－47页。
② 蔡其矫：《双桅船》，同上，第121页。

我祈求炎夏有风
冬日少雨
我祈求花开有红有紫
我祈求爱情不受讥笑
跌倒有人扶持①

这首诗均用这种“我祈求……”的句子讲下去，一直讲到最后：“我祈求，总有一天，再没有人，像我作这样的祈求。”

在“文化大革命”期间，人与人的关系、人与人的处境确实非常不堪。“我祈求知识有如源泉，每一天都涌流不息，而不是这也禁止，那也禁止”，就更具有鲜明的针对性。这样的诗在1976年之后浮出水面公开发表，顿时引起了极大的反响，这也是当年全国第一届新诗评奖时的获奖作品。

回过头来小结一下蔡其矫诗歌的特色，除了《祈求》是比较直白的描述，更多时候，蔡其矫的诗歌富有一种意象化的特色。意象化指的就是他的诗作在许多时候均有一个中心画面，然后围绕这个画面进行抒情，进行阐发。比如，《雾中汉水》，是纤夫在汉水两岸拉着纤绳沉重向前行的画面。像《川江号子》，你仿佛看见万丈断崖之下飞箭般的船上，四个船夫在与险恶的风浪进行搏斗。《波浪》是抓住波浪的波涛汹涌这样一个场景展开自己的联想。《双桅船》这就更经典了，从头到尾都是说双桅船降下风帆，应该是在一个比较平静的海面上，但被他联想为两片白帆像两片饥饿的嘴唇紧贴着大海波动的胸膛，让双桅船有了少女的妩媚，这是一种意象化手法。从这首诗可以联想起我们前面讲贺敬之的诗，尤其是《放声歌唱》这种宏大的景观，因为有了诗人自我形象的加入，显得不那么空洞，有了一些实体贴近的感觉。远近结合，长镜头、大焦距和这种诗人自我的画像、诗人的足迹贴合在一起，而蔡其矫对画面更加敏感。

从诗歌传承上来讲，我们讲到贺敬之受马雅可夫斯基的影响。蔡其矫更多的是受西方浪漫主义诗人惠特曼、聂鲁达的影响。艾青有一首诗叫

① 蔡其矫：《祈求》，载《蔡其矫诗选》，人民文学出版社，1997，第93页。

《在智利的海岬上》，就是描写聂鲁达的居所。蔡其矫不但受他们的影响，而且他本人在20世纪40年代就因为喜欢惠特曼，专门翻译过惠特曼的诗歌，于是通过翻译受到惠特曼进一步的影响，这也是一个顺理成章的过程。

3. 田园牧歌与边疆风光——闻捷

闻捷也是解放区走出来的文艺工作者，在解放战争时期，作为随军记者进入新疆，在新疆新华分社工作。20世纪50年代初，他到新疆各地采访，体会新疆少数民族风情，1955年在《人民文学》上陆续发表了《吐鲁番情歌》《果子沟山谣》等组诗，并结集为《天山牧歌》，一鸣惊人。《天山牧歌》是展现新疆少数民族风情、展现少数民族少男少女爱情的。他还写过长篇叙事诗《复仇的火焰》，也是写新疆少数民族题材的。"文化大革命"时期，有一出样板戏叫《海港》，闻捷也参加过《海港》的改编。因为他是著名诗人，当时调他去也是为了把《海港》的唱词修改得更好。在此期间，他的妻子去世，有一位曾经参加审查他的专案的女性——后来也是著名作家，叫戴厚英，跟他产生了情感，而且两人打报告要求结婚。结果这个事情被张春桥定为反动诗人闻捷的反攻倒算行为。张春桥严厉批示，不但不允许他们结婚，而且要对闻捷进行新一轮的批判。戴厚英在巨大的压力之下，只能公开宣布跟闻捷断绝往来。在这样的状况下，闻捷自杀了。一个歌颂爱情的诗人，最后因为对爱情绝望而死去。

这是《苹果树下》。

苹果树下那个小伙子，
你不要，不要再唱歌；
姑娘沿着水渠走来了，
年轻的心在胸中跳着。
她的心为什么跳呵？
为什么跳得失去节拍？……

春天，姑娘在果园劳作，

歌声轻轻从她耳边飘过，
枝头的花苞还没有开放，
小伙子就盼望它早结果。
奇怪的念头姑娘不懂得，
她说：别用歌声打扰我。

小伙子夏天在果园度过，
一边劳动一边把姑娘盯着，
果子才结得葡萄那么大，
小伙子就唱着赶快去采摘。
满腔的心思姑娘猜不着，
她说：别像影子一样缠着我。

淡红的果子压弯绿枝，
秋天是一个成熟季节，
姑娘整夜整夜地睡不着，
是不是挂念那树好苹果？
这些事小伙子应该明白，
她说：有句话你怎么不说？

苹果树下那个小伙子，
你不要，不要再唱歌；
姑娘踏着草坪过来了，
她的笑容里藏着什么？……
说出那句真心的话吧！
种下的爱情已该收获。[①]

① 闻捷：《苹果树下》，载《天山牧歌》，作家出版社，1956，第24－25页。

这是《葡萄成熟了》。

马奶子葡萄成熟了，
坠在碧绿的枝叶间，
小伙子们从田里回来了，
姑娘们还劳作在葡萄园。

小伙子们并排站在路边，
三弦琴挑逗姑娘心弦，
嘴唇都唱得发干了，
连颗葡萄子也没尝到。

小伙子们伤心又生气，
扭转身又舍不得离去：
“悭吝的姑娘啊！
你们的葡萄准是酸的。”

姑娘们会心地笑了，
摘下几串没有熟的葡萄，
放在那排伸长的手掌里，
看看小伙们怎么挑剔……

小伙子们咬着酸葡萄，
心眼里头笑迷迷：
“多情的葡萄！
她比什么糖果都甜蜜。”①

以上是闻捷的两首爱情诗——《苹果树下》和《葡萄成熟了》。

闻捷的诗歌特色在哪里？

其一，按照洪子诚教授的说法，即十七年的诗歌，一类是政治抒情诗，以贺敬之和郭小川为代表，另一类是生活抒情诗，闻捷就是很重要的

① 闻捷：《葡萄成熟了》，载《天山牧歌》，作家出版社，1956，第28－29页。

代表。闻捷的诗歌看得出没有什么政治意味，上面这两首诗都非常纯净，但是写法上似乎都有一个田野上季节的轮转，而且有一个小小的情节。我们前面讲诗歌中很难有情节描写，但是在闻捷的诗歌中，它是有青年男女交往对话交流的情节，有一点故事性。

其二，就是诗歌里包含有新疆地域的民族风情。新疆是重要的水果产地，葡萄和苹果都是当地的特产，围绕着种苹果、采葡萄来展开诗篇。

其三，是劳动、祖国、青春等时代命题。这也是在20世纪五六十年代的文艺作品当中非常鲜明、非常浓烈的时代命题。五四时期的爱情诗，经常是带有一种知识分子情调，“我一步一回头，瞟我的意中人”，这是当年的名句。或者希望在雨巷遇见一个像丁香一样芬芳、丁香一样惆怅的美丽姑娘——这是城市中的邂逅。而五六十年代，劳动和爱情的结合，可以说是新时代的一种特征。

其四，就是新疆少数民族性格的这种诙谐乐观，像阿凡提式的幽默。我们可以看到这些诗作的风格有点像我们喜爱的音乐家王洛宾的作品，非常风趣诙谐。

其五，我们还可以看到闻捷的诗是规范的格律体或半格律体，四行或者六行为一节，字数大体整齐，而且许多时候，他的诗歌还有一种回环往复之美。

这里有一首《舞会结束以后》，为什么要选这一首诗，是因为涉及对于这首诗怎么解读、怎么评价的问题。

这首诗有一个小小的情节：舞会结束之后，一位琴师和一位鼓手，追着一位漂亮的姑娘吐尔地汗回家，一路走，一路向她表示自己的爱意。这个表示是非常机智的。两个人公平竞争，巧妙表达，说你是想听我弹三弦琴呢，还是爱我的手鼓。最后，吐尔地汗告诉他们说：“我的幸福已经决定了，是一个到乌鲁木齐发电厂当工人的叫阿西尔的小伙子——把我的心带走了。”

诗歌也好，小说也好，都不能像我这样来陈述，因为在课堂上只是讲作品梗概。但是诗歌和小说都是语言的艺术，如果只是讲梗概，首先就没有了语言的韵味。对《舞会结束以后》这一首诗，一般的解读方法，就是讲一个小小的喜剧性场面：两个小伙子很帅气、很豁达地公平竞争，向姑娘求爱，姑娘委婉地告诉他们我另有所爱。但是有另一种解读，说琴师和鼓手都是知识分子，因为那个年代排斥知识分子，拒绝知识分子，所以她宁愿爱一个工人，也不愿意爱琴师和鼓手。但我觉得这种解读有一点勉强。因为并不能从任何地方看出，琴师和鼓手这都是职业的文工团歌舞团的演员，我们也知道新疆到处有舞会，这种手鼓和三弦琴民间有很多高手。这是说，我们解读作品至少有两种解读方式，多角度分析作品。

4. 典雅、俊秀的战士歌手——李瑛

李瑛 20 世纪 40 年代开始写诗，他跟其他诗人不一样的是，1945 年他考入北京大学中文系，1949 年毕业前夕，因为响应革命的召唤，投笔从戎，加入中国人民解放军南下工作团，长期生活在部队。我想，接受过规范完整的高等教育的他，是带着对诗歌的爱走进北大中文系的。相对来讲，他对于中外文化、中外文学的造诣显然要比同代军旅诗人公刘、白桦等深厚一些。我读过他 20 世纪 40 年代论九叶派诗人穆旦的一篇文章，非常前卫，对具有强烈欧美现代诗歌印记的穆旦诗作有很深的理解。那时，他才二十岁出头，在那个年代能写出那么精彩的文章，很不容易。

他不但懂中国诗歌，而且对于国外现代派诗歌也有很深的理解。他上过朝鲜战场，长期在部队做编辑工作，后来也担任过领导工作。他的诗歌创作力非常旺盛，一直到晚年仍然有作品问世。一个诗人从 20 世纪 40 年代写到 21 世纪，创作生命长达 70 多年，而且其中有不少好诗。

李瑛也是善于选取画面和意象的诗人，但是他和蔡其矫等有不一样的地方。他在画面当中，很多时候会选取两个意象，让两个意象相互交织，互相推动，产生张力。像《哨所鸡啼》，在靠着海港的高山，云雾笼罩，突然听到了一声鸡叫，哨所的雄鸡声声啼破了港湾的宁静。

哨所鸡啼

是云？是雾？是烟？
裹着苍茫的港湾；
是烟？是云？是雾？

压着港湾的高山。

山上山下，一团混沌，
何时才能飞出霞光一片？
忽然间，哪里，在哪里，
一个生命在快乐地呐喊！

压住了千波万壑，
吐出了满腔喜欢；
嗬！是我们哨所的雄鸡，
声声啼破宁静的港湾！

看它昂立在群山之上，
拍一拍翅膀，引颈高唱；
牵一线阳光在边境降临，
霎时便染红了万里江山。

莫非是学习了战士的性格，
所以才如此豪迈、庄严？
也许因为是战士的伙伴，
所以才唱出了士兵的情感！

1960 年 12 月于大孤山①

这首诗首先给人的印象是一种对立：云雾笼罩会让人觉得混沌和压抑，期盼着太阳出山，期盼着太阳带来霞光。这时候，在宁静当中有一个生命在快乐地呐喊，然后从哨所传来鸡啼，从鸣唱的公鸡产生了联想："莫非是学习了战士的性格，所以才如此豪迈、庄严？也许因为是战士的伙伴，所以才唱出了士兵的情感！"这就是李瑛在十七年和"文化大革命"期间构造诗歌的一种方式，先是营造两个相互对立的意象：一个是云雾弥漫，一个是雄鸡鸣唱，然后在两种对立当中，显然是雄鸡更胜一筹，雄鸡

① 李瑛：《哨所鸡啼》，载《李瑛诗选》，四川人民出版社，1981，第 72 页。

的啼鸣打破了港湾的宁静，唤来了太阳出山，唤来了红霞万里，最后有一种曲终奏雅的效果，再把雄鸡和战士联系在一起。这样的构思方式对于刚起步时技巧不娴熟、不知道该怎样构造一首诗歌的诗歌爱好者是很有启示性的，李瑛的《戈壁日出》《高山哨所》《木筏天上来》，同样很有启示性。

前面讲蔡其矫的《川江号子》，是写木船在急流险浪当中，船夫和急流险滩进行英勇搏斗，而李瑛的《木筏天上来》写得非常轻巧，有他自己的构思以及对于生活的理解。“看，一只木筏天上来，/比鹰疾，比箭快；/莫不是强劲的风，/吹下一片山头的云彩！”“战士出山送草药，/草药一载歌一载；/看筏上，战斗的激情火样红，/看筏下，月下的江水银子样白。”蔡其矫对于生活沉重的一面更为敏感，李瑛更愿意把生活乐观的一面铺陈出来。这是《木筏天上来》可以跟《川江号子》做比较的一个地方。

四、上下而求索——郭小川

郭小川是当代中国十七年期间最优秀的诗人。郭小川非常独特，20 世纪 50 年代后期被周扬等人批判。“文化大革命”爆发后，周扬被打倒，郭小川又被当作周扬的黑干将受批判、写检查。但是，郭小川确实是大才子，诗写得好，报告文学也写得好，到他在干校劳动时，就被很多单位借调去写电影纪录片解说词。这个时候，林彪事件发生，郭小川又被江青点名，要他交代跟林彪、叶群有什么关系。因为在叶群的笔记本上写着“文艺问题问郭”，就认为叶群为什么要问你？你一定跟他们有扯不清的关系，于是郭小川再度接受审查。一直到 1975 年，跟他一起在咸宁干校的人大部分都得到了解脱，得到重新起用，郭小川仍然在被审查。后来，他所在的咸宁干校解散，又把他调到天津附近的团泊洼干校。从南方回到北方，从咸宁五七干校，乘火车到团泊洼干校去，指令他回来路过北京不许下车，不许回家看一眼，直接就放到天津团泊洼干校去。

郭小川的经历起起落落，比他人多遭受了很多磨难。他是河北丰宁人，丰宁就在北京边上，今天以离北京最近的草原而闻名。“九一八事变”

后，日军不但占领东三省，还蚕食了热河，丰宁当年属于热河。郭小川跟着家人逃亡到北平，在北平读书。到1937年卢沟桥事变，北平也被日军占领，他离开北平，并于1939年参加八路军，在王震将军的麾下做文化工作，还给王震当过秘书。抗战胜利后，他还当过丰宁县新政权的第一任县长，也做过新闻工作。

20世纪50年代前期，郭小川最初引人注目的是他和另外两个笔杆子陈笑雨、张铁夫，以“马铁丁”的名义在报纸上发表了大量杂文。那个时候的杂文主要是跟年轻人谈思想、跟读者谈怎样正确地看待新时代新现实以及回答读者提出的问题。“马铁丁”的杂文在50年代前期非常著名。后来郭小川调到中宣部文艺处工作，被中宣部负责人陆定一和周扬赏识，把他放到中国作家协会。在此期间，郭小川不断发表诗歌，而且他的诗歌成长非常迅速，很快就引人瞩目，成为一个非常有希望、非常被看好的青年诗人。在中国作协工作期间，他对于周扬等人的工作方式、工作作风有很深的了解，对他们也有自己的看法，慢慢地就变得不那么听话。郭小川变成了不听话的干部，周扬他们认为郭小川一心要成名、一心要从事文学创作，不愿意从事机关工作，个人主义膨胀，所以他在20世纪50年代后期受到了严厉批判。

郭小川受到批判的作品，如《望星空》《一个和八个》都非常有个性。《望星空》当年发表后受到批判，《一个和八个》仅仅是手稿就遭到严厉的批判。遭到批判后他很不服气，但不得不做检查，不做检查就过不了关。郭小川违心地做了很多检查，然后坚决要求离开中国作家协会。他被《人民日报》接收，担任《人民日报》的特约记者，也曾跟随王震——当年农垦部的部长到处视察。前面讲了，他曾在王震麾下做秘书、做文化工作，20世纪60年代又跟着王震到东北农场，随后又到新疆和厦门，还写出一批佳作。

郭小川在20世纪60年代初期，写了很多探索性的新辞赋体诗歌，他还写了一批著名的报告文学。比如，写当时中国乒乓球队的文章《小将们在挑战》。20世纪五六十年代，一方面中国的运动员不参加奥运会，当时奥运会是中国台湾方面作为中国的代表，因为不能认同两个“中国”，于是中华人民共和国的运动员不能参加；另一方面，当时中国的体育发展也没有今天这么兴盛。当年的中国乒乓球队在世界上不但拿到个人冠军，还拿到了男子团体冠军。所以郭小川写了长篇报告文学《小将们在挑战》，在当时非常有影响。郭小川以诗人和思想家的心态写的报告文学很有自己的特色。另外，当年他的《祝酒歌》《厦门风姿》《乡村大道》《甘蔗林——青纱帐》都是脍炙人口的诗歌。

前面讲到“文化大革命”初期批判周扬的时候，他被认作是周扬的黑干将；批判林彪的时候，他又受到牵连。到1975年前后有关方面曾经要起用郭小川，想让他在文化部门担任领导职务，但是紧接着的“反击右倾翻案风”又一次断送了他能够回到革命队伍当中来的向往。

郭小川在1975年秋天写的《团泊洼的秋天》，被认为是“文化大革命”期间，特别是“文化大革命”后期最有影响力的诗作——不但对于郭小川，对于中国诗歌界来说也是如此。郭小川的诗歌特色是什么？首先就是他是执着于思考的诗人，比较闻捷、贺敬之，郭小川对人生、理想、爱情，思考得更加复杂。很多时候，他希望是在矛盾冲突中表达对于人生、爱情、理想的理解和追求。比如，《一个和八个》。《一个和八个》在20世纪80年代初被改编成电影，是第五代导演的代表作。《一个和八个》设置了一个非常独特的情境，八路军的教导员王金被敌人俘虏，然后在非常困难的情境下逃跑出来并重新回到革命队伍；但是他又被举报是叛徒，除了他自己，没有人能够证明他的清白，于是他落入非常尴尬、非常难堪的局面。叛徒要予以严厉的裁决，于是就把他和八个尚未处理的囚犯关在一起。八个囚犯里既有真叛徒，也有土匪或逃兵。他在这样一种特殊环境当中怎样展现自己的精神感召力，成为这首诗全力以赴要解决的一个难题，这既不是《苹果树下》那样的优美表述，也不是《放声歌唱》那样追求我与时代的吻合，“我”的身影时时出现使“我”的诗歌不至于显得那么空泛，把宏大叙事和个人经历结合在一起。

郭小川有顽强的思想探索，像他的《望星空》，是对浩瀚的星空、永恒的宇宙和短暂的人生、有限的视野的对比。这些年“仰望星空，泪流满面”已经成为俗语。温家宝总理也有“仰望星空，脚踏实地”的表述，还有康德那句话“世界上只有两样东西让我们心存敬畏：浩瀚的星空和心中的道德律”。郭小川的《望星空》和康德对于星空的敬畏是心有灵犀的。作为一个敏感的、善于思考和探索的诗人，这样的诗歌和前面讲到的蔡其矫的诗歌较为相似，郭小川希望通过两个对立事物的抗争，互相质询，互相对话，最后重新回到对人世、对革命、对战斗、对生活的肯定和赞美上来，但是前面一定要欲扬先抑，而欲扬先抑的方式在很多时候是不被允许的。《望星空》当年受到批判，所以 20 世纪 60 年代他进行新辞赋体探索的时候，他的思想探索相对减弱了。到他写《团泊洼的秋天》时又上了一个新的台阶，重新恢复了思想者的特色。

讲堂互动

教师：我们请两位同学来做贺敬之的《回延安》与郭小川的《甘蔗林——青纱帐》的比较。

学生 1：从两位作者的写作年代来说，在 20 世纪五六十年代的时候，中国虽然褪去了战争的阴影，但是在社会主义建设上还是面临着很严峻的态势。郭小川的这首《甘蔗林——青纱帐》是在六十年代写成的。当时，中国在经济、政治上都面临着很大的困难，所以他更多的是号召人们想起在战争年代的那种乐观精神，号召人们在当时严峻的态势下也要拾起战争时代的革命乐观精神来面对社会主义建设中遇到的困难。贺敬之的《回延安》更多的是对战争年代延安的战斗精神的一种赞扬、一种歌颂。他的“回延安”就等于是回到了母亲的怀抱，同样是号召人们拾起战争年代的革命热情，但是他的这首诗更像是一首颂歌。

学生 2：我是从两方面来比较的。一方面是相同，一方面是不同。相同方面，《甘蔗林——青纱帐》和《回延安》都是政治抒情诗，他们在诗中都描写了战争和现实生活的画面，表现了战争年代对现实生活的影响，以表现人们对战争年代精神境界和对美好幸福生活的憧憬，同时也激励人们更努力地奋斗，迎接美好的明天。不同的是，关于战争年代的描写，在这两首诗里的描写比重不同。《回延安》写于1956年，是社会主义建设发展的时期，所以它更多的是描写新中国成立后幸福生活的画面，我认为它对于战争描写在第二部分有明显的体现，是通过回忆形式描写他怎么样走上革命道路，怎么样离开家乡和亲人依依惜别，剩下的部分就偏重于对现实生活的描写了。在《甘蔗林——青纱帐》中，郭小川是将战争年代和现实生活既对比又联系，它写于1962年，诗人是想用战争年代的精神去鼓励人们战胜现实的困难，因为当时正遭遇着自然灾害，他感叹南方的甘蔗林香甜又严峻，感叹北方的青纱帐遥远又亲近。描述了相同之后又描述了不同，甘蔗林是香甜芬芳，青纱帐是遥远艰辛。在此之后，诗人号召人们回到甘蔗林、青纱帐，让人们回忆战争岁月经历磨难但坚韧的品格，鼓励人们用战争年代傲然挺立的精神去面对现实生活中的困难。在《甘蔗林——青纱帐》中，战争年代和现实生活是相互融合的，突出表现的是战争年代的革命精神，用了四段的排比和回忆表现出来，激发人们的壮志和豪情。

我们来看一下这首《团泊洼的秋天》。

先看一下它的背景。1975年邓小平接替重病的周恩来全面主持国家、党和军队的工作，推行全面整顿，同时文艺界的方针政策调整也在这个时期。我们前面讲过毛泽东关于电影《创业》的批示、关于电影《海霞》的批示，认为江青等人对于电影的标准过于苛刻，毛泽东批示说《创业》“此片无大错，建议通过发行。不要求全责备。而且罪名有十条之多，太过分了，不利调整党的文艺政策。”① 这样的批示在文艺界产生了积极的反响。“解放军兵营门口的跑道上，随时都有马蹄踏踏；/五七干校的校舍里，荧光屏上不时出现《创业》和《海霞》”，就是直指这次文艺斗争鼓舞人心。在这样的背景之下，郭小川写了《团泊洼的秋天》。一开始用了六个小节来讲静静的团泊洼，而且这种描述非常铺排，——确实是新辞赋体的一个典范之作，用了多种景物铺叙这种安静。

---

① 毛泽东《关于文艺工作的一组批语》（一九七五年七月一十一日），载《建国以来毛泽东文稿》第13册，中央文献出版社，1998，第450页。

秋风像一把柔韧的梳子，梳理着静静的团泊洼；
秋光如同发亮的汗珠，飘飘扬扬地在平滩上挥洒。

高粱好似一队队的“红领巾”，悄悄地把周围的道路观察；
向日葵摇头微笑着，望不尽太阳起处的红色天涯。

矮小而年高的垂柳，用苍绿的叶子抚摸着快熟的庄稼；
密集的芦苇，细心地护卫着脚下偷偷开放的野花。

蝉声消退了，多嘴的麻雀已不在房顶上吱喳；
蛙声停息了，野性的独流减河也不再喧哗。

大雁即将南去，水上默默浮动著白净的野鸭；
秋凉刚刚在这里落脚，暑热还藏在好客的人家。

秋天的团泊洼啊，好像在香甜的梦中睡傻；
团泊洼的秋天啊，犹如少女一般羞羞答答。

但是从第七节开始急转直下——

团泊洼，团泊洼，你真是这样静静的吗？
全世界都在喧腾，哪里没有雷霆怒吼、风云变化！①

像郭小川这样介入政治很深的人，无论是对于邓小平主持的全面整顿，还是对于文艺界的政策调整，都有非常深刻的理解。他在团泊洼，命运仍然是非常的不堪，但是他对于时代形势的变化非常敏感，并充满了乐观的情绪。他讲团泊洼的呼喊之声和别处一样宏大，后面一些句子写到学《共产党宣言》，学习无产阶级专政的理论，这是1975年的特色。然后又说“解放军兵营的跑道上随时都有马蹄踏踏；/五七干校的校舍里，荧光屏上不时出现《创业》和《海霞》”，如果没有解读，我们就不能理解电视荧光屏上放映《创业》、演《海霞》是什么含义。《创业》和《海霞》当时被江青

① 郭小川：《团泊洼的秋天》，载《郭小川诗选》，人民文学出版社，1977，第382－383页。

认为是新出现的毒草，不许上映，而且要严加批判，后来因为邓小平的努力，做了很多工作，把相关材料递到毛泽东的案头。毛泽东对《创业》和《海霞》都给予了正面的评价，它们终于可以在电影院和电视里公开播映，而且毛泽东的批示也在各个层面传播，这是一个标志性的事件，给了郭小川非常大的鼓舞。然后又从毛泽东的批示引发时代的积极变化，回到了自己的内心世界，战士听到了战斗的号角准备奔赴战场——郭小川被称为“战士诗人”。在八路军当中虽然没有冲锋陷阵，但是他有战士的身份，更有一种战士的心态。

郭小川经常在诗歌中号召人们要战胜敌人、战胜困难，包括《甘蔗林——青纱帐》。而且战争年代的记忆成为他人生和诗歌创作的重要源泉，20 世纪五六十年代他有很得意的时候，也有很落魄的时候，但是战争年代对他的鼓励，对他的支撑显而易见，经过战争年代的考验，他会觉得战士的豪情一直涌荡在他的心中。对于战士的精神风貌，他也有一个铺张扬厉的排比，战士的深情，战士的性格，战士的抱负，战士的胆识，战士的爱情，最后归结到两句：“战士的歌声，可以休止一时，但是却永远不会沙哑；战士的明眼，可以关闭一时，却永远不会昏瞎。”一连六个排比句，和前面六个排比句描写“静静的团泊洼”形成呼应。然后又回到开篇处的句子，说“团泊洼你真是这样静静的吗?”但是在同样的回环当中又有了新的上升，说“是的，团泊洼是静静的，但那里时刻都会轰轰爆炸；/不，团泊洼是喧腾的，这首诗篇里就充满着嘈杂”，最后的结局是“不管怎样，且把这矛盾重重的诗篇埋在坝下，它也许不合你秋天的季节，但到明春准会生根发芽”。这一首诗确实是矛盾重重，既表现了 1975 年的年度特色，如“学习无产阶级专政理论，反对修正主义”，又没有彻底摆脱当时主流意识形态的操控。而时代毕竟在转折中，不管是《创业》和《海霞》在荧光屏上的出现，还是作者对于自己战士身份的再度确认，都非常有个性，非常有时代特色。

贺敬之、李瑛从 20 世纪 50 年代到 21 世纪仍然没有辍笔。贺敬之在 20 世纪 90 年代以后开始创作旧体诗，李瑛一直在进行新诗的创作。我在 20 世纪 80 年代写文章，不能说无知者无畏，我们觉得年轻人睥睨天下，所以当时写诗批判李瑛的写诗模式，但是李瑛自己20世纪80年代的诗歌也走出了我前面所讲述的——寻找两个对立物，最后曲终奏雅再升华——跳出了这样的模式，后来的诗越写越精彩。

讲堂互动

教师：哪一位同学来讲述一下“激情战斗的诗人——郭小川”诗论的独创性。

学生：我讲述的郭小川诗论的独创性主要有四点。

第一点是“诗是创作，一切更新”。郭小川十分推崇独创，他认为“诗是创作，一切更新，在文学领域站得住脚，对得起广大读者，必须要开辟一个新的天地，既是思想上的也是艺术上的”。郭小川写诗，总是力图通过独创性的艺术形象表现自己对生活的独到感受和认识。他的创作风格蕴含着深刻的哲理、火一样的激情和形式的新颖。他的诗风洋溢着饱满的政治热情，一种对伟大的党和对祖国革命事业、人民军队的诚挚的感情，充满了抒情成分，并善于把自己对于人生和社会现实生活观察和体验到的真知灼见，融入诗篇之中。

第二点是这样一位不平庸的诗人最反对诗歌的平庸，总是从平凡的事物中发现别人没有发现的生活底蕴，通过想象和联想开拓新的艺术境界，例如他的《甘蔗林——青纱帐》中把根本没有联系的两种事物联系在一起，构成了两个时代的象征。他的作品充满了思想的深度和构思的奇妙。例如，《团泊洼的秋天》中对古今诗人都非常喜欢的秋天的题材进行了新的发掘。以秋天的“静”，强烈地反衬了战士的“动”。通过“动”“静”的结合形成了尖锐的冲突。正是在这种冲突中，诗人迸发出一个革命战士的激情与悲愤。

第三点是他的语言活脱、富丽，有表现力和喜闻乐见。例如，《祝酒歌》这首诗中采用群众口吻的新鲜比喻，把林海雪原写得那么生气勃勃、那么美、那么富有生活气息和感染力，令人心旷神怡，如临其境。

第四点是诗歌形式的民族化和群众化。在形式上，他提倡的是民族化和群众化，尝试各种体裁，不拘一格，不为体裁而体裁。他在诗歌创作中先后采用过楼梯式、民歌式，新辞赋、半自由体、自由体。对楼梯式他不是简单地搬运和模仿，而是根据汉语的规律和特点予以改造，吸收古代歌谣的表现方式，并通过民歌体的结构严谨，既活泼又令人耳目一新。如果说楼梯式还是借用苏联诗人马雅可夫斯基的外来形式，民歌体又为我国许多诗人所常用，那么长句体则是郭小川在诗歌方面的独创。在评论郭小川诗歌创作的文章中，有的称之为“长廊体”，有的称之为“政论体”，有的称为“新辞赋体”。郭小川是唱响时代基调的革命战士。

第二讲◇
赵树理与农村题材小说

本讲是十七年小说的第一部分“赵树理与农村题材小说”。

一、 农民文化的勃兴——扭着秧歌胜利进城

我有一个判断，新中国的胜利，很大程度上是农民文化的胜利、农民力量的胜利。我们讲中国的新民主主义革命、中国的社会主义革命都是在无产阶级革命的大背景之下展开的，但是对于中国来讲，工人阶级、无产阶级力量相对比较薄弱，最强大的是农民。抗日战争也好，解放战争也好，决定战争胜负的是中国农民，拿起武器的中国农民。

毛泽东在延安文艺座谈会上的讲话，强调文艺为工农兵服务。但是工人阶级数量非常有限，最多的是农民。毛泽东讲，所谓士兵也就是穿上军装的农民，共和国是农民和穿上军装的农民在中国共产党的领导下创建

的。同时，农民文化也随着共和国的建立再一次兴起，再一次成为当代文化、当代文学当中最重要的一个版块。相对而言，中国的城市文化是很薄弱、很不发达的。在20世纪大多数的时间里，除了上海、广州这样的大商埠，其他地方尽管有城市，但是都没有独立的城市文化。做中国现代文学研究的吴福辉教授有一个非常精彩的论断。他比较上海和北京，说上海是现代化的城市，北京呢，我们也讲历史很悠久，从元代以来就是首都，但是它是和中国的农业文明相吻合的，上海很现代、很时髦，北京很开阔、很包容。吴福辉讲，北京就是一个大的村庄，当然后边有很多的解释，我这里仅做一点提示。

另外，是看我们中国的作家，从鲁迅开始，尽管很多人在城市里生活，在城市里写作，但是他们写作最成功的题材是乡土，是农村。很多人自称是地之子——土地的儿子。关于这一方面的论述，要讲到另一位中国现代文学研究的重要学者——赵园，她有一部专著叫《地之子》。如果大家有兴趣，可以下去自己读。那么相应的，中国的乡村小说，或者讲十七年期间叫作农村题材小说，在当代文学中是最突出的一块、最引人注目的一块。

这里边有一个很大的背景。中国的农民，穿上军装的农民打出了新天地，创建了新中国。在20世纪的中国，农民不但改变了历史，也改变了他们自己的命运。这种命运的改变有向好的方向发展，也有发生偏差的。但不管怎样，城市生活相对比较稳定，而中国的乡村在20世纪出现的各种变化，非常醒目。比如，十七年期间乡村的合作化运动，先是互助组，然后是合作社，合作社又分初级合作社和高级合作社，然后又有人民公社运动。后来发现人民公社这个体制管理存在有很多缺陷，于是在保留人民公社的称呼之下，又退回到以生产队为生产主体、管理主体的模式。这样的历史变迁，决定了中国的历史走向，这种剧烈的变动，对众多农民的命运及精神状态产生了很大的影响，也给作家艺术家们提供了丰富的创作资源。相应来讲就产生了反映这种农村的变动，反映山乡巨变的文学作品——《山乡巨变》，这是周立波很著名的一部长篇小说。反映山乡巨变是十七年小说中最重要的一个版块。

为了有一种美学风格上的区分，我把这种乡村题材的作家分成两个大的类型，一类是乡村喜剧型的作家，如赵树理、李凖、马烽、西戎等；一类是田园牧歌型的作家，如孙犁、周立波、刘绍棠、浩然等。

二、 乡村喜剧型作家介绍

1. 赵树理

讲“现代文学三十年”的时候就讲到，赵树理在20世纪40年代创作了《小二黑结婚》《李有才板话》和《李家庄的变迁》。最初他的这种作品，似乎因为太土气，土得掉渣，而不被解放区的洋派文人所看好。但是他得到彭德怀的支持，后来又得到周扬、陈荒煤等人的支持。周扬、陈荒煤等提出了赵树理的创作方向，认为赵树理的小说是毛泽东《讲话》之后，所出现的最重要的成果之一，赵树理因此声名大振。赵树理将他的经验概括为“老百姓喜欢看，政治上起作用”，质朴无华，有深意藏焉。新中国建立之后，他出版了长篇小说《三里湾》、长篇评书体小说《灵泉洞》(上) 及短篇小说《登记》《“锻炼锻炼”》《套不住的手》《实干家潘永福》这样一批作品。

赵树理是一个非常富有喜剧性的作家，讲一个小插曲，赵树理在“文化大革命”期间到医院里去看病，因为他在十七年非常有名，医生看到他的病历本上的名字说，你就是赵树理啊。赵树理怎么回答，说现在还有人冒充我吗？得意、风光的时候，别人冒充赵树理可能骗吃骗喝骗财骗色，我现在是一个全山西最大的文艺界的批判对象，是周扬的黑干将，赵树理说现在还有人敢冒充我吗？他的幽默是渗入骨髓的，在危难之中仍然不由自主地流露出来。

十七年间他有两部重要作品：《登记》和《“锻炼锻炼”》。

2. 李凖

另一个乡村喜剧型的作家是李凖。他本名是准备的准。20 世纪 80 年代，为了避免和别人重名，在准字下面加了一个“十”字。李凖，河南作家，因为写了《不能走那条路》，一举成名。

《不能走那条路》写新中国建立之后平分田地，农民成了土地的主人之后的道路选择。在当时的意识形态引导之下认为个体经济发家致富会导致两极分化，所以应该走合作化集体化的道路。李凖就发现乡村土地的买卖比较活跃，分了土地之后本来每家都有一片地，但是因为各种原因，有的人家劳动能力比较差，有的人家遇上了天灾人祸或疾病灾难，生活上没有经济来源，就去卖地。有的人高高兴兴地要去买当年一道吃苦的穷哥们的地，所以李凖写了《不能走那条路》。他还有一部比较经典的作品——小说《李双双小传》，后来改编成电影《李双双》，在 20 世纪 60 年代初期非常有影响，甚至有一首歌就叫《李双双小唱》。我记得我那时候就听到街道上大妈大婶唱“李双双，李双双，她是咱们学习的好榜样”。在 20 世纪 70 年代末期 80 年代初期，李凖先是写了电影文学剧本《大河奔流》，后来又写了长篇小说《黄河东流去》并获得了茅盾文学奖，是第二届茅盾文学奖三部获奖作品之一。李凖写《黄河东流去》，是因为他有一个很重要的生活体验。在“文化大革命”时期，他先是受批判，后来被下放到黄泛区农村。在农村少有文化人，很多人家老一辈人去世了，村里人要写个墓志铭、写个悼词都来请李凖执笔。李凖借此机会了解了很多人的家史。抗战初期，蒋介石决定炸开花园口，以水代兵，阻止日军从津浦线南下，但是这给河南的农民带来了很大的灾难，死亡和逃难的人都有很多。黄泛区的农民纷纷逃离，作为一个大背景，李凖借此展现 20 世纪三四十年代河南农民的苦难和他们顽强的生命力。另外李凖还有一个重要贡献就是电影剧本的创作和改编，十七年间有《李双双》和《老兵新传》，新时期还改编了《高山下的花环》《牧马人》等，大都成为经典影片。

3. “山药蛋”派作家群

1949 年 7 月召开第一次文代会，在此之后，赵树理就留在北京，在中国工人出版社当社长，主编一个通俗文艺刊物叫《说说唱唱》。与此同时，他经常会回山西去，体验生活，发现新的创作题材。赵树理本来就是山西沁水人、太行山南端的山里人。后来，他干脆把全家人都带回山西，就有更多的机会下乡了。他的一部短篇小说集就命名为《下乡集》。

在赵树理的影响下，有一批 20 世纪 40 年代在毛泽东《讲话》指引下成长起来的山西作家，虽然有个别的祖籍不是山西，但是长期在山西工作，都写山西地域的农村题材小说，形成了一个文学流派——“山药蛋”派。“山药蛋”派作家有一个统称叫“稀里马虎孙”。“稀”指西戎，是四川籍作家，但是他常年在山西工作。“里”呢，李束为，笔名“束为”。然后是马烽，马烽是山西作家。20 世纪 40 年代后期，他和西戎合著的《吕梁英雄传》，是当时很有影响力的长篇小说，前些年被拍成长篇电视连续剧。马烽在新中国成立后的代表作是《三年早知道》和《我的第一个上级》，还有胡正、孙谦。这一批作家在赵树理的影响下形成一个整体，作品具有乡村生活的质朴风格，同时又有一种喜剧性，于是就形成这样一个乡村喜剧的写作流派。

讲堂互动

教师：请一位同学讲讲孙犁的小说，也可以几个小说一起比较。

学生：我来说一下孙犁的《铁木前传》吧。《铁木前传》和刚才说的《登记》《“锻炼锻炼”》相比，它是中篇小说，篇幅比较长。看《铁木前传》这个名字，一开始误会了，我以为是和历史有关的，后来发现是说一个铁匠和一个木匠的故事。本地人黎老东是个木匠，外乡人傅老刚是个铁匠。一开始，在抗日战争的时候，两个人关系特别好，他们两个都是穷人，孤苦无依，两个人互相帮助，像兄弟一样。木匠的小儿子叫六儿，和铁匠的小女儿九儿是青梅竹马，两人关系特别好……新中国成立后，傅老刚再次来到这里，想要为小儿女们完成当年的心事；他们再次见面的时候就发生了两个变化。第一个就是两个老人之间，他们的心态、地位都发生了变化。第二个就是两个孩子之间发生了变化，童年时产生的情愫已经发生了变化。孙犁特别注重刻画了女孩九儿的心理变化。从风格来说，孙犁的作品是“荷花淀派”，和这个“山药蛋派”就非常不一样，风格非常的清新，带有一种诗意和散文化的色彩，所以读起来阅读感受更美，心理刻画更多。他是以一种隐隐约约的爱情为主线的，以人物的性格心理发展为主线，从侧面来展现农业合作化发生的历史过程，所以和《登记》《“锻炼锻炼”》的风格特别不一样。

赵树理、李凖、“山药蛋”派作家群，他们有一个共同的特点，就是擅长描写一种转变当中的人物，当年叫作“中间人物”。《登记》看着是写年轻人的故事，但是写得最活灵活现的还不是年轻人，有思想和性格深度的是“小飞蛾”。从“中间人物”的角度来看，李凖也好，赵树理也好，他们擅长于写这种中年的农民，或者乡村妇女。进入新中国、新时代，从旧时代走过来的中年农民相对比较保守，乡村妇女因为受教育程度、参加社会活动的程度都要比男性少很多，她们头脑里旧的东西更多一点，就像“小飞蛾”这样的。新时代的到来，有新的风尚、新的气象，要求很多人跟上时代，实现自我的改善和提高。像“小飞蛾”这样的人物在作品中不自觉地成为一个非常突出的主要人物形象，而《登记》的写作有特定的意味。20 世纪 50 年代初推行新婚姻法，废除包办婚姻制度。包办婚姻制度的危害，我们看巴金的《家》，觉新这种不幸的婚姻即可感知一二。还有很多五四时期的作品，写这种包办婚姻和没有爱情的婚姻。20 世纪 50 年代初期，新中国建立之后很重要的一条，就是在全国推行新婚姻法。相应地，就要有文学作品表现新婚姻法的推广，用文学来帮助社会的改变，帮助政策的推行。这在十七年是一个普遍的现象。赵树理办大众文艺刊物《说说唱唱》，需要这样的稿子，编辑部没有收到这样的稿子。于是赵树理就自己写。因此，他创作了《登记》。

像这样的喜剧性小说，是一个在情节上严丝合缝的故事，起承转合、开始发展高潮变化都可以用这种方式分析出来，但是用这种方法要是去分析《铁木前传》，恐怕就很难说《铁木前传》中有什么特别的高潮。《登记》的故事高潮可能有两个地方，一个是第一次他们几个年轻人要去有关部门登记结婚，结果是自由恋爱的没被批准。另一对，燕燕和小男孩的包办婚姻因为现场出了纰漏，也没有被批准。从心理高潮来讲，五婶给艾艾做媒，介绍了一位男子。“小飞蛾”和五婶要去看看男方的家庭状况。“小飞蛾”走进院子里，刚巧听见五婶正在跟男子的母亲对话，说“小飞蛾”当年名声不好，被她丈夫痛打一顿后，也就改邪归正了。还说女人嘛，娶媳妇主要是看脸蛋，名声好不好是可以纠正的。这个时候“小飞蛾”就受到很大的刺激，自己的伤疤再一次被揭开，因此觉得不能让自己的女儿重新陷入自己的悲剧。这是这部作品的心理高潮，而且从这个地方还可以看出为什么说这是喜剧性的作品。如果是正剧，就会写派个工作队来这个农村宣布，我们政府规定男人女人婚姻自由、恋爱自由，父母不得包办，要支持和鼓励乡村青年自由恋爱。然后，就会有比如艾艾、小晚去找工作队的同志汇报，说你看我们就是自由恋爱，怎么我们就不能结婚？最后由这宣传政策的干部去教育别人，去教育“小飞蛾”，教育其他人，这是一种正剧的写法。所谓喜剧的写法就是有很多误会、很多偏差、很多凑巧、很多意外。“小飞蛾”满心高兴地要去介绍给艾艾的男子家里看他们家的情况，是满怀希望而去，结果走进去，不凑巧听到人家在屋里议论她，议论她女儿。这就是一种巧合、误会的方式，出乎意外的方式。《登记》的整个作品都是一系列的意外，首先是“小飞蛾”忽然从艾艾那里发现了一个罗汉钱，开始以为是女儿把她的罗汉钱拿了出来，这就很意外了，于是她打开箱子发现自己的罗汉钱还在，由此引发她对往事的回忆。从这种一系列的意外引出艾艾的感情线，而不是艾艾告诉妈妈说我有了一个男朋友，名字叫小晚，送了我一个罗汉钱。这个罗汉钱意外在哪里呢？女儿有一个，当年的母亲也有一个，这就有了戏剧性。如果仅仅是发现了艾艾有了一个罗汉钱，这个故事要讲起来还比较难讲。但是突然让“小飞蛾”也有一个，而且“小飞蛾”的罗汉钱故事比艾艾的罗汉钱故事要丰富得多，更有内涵，更有历史深度，于是故事就容易往下讲。包括前面讲他们四个人到乡里去办理结婚登记，开始说艾艾的自由恋爱不行，不能登记，但是燕燕那个包办婚姻，那个小男孩分不清哪一个是他的未婚妻，误打误撞认错了人，出了纰漏。尽管有关干部对这些事情不深究，但是这个纰漏太大了，连要和谁结婚都搞错了，也不能登记。这样才有了后来一系列的情节发展。

三、乡村喜剧小说的特征

1. 喜剧性主题：由旧变新

首先是喜剧性的主题，写乡村中的中年农民以及妇女这样处于中间状态、不好不坏，既不是很先进，又不是老顽固的落后分子，这个中间状态的人物怎么接受新时代的洗礼，从旧变新呢？就像李凖曾经讲的，我的小说可以粗略看到一点我国农村社会主义改革的缩影，由于这十几年是处于社会主义改造的时期，很多的故事是反映他们怎么把旧中国的“旧”换成新中国的“新”。而且他讲，他写小说的目的就是为了能够让农民听一听，笑一笑，从笑声当中摆脱他们的落后，从笑声当中意识到什么是先进。[①] 作家们的目的很明确，对于自己的喜剧风格特征也有自觉体认，在笑声当中实现人物的转变，在笑声当中摆脱落后状态。

2. 喜剧性人物

一个人从中间状态走向先进状态可以有各种路径。这一批作家选择的是喜剧性的路径，在笑声当中摆脱落后。于是他们设计了一批喜剧性的人物。比如，我们讲到的《登记》中的“小飞蛾”、马烽的小说《三年早知道》中的“三年早知道”、李凖的小说《李双双小传》中李双双的丈夫孙喜旺。另外，既然是喜剧性的人物，那么就不能放在一个严峻的阶级斗争当中，不能放在摆开阵势两军对垒、处于敌对状态的人们这样一种人物关系当中。而经常是写夫妻、父母儿女、亲朋好友、邻里街坊这些人，有矛盾，但不会决裂；有冲突，但是有更多的共同利益；有斗争，却有更多的团结

---

① 李凖：《我怎样学习创作》，载李凖、未央等著《我是怎样学习创作的》，长江文艺出版社，1956，第1－2页。

教育。这些作品如果拿来和我们后来那一批表现阶级斗争的作品相比较就更明显。比如，浩然的小说《艳阳天》长篇三卷本，写乡村麦收时节激烈紧张的阶级斗争，一边是先进分子、农村合作社干部萧长春带领着社员们加紧生产，抓紧麦收，另一边是由党内混进来的蜕变分子、明目张胆行凶杀人的地主，还有一批思想意识模糊的落后农民，二者分成鲜明的两大阵营，进行真刀真枪的决斗。其中，有一个重要的情节是讲地主分子把萧长春的儿子——七八岁的孩子小石头从悬崖上推下去，想制造事端干扰萧长春的意志，要让萧长春领导的合作社的麦收出现延误损失惨重。这样的人物关系是你死我活，势不两立的。在《登记》这样的作品里，人物没有摆开阵势、拉下脸来进行激烈的斗争或愤怒的指责，即使是“小飞蛾”到别人家时听见五婶背后说她长短，说她名声不好是被丈夫一顿小锯梁子打过来的，她也没有因为这样的说法就跟五婶撕破脸皮，她只是说她家里今天有事，就不进去了，不去看了，然后就跟五婶一起往家走。两人一路走回来却不搭话，注意那个描写没有——像“小飞蛾”当年的舞台功夫一般翩翩向前飞去，于是五婶就总也赶不上。你看这种人物关系描写，尽管心里会有很多意见，但是她不会撕破脸皮——无论你怎么背后败坏我。那种一刀一枪公开对阵的人是有的，那种做法是有的，但这不是赵树理这样的作家所愿意选择的。

3. 喜剧性情节

还有一个是喜剧性的情节。讲《登记》的时候已经讲了几句，就因为它不是正剧。正剧就是拉开阵势，堂堂正正，正面强攻。喜剧就是“巧取豪夺”，侧面迂回，用各种误会的方式来实现教育农民的目的。赵树理的《“锻炼锻炼”》，就是一部近些年有新的争议、新的讨论的作品。按照《“锻炼锻炼”》的主体思想，当时的农业合作社要扩大生产，要动员妇女参加劳动，这就成为合作化时期农村题材小说表现的重要题材和重要主题。《李双双小传》中的李双双本来是一个家庭妇女，她被丈夫孙喜旺以及村子里的农民称为“我们家做饭的”和“喜旺家的”，连姓名都没有——不是没有姓名，而是因为不加入公共生活，用不到姓名。但是在人民公社时期兴修水利，为扩大生产规模，动员妇女参加劳动，于是李双双脱颖而出。

在《“锻炼锻炼”》中也是这样，合作社的副社长杨小四非常年轻有锐气，也可以说非常有智慧。他们村子里有两个比较懒惰、比较自私的妇女。一个外号叫“吃不饱”，一个外号叫“小腿疼”。一个妇女比较年轻，但经常说吃不饱，以这个理由推脱参加集体劳动。另外一个是老年妇女，说我小腿疼不能参加劳动。一到有一些活计，因为记工分比较马虎没那么精确，她们觉得没有便宜可占就不出工了。有一些活计可能工分高一点，或者有一些带有个人利益的劳动她们就会积极参加。合作社种了棉花要采摘。因为棉花成熟期不平均，要分几次采摘。第一次、第二次采摘棉花是生产队来组织，采的棉花是生产队的，但是第三次就是谁采了棉花就是谁的，这时候大部分的棉花都采摘完了，还剩下一些零零星星、成熟晚的可以归个人所有。像这种情况，一说给生产队摘棉花，“吃不饱”和“小腿疼”就不去；说要自由采棉花，摘了的棉花归自己，她们两个就跑得很快。于是杨小四用了一个办法，说今天下午，妇女们可以去自由摘花，但是去摘花之前咱们先要在村口集合一下。这“吃不饱”和“小腿疼”一想：既然是自由摘花，那她们就先下手为强，别人在村口集合的时候，她们就已经把自己的棉花包摘满了。中午在村口集合的时候，杨小四宣布说我们今天下午摘花还是归生产队，那么没有来的人呢大家也不要告诉她们，今天我们要用这个方式教育她们。到了地里，“吃不饱”和“小腿疼”跟其他妇女一起摘花，其他妇女一边摘花，一边看着她俩笑。结果到最后就产生争执，“小腿疼”和“吃不饱”说“你明明讲是自由摘花啊，你怎么会又改变了呢”。杨小四就说：“我们有言在先，你只听了我的前半句，没听我的后半句。我前半句讲要去自由摘花，但是我们先要到村口集合，你为什么不来?”用了这样一种巧妙的喜剧性的方式，说是整治也好，教育也好，而不是说很简单地跟你说：“你不要好逸恶劳，你不要损公肥私，你不要过于自私自利。”这是说杨小四他们的思想教育方式，包括我前面讲“小飞蛾”听到了五婶和那位男子家庭对她的议论都是一种误会和巧合。比如，马烽的《三年早知道》，“三年早知道”是一个人的外号，山西的口语，确实是非常流行。我自己也是山西人，这个“三年早知道”确实是山西人的口头语言。马烽写的“三年早知道”这个人非常愿意卖弄聪明，什么事情发生之后，他说“你看我早就知道了，我早就说过了，”别人就会揶揄他说你是“三年早知道”，久而久之，成为他的一个外号。这个人从自私自利转向关心集体利益，但是有些事情，也还做得不是那么体面。

“三年早知道”本名赵满囤，自从当了合作社的猪圈饲养员，他就想着怎么给合作社的母猪及时配种。他听说这天区上有种猪站的工作人员要把种猪赶到附近某个村庄去配种，他一想我这个猪圈里的母猪也需要配种，于是当天就专门提前等在村口，把赶着种猪去配种的人拦下来说：“同志你好辛苦啊，在我们这里歇歇脚，喝喝茶，”然后就把人家的种猪赶进自己合作社的猪圈去，悄悄地给自己养的母猪配种，他以为我这不是为自己，是为集体的合作社省下一笔配种费。过了一段时间，集体化规模不断扩大，于是附近几个养猪场都合并到一起。在这个过程当中，因为他在母猪配种上做了手脚，另一个村子里的小猪长得很差，病病歪歪。现在，把所有的猪都集中到这里，于是赵满囤自作自受，当年从中做手脚，以为给合作社做了好事，现在那几个病病歪歪的小猪也归他养，这是一种喜剧性的自作自受：“原来当初我还是做错了，就是看到小集体的公，没有看到大集体的公；看到了合作社这个公，没有看到人民公社这个公。”用这样的方式请君入瓮，使他接受教育。

4. 喜剧性语言

喜剧性语言，第一是大词小用，或是庄语谐用。我举一个最简单的例子，就是《登记》里说“燕燕到了小晚家，也走的是妇女路线，先和小晚他娘接头”，这叫大词小用，或是庄语谐用。“妇女路线”，这是我们的政治名词，尤其是20世纪五六十年代经常有各种各样的新的政治用语出现。“妇女路线”是从大的方面讲，本来是燕燕到了小晚家，先和小晚他娘接头，但是用了“也走的是妇女路线”。

还有《“锻炼锻炼”》里的“吃不饱”，她已经结婚，但是对丈夫张信不是那么满意，赵树理戏谑地说她把他当成“过渡时期”的丈夫，于是她设计了一套对付丈夫的“政策”。“过渡时期”“政策”都是当年很流行，也很新颖的词汇，都被用到小说中，产生了一种喜剧化的效果，一种反讽。

第二是人物语言自相矛盾，欲盖弥彰，正话反说，真话假说。

西戎的《赖大嫂》里有这么一段，此前生产队号召社员养猪，但是因为养猪的政策和利益划分不清晰，精明强干的赖大嫂因此没有养猪积极性。现在新政策很明确，养猪的人也可以得到相当的利益，赖大嫂就再次来到生产队的养猪场，说要抓一头小猪回去养。赖大嫂非常泼辣和凶悍，在家里把她丈夫像揉面一样管得服服帖帖。但是她第一次从猪圈里抓了一头小猪养，因为利益划分不明确，猪没有养好养大。第二次来就有些不好意思，于是就假装说："你看我要是不抓一头小猪，我就从他手里活不出来了。"这都是山西的口语，打着她丈夫的旗号来抓一头小猪回去，与事实有很大的偏差，产生了一种喜剧效果。

四、 田园牧歌型作家介绍

首先，讲田园牧歌。古希腊的文学史就有乡村喜剧和田园牧歌这样的分类。相对来讲，中国似乎对于这类概念性的、界定性的东西一向不是特别关注，但是借用过来的好处是，我们不需要用农村题材或者农业集体化题材很笼统地把赵树理、李凖、马烽和孙犁、周立波、刘绍棠一网打尽，在艺术风格上，我们还是应有所区分。他们都是写农村新气象，都是写合作化给乡村生活带来的新面貌，但是风格不一样。我对田园牧歌有一个简单的归纳：一个是优美的山光水色，一个是年轻向上的乡村女性。赵树理和"山药蛋"派作家群所描写的山西似乎没有什么特别精彩的风光，其实也未必，山西没有大的湖泊或具有优美特质的河流。山西有汾河，而且和陕西隔着一条黄河，汾河也好，黄河也好，似乎都不像南方的河流那么温柔清澈。因为照顾农民的阅读习惯，赵树理的小说、马烽的小说、李凖的小说都不太做风景描写，比较质朴，很少描写风光。

田园牧歌型的作品更多的会写到山光水色，举一个我们容易联想到的例子《荷花淀》。《荷花淀》一开始就是水生嫂在村庄里织席子，如果"山药蛋派”作家可能就会写水生嫂在月亮底下织席子。织席子是要拿到镇上卖，好给一家人换一点油盐酱醋。但是孙犁写起来是月色当中，荷花淀里的雾气渐渐升上来，水生嫂就慢慢地在水雾缭绕中织席子，有一种非常抒情的描写。描写大自然是要塑造一种人与大自然的和谐关系。周立波写《山乡巨变》，他的这个山和赵树理等人笔下的太行山、吕梁山不可同日而语。益阳我去过，2014 年过春节在从长沙到常德的自驾路上，特意到益阳周立波的故居去看，其实那个地方是一个丘陵地带，山光水色非常明媚。孙犁写的是北方，但他的很多优美作品是以白洋淀为写作地域的。

其次，他们的作品注重抒情的诗意和美丽的画面。赵树理的小说、李凖的小说希望能够读给农民听，那种风景描写，那种小资情调，抒情色彩很浓的笔触，农民不理解、不接受、不懂得、不喜欢。许多人嘲笑赵树理，说赵树理很土气，实际上未必如此。赵树理 20 世纪 20 年代在山西省立第四师范学校读书，接受了新文化的洗礼。放假时就带着五四的新小说，包括鲁迅的小说回到村子里给他的父亲读。赵树理的父亲是村里的文化人，识文断字，就像《小二黑结婚》中二诸葛那样的人物，但是他的父亲听他读五四新小说听得一头雾水，毫不感兴趣，于是赵树理知道了新文学和农村、和农民的距离。而孙犁和周立波的作品文人气重，抒情色彩浓，审美追求更为强烈。

1. 孙犁

孙犁在 20 世纪 50 年代两部最重要的作品是《铁木前传》和《风云初记》。有同学说《铁木前传》好像没有写完。我想按照孙犁的写法，他写了前传，应该想着要去写后传或者写续篇的，但是后来放下去就没有再写出来。他的另一部写河北平原民众抗日斗争的长篇小说叫《风云初记》；《铁木前传》《风云初记》，都希望有后传，有再记，但是很遗憾，这两部作品给我们留下了很多悬念，留下了很多期待。另一位著名的当代作家徐怀中先生曾经说过：“我愿意用十年的生命来换取孙犁先生写出来《风云后记》或者是《风云续记》。”可见大家都认为它们是应该有续篇的，但是因为各种原因，这两本书都只有前和初，没有后和续。

孙犁和赵树理一样是解放区成长起来的作家。孙犁 1945 年在延安的时候发表短篇小说《荷花淀》，一鸣惊人，1949 年后他发表了另一批重要的作品——长篇小说《风云初记》，中篇小说《铁木前传》《村歌》。后来，在 20 世纪八九十年代，他在散文创作上又有很大的贡献。我们的教材里在两个不同时期都出现的作家，一个是王蒙，20 世纪 50 年代讲他的《组织部新来的青年人》，新时期讲他的《蝴蝶》。孙犁呢，20 世纪 50 年代讲他的小说，20 世纪八九十年代讲他的散文。

2. 周立波

周立波是湖南益阳人，是周扬的远房侄儿，但他们年龄相近。我讲课的时候经常会讲到周扬，有的同学问周扬是什么人。周扬是 20 世纪 30 年代中期即左联后期的主要负责人，抗战爆发之后从上海来到延安，当过鲁迅艺术学院的副院长，在毛泽东延安《讲话》之后，成为毛泽东文艺思想的最主要的阐释者。新中国成立初期他一直在中宣部工作，主要负责文艺方面，是 20 世纪五六十年代中国共产党在文艺界的重要领导者。周立波跟周扬辈分有差别，但是年龄相近，他也是 20 世纪 30 年代来到上海，参加过学生运动、工人运动，坐过国民党的监狱，20 世纪 40 年代在延安鲁艺文学系当教师。我看一些鲁艺的学生回忆说周立波当年讲课是很受欢迎的，周立波能写作，能翻译，讲文学创作也非常内行。他翻译过肖洛霍夫的《被开垦的处女地》。20 世纪 40 年代末期写过《暴风骤雨》。《暴风骤雨》和丁玲的《太阳照在桑干河上》被认为是解放区长篇小说的重要收获。20 世纪 50 年代初，中苏友好，那个时候我们可能不看重诺贝尔文学奖，但是我们看重苏联的斯大林文艺奖金，20 世纪 50 年代初，歌剧《白毛女》、丁玲的《太阳照在桑干河上》分别获斯大林文艺奖金二等奖，《暴风骤雨》获三等奖，这在当年是很不容易的。20 世纪 50 年代初国家经济发展的重心转移到城市，号召作家了解城市、了解工厂。周立波当时在北京，就到石景山钢铁厂去体验生活，写过一部长篇小说《铁水奔流》，不是很成功，于是他想想还是回去写家乡。全家搬回益阳，在乡村生活了将近十年，亲自参与和指导当地的合作化运动，写了《山乡巨变》上、下卷。《山乡巨变》上卷写得云淡风轻，下卷就有了阶级斗争，有了美蒋潜伏多年的特务，有了严重破坏集体生产的行为。1977 年后，他写了《湘江一夜》，以及几部短篇小说，但是很快因为身体不好去世了。

3. 刘绍棠

如果我们要关注北京的乡土文学，刘绍棠是一个很重要的代表，而且刘绍棠非常出色，1936 年出生，13 岁开始发表作品，15 岁成名。他自己还在读高中的时候，他的小说《青枝绿叶》就被选到中学语文课本里。我们现在讲少年写作，不少作者很优秀。但刘绍棠可能更优秀，自己还在中学读书，语文课上读到的是自己的作品。20 世纪 50 年代，他创作的作品数量已经很巨大。团中央为了培养他，就推荐他到北大中文系读书，读了一段时间，刘绍棠认为大学里的课程对他的创作没有太大的帮助，又从北大中文系退学，他有一篇写北大中文系的短篇小说叫《西苑草》，“西苑”是北大一带的地名，“草”是草地的“草”，也是草草急就的“草”。到 1978 年之后他重新出现在文坛，创作数量仍然非常巨大，一直在讲他的“运河人家”的故事。刘绍棠早年的创作受孙犁的影响很大，追随孙犁的风格，而且很多作品发表在孙犁主编的《天津日报》的文艺版上。

4. 浩然

浩然也是 20 世纪 50 年代出现的重要作家之一，他文学地位的确立是他写于 60 年代的三卷本长篇小说《艳阳天》。浩然的祖籍河北，在乡村长大，开始是在乡村里当儿童团员，后来在乡村里工作。他也非常了得，一直坚持自学，给报纸投稿，后来到报社当记者。在报社当记者期间，他开始发表小说，最初以一些田园牧歌式的短篇小说引人注目。他还写儿童文学，写儿童题材的小说，如《夏青苗求师》，在 20 世纪 60 年代中期发表长篇小说《艳阳天》，在“文化大革命”中期发表《金光大道》，当年讲“八亿人民一个作家，八个样板戏”。这“一个作家”指的就是浩然，但是浩然的前期作品也是讲好人好事，乡村牧歌式的。

以上是对田园牧歌型的作家和他们一些代表性作品的介绍。

孙犁影响了一批重要的作家，比如刘绍棠、从维熙、浩然，这都被认为当年追随孙犁，而且具有“荷花淀”派特色。周立波的创作对于比他晚辈的湖南作家谢璞、古华、叶蔚林都有示范性。20 世纪 80 年代文学比较看重文学流派，于是有人称周立波开创了“茶子花”派。“茶子花”即山茶花，我们在北京可能少见，到了湖南，山茶花到处都有，周立波小说里多次写到了茶花的淡淡的清香，《山那面人家》里有，《山乡巨变》里也有。今天看起来“山药蛋”派、“荷花淀”派和“茶子花”派，他们的创作成就高低不同，但是确实每一个重要的作家都能影响一批后学、后辈，这也是很了不得的。

孙犁还有一个贡献，我们看新时期出现的一批重要作家铁凝、贾平凹、莫言等都曾经受到他的影响，在写作中都曾经有过有意识地模仿孙犁的诗情画意、抒情色彩的时期。这些作家在创作初期也得到孙犁的热情帮助扶持，比如莫言，孙犁是最早写文章推荐他的。

五、 乡村喜剧型作家和田园牧歌型作家的比较

文学研究从哪里入手？有什么基本的方法？比较是一个很重要的方法。比如，我们讲乡村喜剧型的作家，讲他们喜剧性的情节设置，我们会讲他们和正剧型作家的区别。现在我们也可以对田园牧歌型这批作家与乡村喜剧型作家做一个比较。

1. 文化传承

说到文学传承，赵树理等人更多地传承了中国的宋元话本、明清白话小说、民间故事的传统。曾经有一段时间，这种讲故事的传统受到排斥和鄙视。20 世纪 80 年代中期，先锋小说兴起的时候，曾经认为讲故事就很落俗套，过时了。当时有一个简单的描述：传统文学讲故事，先锋小说讲叙事。不是说这个故事内容怎么好，而是把重点转移到怎么讲好故事，关注到了小说的叙事，怎么讲比讲什么更重要。但是许多年后，我们看到中

国文学还在讲故事，对中国传统的传承在今天仍是一个很重要的现象。当下最重要的作家，莫言也好，贾平凹也好，他们的作品都在讲故事，而且都从宋元话本、明清白话和民间故事当中吸取了很多养分。

抒情性的、田园牧歌型的作家，他们的传承可以说是从俄罗斯文学，从普希金到肖洛霍夫这条线走过来。你去看孙犁的创作谈，去看周立波的创作道路，他们受俄罗斯和苏联文学的影响就非常强烈。孙犁就讲：喜欢普希金，也喜欢《嘉尔曼》。歌剧《卡门》的小说原作就是《嘉尔曼》，法国浪漫主义作家梅里美的作品，孙犁喜欢这类具有浪漫主义色彩的文学作品。

2. 时间与空间

乡村喜剧型的作家要讲故事，故事是在时间中展开的，开头怎么样，后来怎么样，结果怎么样，有头有尾，严丝合缝。于是作品是有时间性的。但是你看孙犁和周立波的小说，它们是空间性的、画面性的，我们还以同学们比较熟悉的《荷花淀》作例子。《荷花淀》一共就三个场面，第一个场面是水生嫂在织席子，水生回来了，一会儿交代说我们要到部队去。在夫妻俩对话中“你不要让鬼子捉住”是最重要的一句话。第二个场面是这一批妇女们在一起说话，要去看她们的丈夫。我再讲一个小插曲，因为起首的那句话“妇女们总是有些藕断丝连”，每个人都用不同的方式表达各自对丈夫的思念。但是20世纪50年代《荷花淀》选入中学语文课本时，就有当时被主流意识形态熏陶很深的中学生给孙犁写信说：“孙犁先生你这是贬低妇女，为什么你不说男人藕断丝连？”我们今天看起来这句话很平常，但是在那个年代，这样的批评是很重的，孙犁也非常认真地给他们写回信解释为什么这么写。因为孙犁是最尊重女性的，是老一代作家里写女性形象，尤其是写年轻女性最精彩、最动人的。《荷花淀》的第三个场面是水面上的那一场遭遇战，她们找自己的丈夫没找到，反而被日本鬼子的汽艇追了过来，突然间她们的丈夫都从荷叶下冒出头来袭击日军的汽艇。就这三个场面，你说故事的矛盾冲突是什么，很难说得出，它就是一种抒情色彩，通过这三个场面写这一群妇女的成长变化。作品最后一句讲，这些妇女们后来也接受了武装训练，和她们的丈夫一起在荷花淀里战斗。这样的小说结构是画面的、空间化的。我们教材作品导读里选讲的周立波的《山那面人家》就更简单，两个场面，一个是一群姑娘们在月色中赶路，她们笑声不断。如果是讲情节的作品，一定要讲她们为什么笑，要说出一个确切的原因来，但是周立波做了几个猜想，做了几个相关思考，说也许就是她们爱笑。

有一群姑娘在我们的前头走着。姑娘成了堆，总是爱笑。他们嘻嘻哈哈地笑个不断。有一位索性蹲在路边上，一面含笑骂人家，一面用手揉着自己笑痛了的小肚子。她们为什么笑呢？我不晓得。对于姑娘们，我了解不多。问过一位了解姑娘的专家，承他相告："她们笑，就是因为想笑。"我觉得这句话很有学问。但又有人告诉我："姑娘们笑，虽说不明白具体的原因，总之，青春，康健，无挂无碍的农业社里的生活，她们劳动过的肥美的翠青的田野，和男子同工同酬的满意工分，以及这迷离的月色，清淡的花香，朦胧的、或是确实的爱情的感觉，无一不是她们快活的源泉。"①

另一个场面是婚礼的场面，热烈、风趣，仍然是笑声不断。没有矛盾冲突，没有完整的故事性，就是两个画面，通过画面抒发这一群乡村年轻女性对新生活的热爱，对新生活的赞美。

3. 工作视角与审美视角

讲视角问题，每个人看问题都有自己独特的视角，各个作家写作也各有不同的视角。一个简单的例子，赵树理、李準、马烽他们都是以乡村干部的眼光看待生活、看待工作中的难题。我们来看赵树理的这一段话：

我在作群众工作的过程中，遇到了非解决不可而又不是轻易能解决了的问题，往往就变成所要写的主题。这在我写的几个小册子中，除了《孟

---

① 周立波：《山那面人家》，载《周立波小说选》，湖南人民出版社，1981，第156页。

祥英翻身》与《庞如林》两个劳动英雄的报道以外，还没有例外。如有些很热心的青年同事，不了解农村中的实际情况，为表面上的工作成绩所迷惑，我便写《李有才板话》；农村习惯上误以为出租土地也不纯是剥削，我便写《地板》（指耕地，不是房子里的地板）……假如也算经验的话，可以说“在工作中找到的主题，容易产生指导现实的意义”。①

赵树理说，他经常要下乡，向农民推行新的政策，向群众宣传新的方针，但是这种方针政策的推行和落实并不那么容易。我想这个道理很好明白，不管做什么工作，我们习惯的说法是两头小，中间大，重点是做好中间人物的思想转变工作。像艾艾、小晚，你一说新婚姻法、婚姻自由、爱情自由，他们高兴得不得了。你不用教育他们，他们就跟着你走，他们会主动争取自己的恋爱自由、婚姻自由。问题在哪儿呢？在“小飞蛾”、在五婶那样的人物身上，还有乡村里一些官僚主义、对民众疾苦不关心的干部身上，于是我们看到《登记》里写的这一群人的精神状况以及他们对年轻一代命运的决定权。

孙犁、周立波呢？他们关心的不是生活中的问题，不是工作中的问题，他们是要在乡村中发现美，发现生活的美，发现大自然，发现大自然和人之间和谐的美好关系。这是一个审美中心和问题中心的区别。

因此，田园牧歌型的作家更容易发现人之美和大自然之美，前面说赵树理、李準他们擅长于写“中间人物”，写中年农民，写乡村的中年女性。孙犁和周立波他们擅长写的是乡村中的年轻女性。比如，《山那面人家》中那一群活泼的农村姑娘，尽管没有名姓，但是她们的笑声给我们留下了深刻的印象。孙犁的小说，像《村歌》中的双眉，像《铁木前传》里的九儿和小满儿。（这里也补充一句，当下的研究，对小满儿有新的评价，当年我们在一种意识形态倡导之下对人物的理解比较简单，其实孙犁的笔下不断出现小满儿这样的人物。《村歌》中的双眉，《风云初记》里也有既漂亮又风骚的蒋俗儿，说她不正派，但是她也不至于堕落到哪里去，她能够吸引别人的关注，能够吸引异性的目光和追求，她自己也经常面对生活的选择。）

---

① 赵树理：《也算经验》，《人民日报》1949年6月26日。

周立波《山乡巨变》中的年轻人物，盛淑君、盛佳秀这样一批青年女性，她们的形象塑造都很用力。为什么呢？黑格尔讲过，人和大自然的和谐美好经常是体现在年轻女性身上，它既体现了人性的美，也体现了自然的美。还有一点，当代中国女性命运实现了最大的改变，时代焕发了她们的思想觉悟，她们积极投身社会运动，投身当年的合作化运动。

第三讲◇ 革命历史题材小说和百花时代的小说

这一讲是讲革命历史题材小说和百花时代的小说。

十七年文学最重要的两个版块，一个是农村题材小说，一个是革命历史题材小说。上一讲讲过了以赵树理为代表的乡村喜剧型作家，以孙犁、周立波为代表的田园牧歌型作家，它和我们现在要讲的革命历史题材小说有一种内在的逻辑关系。这种关联性在哪？20世纪50年代初结束战争和动乱，进入全面建设和发展时期，很多新的工业门类从无到有，从小到大，汽车和公路，高压电线和长江大桥，林场工人，拖拉机和炼钢炉……老版人民币的图案上有女拖拉机手，有武汉长江大桥。过去边疆地区缺医少药，现在培养出藏族卫生员；过去的公路里数非常有限，现在公路修到了深山沟，这些都被作家们写进诗歌、散文和小说中。但是更重要的一点，文学重在表现人类心灵的变化，表现人的精神面貌的变化，于是孙犁、周立波倾力描写新时代乡村里的年轻女性，就像《山那面人家》中那一群欢乐的农村姑娘，新的时代改变了她们的命运，她们从包办婚姻走出来，有了自主婚姻；从家务劳动中走出来，走向社会参加工农业劳动，男女平等，同工同酬，而且政治地位大大提升。赵树理代表的乡村喜剧回答的是另一个问题，新的时代建立起来了，人们应该怎样适应新时代追随新时代，把旧中国的“旧”字换成新中国的“新”字，实现价值观的转换。李準说：“有很多人年龄比较大，经历过旧时代，接受过旧道德旧伦理观念，进入新时代，他们怎么样接受新时代、新气象、新事物、新道德、新的行为方式和精神状态？”

与此同时，革命历史题材小说想要回答的是：新时代是怎么来的？新中国是怎么建立的？现在的青少年从小到大都在接受革命历史教育，以为很多东西是常识，对从五四运动到中国共产党建立，一连串的斗争和战争，走向1949，走向新中国，都有基本的了解。回到20世纪50年代，从旧时代过来的很多人，没有直接革命经验的人，他们需要了解这段历史，一方面是政治教育、历史教育，一方面是文学艺术作品对革命斗争历史的一种描述。革命历史题材在小说、戏剧这样以叙事性为主的体裁当中，都是非常重要的版块。

在十七年的小说中，还有一个版块——百花时代的小说。我们讲文学史进程的时候讲到了百花时代，小说也好，文学也好，生命力都非常顽强。言为心声，文学作品是作家、诗人心声的流露；而且，作家也好，诗人也好，每个人的内心世界都很丰富。文学要表现这种心灵的丰富多彩，而且不能重复，要创新，要不断做出积极的探索，一旦有合适的时机，它就会不可遏制地涌出来、冒出来。十七年有很多严苛的文学规范，有大大小小的文学批判和文化批判，文学创作经常受到比较多的限制；但是只要这种限制稍微减弱一点，就会有一点反弹，给点阳光就灿烂，文学就会非常迅速地在表现生活的丰富性，表现人的精神状态的丰富性上，做出极为快速的体现，尤其是短篇小说、诗歌和散文这样短平快的作品。

这就是这一讲要讲的内容，一个是革命历史题材小说，即今天所说的“红色经典”；一个是百花时代干预生活的小说，还有情感探索的小说。

一、“三红”、《青春之歌》、《百合花》等革命历史题材小说

“三红一创”是个统称。“三红”指《红日》《红岩》《红旗谱》，“一创”指的是柳青的《创业史》。《创业史》在我们这个教材里没有特别讲，但是当年曾经把《创业史》认定为十七年合作化题材最优秀的作品。赵树理的《三里湾》呢，赵树理自己讲，我的小说都是“问题小说”，他说写《三里湾》是因为农业发展的道路之争。

1.“问题小说”与“历史视野”

20世纪50年代前期，号召农民走集体化的道路，像苏联一样，用农业的集体化来预防和消除乡村中的两极分化，走共同富裕的道路。应该讲，在理想化的层面，这是非常有魅力、非常有诱惑力的，但是在现实当中，就遭遇了很多争论，遇到了很多困难。比如，从高层来讲，一条路线是先集体化，后机械化；另一条路线是说我们现在靠铁犁牛耕这种生产力状况，进行合作化后劳动力是一样的，生产水平也是一样的，没有多少优势，应该是先机械化，后集体化。这个道理也容易理解。比如，我有个大型的播种机或收割机，一亩三分地一个小时不到就耕完种完收割完，至少也得有几百亩几千亩地，我这个大机械才能发挥作用。这是两条路径之争，这两条路径又被认为一条是社会主义，一条是资本主义。新中国建立前后，刚刚给农民平分土地，很多农民觉得在自己的土地上劳动，是非常自豪和非常有积极性的。农村不可避免地出现了两极分化，但是用什么方式去化解两极分化，这确实是个难题。

赵树理写《三里湾》，是因为看到现实当中，在争论集体化的规模要不要扩大，赵树理说：“我觉得还是应该扩大”，理由何在呢？作品里写，三里湾的农民要提高粮食产量，要新建一条引水渠，若这条引水渠都是集体的土地，那么想怎么规划就怎么规划，可以笔直地把一条引水渠修过来。但是如果土地都在农民的个体手里，张家愿意修，李家不愿意修，于是水渠可能就修不成，或者修得弯弯拐拐浪费土地。从这个层面上来看，集体

化有着历史的宏大背景。中国这样一个地域广阔的国家，几千年能够维持它的统一状态，原因何在？有人从农业与水利的关系解释说，中国有一条桀骜不驯、十年九灾的黄河，黄河水患需要统一治理，因为治理黄河的需要，成就了中华民族这样一个有凝聚力的民族。大禹治水就是治理黄河，治河有功，就成为民族的首领。对于赵树理来说，他写《三里湾》，非常务实，集体化就是要让土地得到充分利用。

而《创业史》的政治意识非常强烈，柳青说："我要思考的是，中国为什么会发生乡村的集体化运动，几千年都是私有制、个体农业，农业集体化这一历史进程的来龙去脉、思想渊源，来自何处、走向何方都需要梳理清楚。"从作品的立足点来讲，这比《三里湾》高很多，他秉持的是历史唯物主义的思想高度，几千年的私有制把人们引导向自私自利，集体化引导人们走向团结和勤劳，而阶级敌人一定是要千方百计和集体化道路对着干的，要阻挡历史车轮前进。从这个层面上着眼，当代的学界和读者对《创业史》的评价极高，称赞柳青不像赵树理那样就事论事，柳青有思想家的气质，有史诗的气魄。

2. 史诗与传奇：美学风格的界定

回到我们今天的主题，讲革命历史题材小说。一方面它有题材方面的特点，另一方面它又在美学样式上有它自己的特征。学习文学课程，大家的学习关注点在哪里？怎样解读作品？一个是一定要有理论指导——文学理论，人文科学、历史学、心理学等各个方面都是需要的。还有就是要善于比较，甲和乙比，乙和丙比，比较当中见出各自的异同，比出各自的优长。比如，我们前面讲到赵树理与孙犁的比较，赵树理与柳青的比较。还有别的路径。比如，文本细读、作家专论。我们这个课程，是比较重视方法论的，要重视方法论的指导作用。另一个重点，把文学当作文学，讲一篇作品要注重审美感受、美学特征，包括我们的教材——不是纯粹的思想分析和历史勾勒，而是把它的艺术特征尽量地讲出来。说到革命历史题材小说，一方面这是中国特色，但另一方面它具有史诗的特征。史诗是文学理论和美学研究中一个重要的范畴。前面把《创业史》插进来讲，也是为了阐明史诗的特征。

先讲这些作品的宏大叙事。比如《红日》，它描写的是华东野战军在山东战场的作战，几次重大的战役；《红岩》是写白公馆和渣滓洞监狱中被捕受难的中共党员、革命志士，以他们在监狱中的斗争为中心，写了城市的地下工作，写了乡村的游击战争，反映时代的全貌。写大时代，不是说平均用力、面面俱到，而是通过作品的一些线索，有详有略、有远有近，尽力把握时代的全貌。所谓史诗，就是说具有宏大的斗争场景、壮阔的时代风云、决定民族命运和个人命运的重大冲突、具有划时代意义的历史事件，同时，还具有大型的结构、大型的容量的表现方式。

我把这种表现革命历史题材的作品，列了一个基本篇目：梁斌的《红旗谱》，吴强的《红日》，罗广斌、杨益言合著的《红岩》，杜鹏程的《保卫延安》，杨沫的《青春之歌》，冯德英的《苦菜花》和《迎春花》，高云览的《小城春秋》，李英儒的《野火春风斗古城》，欧阳山的《三家巷》和《苦斗》，曲波的《林海雪原》，刘知侠的《铁道游击队》等。峻青的《黎明的河边》、王愿坚的《党费》《七根火柴》，茹志鹃的《百合花》等短篇小说也在此列。并把它们分为两个类型，一个类型讲史诗性，一个类型讲传奇性。史诗和传奇的理论都来自于苏联美学家波斯彼洛夫。他在《文学原理》中讲史诗性作品的特征：

> 这些特点就在于歌手、说唱家、作家、诗人，在自己时代或历史过去的社会生活中所关心的，主要是整个民族社会的形成，这种形成或者是在与其他部族或民族的外部冲突中实现的，或者是在全体社会阶级之间、在广大人民群众与国家政权之间等内部斗争中实现的。这就是这一组体裁作品的特殊体裁内容，这就决定了这类作品的冲突的特点：它们建立在政治冲突的基础上，而个人关系（“私情”）在作品中只能起次要的辅助作用。①

这段话里的关键点，关系到一个民族社会的形成，在这个形成过程中

① 波斯彼洛夫：《文学原理》，王忠琪译，三联书店，1985，第318－319页。

充满了强烈的巨大的冲突。我们讲的革命历史题材小说、戏剧，就是讲述新中国是怎么建立的。在艰难的建构过程中，既有抗日战争这样中华民族与日本帝国主义之间生死存亡的强烈冲突，也有国共内战、同一民族内部不同利益群体争夺政权的武装斗争。长篇小说篇幅浩大、内容繁杂，但是并不是说长篇小说就一定是气势非凡的史诗性作品，长篇小说也可以有个人传奇，也可以有像我们当下这样的生活琐事。波斯彼洛夫说传奇是个人化了的史诗：史诗比较正面强攻，传奇性的作品是出奇制胜，注重于作品当中的几个人物的行为和命运。比如，像《林海雪原》这样的作品，我们感兴趣的是少剑波、杨子荣、孙达得这样一群传奇人物，他们的战斗充满了一种神奇的色彩；在东北的深山老林里，借助滑雪板飞来飞去，战斗神速，而且还会有“智取威虎山”这样充满惊险色彩的片段，杨子荣明明是我军的侦察排长，打扮成土匪，而且讲的也是土匪的黑话，“天王盖地虎”“宝塔镇河妖”，有独特的触犯禁忌、越轨的魅力——当年看小说或者看过电影《林海雪原》，土匪的黑话在男生中最流行了。或者像《烈火金刚》，史更新一弹突围和肖飞单骑买药，神奇得很。而《红日》《保卫延安》这样的作品都是大部队作战，一个写山东战场，一个写陕北转战——我们知道解放战争进入到中期，蒋介石指挥的国民党军因力不从心而收缩力量从全面进攻变成重点进攻，以山东和陕北作为两个重要的战场。所以《红日》和《保卫延安》选了这样两个地区，表现中国共产党和解放军在解放战争中期怎样在局部的劣势下扭转局面，怎样将战略防守转向战略进攻这样一个历史阶段的决定性战役。像《林海雪原》《铁道游击队》《烈火金刚》，他们是一支小部队，也许他们的战斗对整个历史进程的扭转起不了多大的决定作用，但是他们一个一个都具有传奇色彩，神出鬼没，武艺过人。《林海雪原》里的小分队学会了滑雪，在林海雪原上纵横驰骋；《铁道游击队》中的那一帮游击队员也一个个身手了得，飞身上下火车，如履平地，在奔驰的火车上展开他们的战斗，充满了传奇性。前面讲到史诗性和英雄传奇，说英雄传奇是个人化了的史诗，它有宏大的历史背景，但许多时候是通过个人的神奇的战斗过程来架构作品，传达作家的情感。

3. 战争记忆与现实处境之间的复杂心态

这一批作品的作者有一个普遍性，很多人都是其笔下描写的战役战斗的亲历者，亲身经历过战场，体验过生死的考验，对战友、对同志、对牺牲了的烈士有着强烈的怀念之情，所以他们写作的时候，许多人不是为了当作家而写作，而是因为这一段历史促使他们拿起笔来。当然，它也带来另一个后果，就是很多人把最精彩的故事、感情，在他们最初的作品当中已经充分抒发出来。比如，《铁道游击队》《林海雪原》，当这些作家凭着一两部作品在文坛上取得重大成绩后，他们接下来的创作就很难有新的突破，甚至许多作品都没有达到他们第一部作品的高度。这是讲述战争亲历者的切身感受给他们自己的创作带来的长处和短处。

杜鹏程写《保卫延安》时，他当年就是在西北野战军中做记者，跟着毛泽东、彭德怀转战陕北；写《铁道游击队》的刘知侠，在战争年代就结识了铁道游击队这样一支非常奇特的队伍，而且当年就写过他们英雄事迹的报道；写《红日》的吴强，当过华东野战军的宣传部部长，那时的位置就很高，参加过山东战场的许多重大战役；写《红岩》的罗广斌和杨益言都是渣滓洞白公馆监狱的幸存者，参加过地下斗争，坐过牢，有切身的体验；写《林海雪原》的曲波，他自己就是作品里少剑波的生活原型，做过剿匪小分队的指挥员。切身的体验、非凡的经历帮助这些作家创造出他们的主要作品。

红色经典的很多作家讲他们深刻的战争记忆，对战友、对牺牲者的怀念成为他们创作的重要动力。但是自20世纪70年代末以来，话语环境比较宽松，于是许多作家也讲出了他们创作的个人隐衷。比如，茹志鹃《百合花》的创作心态。茹志鹃讲，她和她的丈夫王啸平都是新四军的文艺工作者，先到南京后来又到上海，都有一种非常符合时代要求、非常受仰慕的革命者身份，但是她的丈夫被打成右派之后，周围的人际关系忽然变得冷漠，有的人可能是落井下石，有的人可能是出于形势需要跟你划清界限。那个年代对于人际关系有非常严峻苛求的一面。你今天和一个右派分子多说了几句话，可能下一次有什么风吹草动就会讲你的立场有问题，界限不分明，追问你为什么会跟这样政治身份有问题的人关系那么亲密。所以她是在这样一种悲凉的心态之下，回想战争年代人和人之间因为战斗的关系而特别密切、非常融洽、生死相依的一种精神状态，所以写了《百合花》。

写《林海雪原》的曲波也讲过类似的情况，这个是我自己在场听到他讲述的。有一次开革命战争题材小说座谈会，曲波就讲起他当年在战争年代出生入死，新中国成立后在铁路系统工作，当过东北一个大型工厂的党委书记。20 世纪 50 年代，因为他的意见和苏联专家不一致被停职反省。在停职反省的过程中，一方面无事可做，另一方面心情郁闷，所以写《林海雪原》是一种抒发，也是一种自我的证明。因为那个年代和苏联专家意见不一致，并不是大家对于一个问题判断和路径选择的具体性争论，许多时候会把它上纲上线，对你作者政治品格产生怀疑。《林海雪原》的创作当然有一种自我证明的心态在里面。

再比如，《青春之歌》，几乎每一次出版和再版都会有杨沫写的后记，但是后记里从来没有讲过她在 20 世纪 50 年代初的处境。2000 年后，杨沫的儿子老鬼写了一本书叫《母亲杨沫》，此书对于研究《青春之歌》、研究杨沫都是非常重要的资料。老鬼也是当代文坛一个非常有个性的作家，他写母亲杨沫，包括杨沫的一些婚外情、一些我们认为是做儿女的不应该谈论的事情，他也写出来了，非常坦诚，也需要很大的勇气。同时他也写了杨沫创作《青春之歌》的前前后后。《青春之歌》里有很多事情，包括林道静这个人物都有杨沫的影子。杨沫这样一个从 30 年代参加革命斗争，经历过抗日战争、解放战争的老革命者，新中国成立后，到北京市妇联工作。她在妇联工作的时候非常不适应，待遇也不是很公正。很多资历比她浅的人成了她的领导，还会因为工作上的问题粗暴地训斥她。后来杨沫的身体也出现了问题，得了病之后不能在机关工作，于是把她的工作关系、组织关系都安排在了街道办。50 年代的街道办工作跟现在不一样，我们现在有很多大学毕业或者研究生毕业的同学到街道办工作。那个年代街道办更多的是婆婆妈妈、大妈大婶这种文化水平很低的一些家庭妇女。杨沫很失落，也很痛苦，甚至觉得也许不久于人世。在这样一种状况之下，在郁闷当中写了《青春之歌》。

这是讲历史的丰富性和历史的复杂性。讲文学史，不但讲作品，也要讲作家的处境，讲作家的心态，而且这种状况非常普遍。比如，我们讲贺敬之，他写《回延安》也是有着这样复杂而丰富的历史背景。在反胡风运动当中，贺敬之从国外访问回来，一下飞机就被有关领导接过去，告诉他，你不能回家，你要来反省、交代你和胡风集团的关系。因为胡风20世纪三四十年代办《七月》、办《希望》，培育了一大批作家诗人。包括艾青、贺敬之，最早都在胡风办的刊物上发表过自己的作品。你作为一个成熟的作家、一个成熟的诗人，你的作品可以到处发表。但是一个从事写作的人，第一次和第二次你的作品化作铅字供人阅读是非常重要的一步，所以贺敬之在反胡风运动当中也经历过严厉的审查。从严格审查中解脱出来不久，有一个机会可以到延安，也许这样的经历更加深了他对延安的记忆，对延安的赞颂。这是讲作家的创作心态。

讲堂互动

教师：我一直说，要加强我们的互动，请这边的几个同学讲讲你们读过哪些红色经典或者革命历史题材小说。

学生1：我想说一下《林海雪原》。《林海雪原》讲的是解放战争时期在东北剿匪的故事。我印象比较深刻的是《林海雪原》中，战斗的力量其实是分成了两个方面。少剑波带领的小分队到了山下，在夹皮沟里帮助当地的老百姓，先是帮助他们修路开通火车，然后把山里的特产帮他们用火车运到外边，提高了他们的劳动生产效益，唤起了他们的斗志，所以在当地形成了这种全民皆兵的态势，男女老少都希望投入到剿匪的过程，然后才有后来大家一起练滑雪这样的情节。另一部分是杨子荣化妆成之前已经被消灭了的土匪小头目胡彪，他假扮成胡彪打入到威虎山，两条线互相配合最后取得了剿匪的胜利。这个情节布置得很精彩，在当地帮助老百姓，然后正面的和地下的这种斗争互相结合，我对这个情节印象比较深刻。

教师：好的，谢谢。我觉得我们同学读书还是很用心的，我读的第一部长篇小说就是《林海雪原》。小学三年级的时候在一个同学家借到的这本书。读《林海雪原》就会觉得它的那种传奇性，小分队在夹皮沟发动群众恢复生产，这个我倒没注意过，这确实是我们对这个作品的感兴趣的层面各有见解。下一个同学来讲一下。

学生2：我要说一说《红岩》。《红岩》，我们在小学都看过，要不初中也看过。原来读的时候就特别感叹，就是觉得太惨烈了。我还以为这个是编的，就是为了写一个红色小说。等知道有这个真人真事，而且连作者都是经历过坐牢、关渣滓洞的，就觉得瘆得慌。小说写到最后，主人公被处死的时候，都快要解放了。解放重庆的战役已经在进行，炮声和火光都可见可闻，他们却在黎明前壮烈牺牲，给人感觉挺震撼的。

教师：好，谢谢。讲到《红岩》的创作过程，第一是先有罗广斌、杨益言他们整理过一个纪实作品，叫《在烈火中永生》。因为他们从敌人的监狱里存活下来，在20世纪50年代，经常会有中小学和共青团组织请他们去做报告，讲述在监狱里的斗争，后来就产生了把他们经历的这些东西写成一本书的念头。于是根据当时整理出来的烈士档案写出了《在烈火中永生》。90年代以来，我看到有几个人考证《红岩》背后的真实故事，最著名的一本是何建明和他人合著的《忠诚与背叛·告诉你一个真实的红岩》。何建明是著名的报告文学作家。从现实生活到文学作品《红岩》，一定有很多加工和艺术提炼，但是基本轮廓是真的。包括你说的一边是解放军解放重庆的炮声隆隆，一边是监狱里边的屠杀，这都是确实有的。生活的真实和小说当中可能有差异也有重合，但基本脉络上还是真实的。

学生3：我要说的是《红日》，让我印象深刻的有两点。第一就是表现主题的方法。《红日》一开始就是以涟水战役的失败为开头的，虽然这个涟水战役是个小战斗，但是这个失败的战役给整个作品营造了一个特别压抑、特别低沉的氛围，铺设了一个悬念，和最后孟良崮战役大胜利形成了非常强烈的对比，这是让我印象非常深刻的。第二就是人物塑造非常有特点，作品塑造的解放军部队最高领导人是沈振新军长，国民党那边是张灵甫。每次战斗就是他们智慧较量的体现，也是表现他们每个人人格品性的一个侧面，让我印象非常深刻。

教师：讲得好。你讲到《红日》，在写法上，它是从我军失败写起，于是就有了怎么从这压抑悲沉当中挣脱出来，怎样克服失败的阴影的大难题；后边接连两场胜利，莱芜大捷和孟良崮大捷，使作品有一个大落大起、跌宕起伏。另一个呢，作家写高层领导，不但写他们如何治军和打仗，也写他们私人的情感生活，这是很重要的一笔。我看过《李宗仁回忆录》，李宗仁讲孟良崮战役，他以此论证说国民党为什么必然失败。国军师长张灵甫不是不能作战，张灵甫的部队是从抗日战争打过来的，当年守过常德，参加过常德保卫战，是国军中的主力部队。到华东野战军把张灵甫包围起来的时候，周边三十里国民党大军云集。张灵甫想什么呢？张灵甫想的是我在中间，做一个磁铁一样的，把解放军的部队都吸引到这里。然后附近的国军来个反包围，里应外合，两面夹击，足以打胜仗。他非常有智慧。但是国军四分五裂，有的部队特别能打仗，但有的部队不配合，为自己保存实力；如果说大家都一条心，都来配合实现张灵甫的战役设想，可能这个战役就是另一种情况。张灵甫也是像小说里写的，是非常优秀的将领，只是他的部队和国民党其他的部队不能密切合作。

学生4：我讲杨沫，做了较多的准备，我给她起的名字是“青春燃炽”。

我主要就是想讲一下她小说的“青春三部曲”。1958 年她写了《青春之歌》，1986 年写了《芳菲之歌》，1990 年写了《英华之歌》。她的“青春三部曲”着力表现的是抗日战争时期一代青年知识分子走向民族解放疆场的革命历程。作者没有忽略社会背景的描写，她主要就是描写社会生活的各个方面，写出一段悲壮豪迈的历史，绘制了一幅社会长篇画卷。其中，《青春之歌》是她的成名作，也是中华人民共和国成立后第一部正面写知识分子成长的长篇小说。这个《青春之歌》，教材上也有这一部分，就不说了，后面那两部都是在《青春之歌》之后写的。其中，《英华之歌》还写了一些自己人之间的矛盾，反映出杨沫看待党内矛盾的新见解。

我主要想说的就是苏俄文学对杨沫小说创作的影响。杨沫的“青春三部曲”大部分都是围绕着“革命＋爱情”的模式写的，受到苏俄文学的创作题材、主题、内涵、风格、结构的影响。一方面是时代背景的原因，中华人民共和国成立后，苏俄跟中国的关系非常密切，苏俄文学为中国十七年文学提供了一个创作的模式。也有杨沫自身的主动学习，她在创作《青春之歌》的时候，她就说是看了苏联的《钢铁是怎样炼成的》，学习它的那种写自传体、成长小说的模式。《钢铁是怎样炼成的》的作者就是保尔·柯察金的原型，林道静的原型就是杨沫自己。所以小说一直秉承的是革命精神与革命现实，弘扬了伟大理想，但也暗含了关怀人性的人道主义传统，革命战士也有情有爱，爱情是革命之外的另一个主题。杨沫的小说主人公的爱情都是曲折多难的，这和她自身的情感经历也是有关的。杨沫出生在一个书香之家，因为父母不和，缺少家庭关爱，这一点跟她创作的女主人公出身背景是吻合的。成长中的杨沫阅读过大量宣传个性解放、民族自由的文学作品。1937 年春，家庭破产，父亲逃亡，母亲要将她嫁给国民党军官，杨沫不满于包办婚姻而进行反抗，这在她小说中的反映就是女主人公林道静被迫离家出走，到北戴河的杨庄小学去当教师，在新的困境中投海自杀时，遇到了余永泽出手相救。在他的关怀下，林道静重新对生命有了期待。后来林道静结识了共产党员卢嘉川，对共产主义有了信念追求，所以她后来追随卢嘉川走上革命道路。

这是我转引的周志雄教授对包括《青春之歌》在内的十七年经典小说情爱叙事的评价："一方面革命叙事压抑了情爱叙事，情爱叙事打上了政治烙印，呈现出被简化的屈从地位，另一方面借助情爱叙事完成了对宏大主题的抒写，情爱叙事使人物形象丰满细腻真实，使小说结构紧凑；有悬念，也使小说变得生动、耐读、富有人情味。情爱叙事在革命话语缝隙中的存在，既来自于作家从现实出发的创作态度，也是对民族传统小说和现代小说叙事经验的吸收融会，它使十七年经典小说具有超时代的价值，而不是一种简单的政治化文本。"①

杨沫的小说塑造出来的女性形象是独立的，是追求自由解放、具有现代意识的新女性形象。

4.《青春之歌》简析

《青春之歌》确实是一个很独特的作品，一方面它有史诗性作品的宏大背景，从 1931 年的九一八事变写到 1936 年的“一二·九”运动。写出在

① 周志雄：《在革命的阳光下谈情说爱——论十七年经典小说中的情爱叙事》，《海南师范学院学报》2006 年第 4 期。

日本军国主义吞并中国的危机日益加深的大背景之下，青年女性林道静以及她周围这一批年轻学生，她们的各自选择。即一个年轻的姑娘从追求个人的婚姻自由、追求个人幸福到走向严峻的社会现实，逐渐汇入革命的洪流。

《青春之歌》要回答的是“娜拉出走之后怎么样”的命题。以女主人公名字命名的《娜拉》是易卜生的名剧，在五四时期影响非常大。五四传播新文化、传播新道德，其中就强调妇女解放，妇女走出家庭。当时有很多作家都写过这个题材，胡适有《终身大事》，鲁迅的《伤逝》也是回应这个题材的。鲁迅的过人之处，就是他觉得仅仅呼唤女性挣脱家庭束缚走向社会是不行的，走向社会还要有相应的保障、相应的条件。社会没有保障，社会没有给妇女解放提供足够的条件，那么你鼓吹娜拉出走，出走之后怎么样？就像《伤逝》里，子君和涓生的故事一样。子君相信“我是我自己的”，我的命运我做主，我的青春我做主，她和涓生结合，在别人的窥视之下勇敢地追求新的生活。冲出旧的家庭相对来讲还比较容易，但你要在社会上立足，要在社会上独立生存就一定要有物质基础、一定要有经济来源。当涓生失业，失去经济来源，两个人生活越来越拮据，越来越贫困的时候，小家庭就遭遇了危机。贫困家庭很难再讨论夫妻感情、男女之爱，子君不得不迫于生计回到自己父母家，最后抑郁而死。鲁迅曾经做过一个演讲，就是讲“娜拉走后怎样”的。鲁迅说，易卜生号召娜拉走出家庭，我们以为她就此走向光明了吗？其实不然。娜拉出走之后，靠她个人的力量怎么可能对抗强大的社会，她要么是堕落，要么是回来。到林道静这里，作品给她设定的血缘关系、家庭关系，父亲是大地主，母亲是佃农的女儿，像白毛女一样悲惨，被这个地主强行霸占生了女儿，后来不堪忍受自杀了。用作品里的话讲，林道静一半是白骨头，一半是黑骨头。林道静为了摆脱家庭给她安排的一桩包办婚姻，从家里出走。出走之后到乡村里做小学教师，但是仍然感到没有出路。她在北戴河跳海自杀时遇到了她的白马王子余永泽英雄救美，余永泽把她救了上来。而且余永泽是一个很有魅力的男性青年，又是北大的学生，文学和文化修养都非常好，还有骑士风度。然后林道静和余永泽同居，如果仅仅是为了营建自己的小家庭生活，那么林道静是可以满足了，因为余永泽家是地主，他们有足够的生活来源。那个年代能够供养一个孩子上大学而且是上北大，那一定要有经济基础（早先的沈雁冰和瞿秋白都想进北大读书，但都因为没有经济资助而无法实现）。但是林道静并不满足，后来她接受了革命者卢嘉川和林红的思想启蒙及革命教育，把个人的解放和时代的命运结合起来，不仅参加学生运动，后来还到乡村从事地下工作。作为一个年轻女性，她先是和余永泽同居，后来在接受卢嘉川的思想启蒙时，情感倒向了卢嘉川。作品在快要结束的时候还有第三位男性——另一位成熟的革命者江华，卢嘉川在监狱中被敌人迫害牺牲，但是林道静还要在人生的道路、革命的道路上向前走。在林道静的成长道路上，和几个男人的爱情选择中也包含有她的人生选择。

比较起来，在当年的红色经典作品中，《青春之歌》和《三家巷》都是写青年知识分子的成长。《青春之歌》写了林道静，《三家巷》写了一位男青年周炳的故事。在写他们的成长过程当中就因为他们的年龄和心理，都会出现各种各样的爱情纠葛。

无论20世纪五六十年代的小说也好，还是其他样式的作品也好，对于爱情都有所限制，包括我此前讲过的那首歌曲，叫《花儿为什么这样红》，红得好像爱情的火焰，于是这一首歌曲就受到了严厉的批判。《三家巷》也是在20世纪60年代前期受到严厉批判的。

《青春之歌》的问世也很曲折，我们前面讲到，《青春之歌》是杨沫在一种非常悲哀、非常寂寞的心态下奋笔疾书创作的。发愤著书，是中国文化当中的一个重要传统。司马迁讲：文王拘而演《周易》；仲尼厄而作《春秋》；屈原放逐，乃赋《离骚》；左丘失明，厥有《国语》；孙子膑脚，《兵法》修列；不韦迁蜀，世传《吕览》；韩非囚秦，《说难》《孤愤》；诗三百篇，大底圣贤发愤之所为作也。《青春之歌》写出来后，在出版社压了好几年，大家都把握不定，说林道静这样的小资产阶级知识分子，感情又这样曲折缠绵，这样的作品敢不敢出版是一个很大的问题。这个作品写得比较早，是在20世纪50年代前半期。后来也是借着“双百”方针给文艺界带来的宽松气氛，在百花时代问世。作品问世之后，马上就有人提出了严厉的批判。杨沫写《青春之歌》后记，80年代出版的这个版本里讲到了对于作品的争论。有一条批评很重要，批评者说，毛泽东讲过，看一个青年是不是革命的，拿什么做标准呢？看他能不能和工农民众、和工农兵相结合，这是非常重要的标准。但是《青春之歌》在最初的版本里是没有林道静下乡这一情节的。她是和卢嘉川、林红及其他的革命者有了接触、有了交往，受到思想启蒙而投身革命的。而卢嘉川、林红、江华都是知识分子革命者。批评者发难说，毛主席说一个青年一定要和工农民众相结合才能走向革命，林道静没有经历这个历程，怎么就会成为革命者，你这个作品背离了毛主席的教导。这样的批评是非常强烈的，林道静的形象引起很大的争议。当然，杨沫也很幸运，茅盾、何其芳、马铁丁这样一批当年在文坛及文化界非常有影响的人物，都写文章肯定了《青春之歌》，维护了《青春之歌》的合法性。但是即便如此，杨沫仍心有余悸。后来再版时在书稿中特意安排了林道静下乡去做农村地下工作，而且在做农村地下工作中受到贫下中农、农村里的革命者的教育和启悟这样的情节。我记得我当年读《青春之歌》读了好几遍，怎么这一版没有林道静下乡，下一版就有了林道静下乡这样的情节，当时不明白，后来是看了杨沫的回忆文章，才知道作家为什么这么修改。

《青春之歌》这一部长篇小说很难在课堂上这么短的时间进行大量的分析，同学们可课后进一步深入分析。

5.《百合花》简析

小说《百合花》，我们在中学课本里已学习过。这里就稍微讲一点相关的情况好了。茹志鹃和王安忆是我们文坛上很著名的母女作家，而且现在可以毫不含糊地讲王安忆的创作成就、创作才能比她母亲要高出许多。王安忆这一代作家赶上了好的时代语境，赶上了改革开放，这40年有一个稳定的写作生活环境，可以比较投入地写作、思考和提高自己的文学才能，不断在时代前进和个人成长中推出重要的作品。前面讲过了，茹志鹃在《百合花》创作过程中，一些后来披露出来的细节和心态。对于这种心态表述，也有学者持保留态度：在作家新时期以来的回忆当中所吐露的个人心态，事后的追述是不是可信，事后的追述离历史的原始情境有多少差距，需要存疑。我倒是觉得，这恐怕是比较真实的。因为不仅是茹志鹃这么讲，杨沫也这么讲，曲波也这么讲。他们在20世纪五六十年代的个人境遇和个人经历，确实强化了他们对于战争生活的回忆；现实当中有些失落、有些困惑，战争年代的记忆就更加强烈，更加促使他们拿起笔来。

《百合花》就几千字的一个短篇作品，但非常经典。我们来看看茅盾的评价。

《百合花》可以说是在结构上最细致严密，同时也是最富于节奏感的。它的人物描写，也有特点；人物的形象是由淡而浓，好比一个人迎面而来，愈近愈看得清，最后，不但让我们看清了他的外形，也看到了他的内心。

这是六千多字的短篇。故事很简单：向敌人（蒋匪军）进攻的我军前沿包扎所里发生的一个小插曲。人物两个：主要人物，十九岁的团部通讯员；次要人物，刚结婚的农村少妇。但是，这样简单的故事和人物却反映了解放军的崇高品质（通过那位可爱可敬的通讯员），和人民爱护解放军的真诚（通过那位在包扎所服务的少妇）。这是许多作家曾经付出了心血的主题，《百合花》的作者用这样一个短篇来参加这长长的行列，有它独特的风格。恕我借用前人评文惯用的词汇，它这风格就是：清新、俊逸。这篇作品说明，表现上述那样庄严的主题，除了常见的慷慨激昂的笔调，还可以有其他的风格。①

茅盾先生在新中国成立后，几乎没有新的创作，但他对文坛新人的关爱和扶持，却是厥功至伟的。他用最热情的语言高度评价《百合花》，从各个角度揭示其优长所在，“作者善于用前呼后应的手法布置作品的细节描写，其效果是通篇一气贯串，首尾灵活”，“我以为这是我最近读过的几千个短篇中间最使我满意，也最使我感动的一篇。它是结构谨严，没有闲笔的短篇小说，但同时它又富于抒情诗的风味”。

《百合花》写好之后，同样是不合时宜。在那个年代我们习惯于正面

① 茅盾：《谈最近的短篇小说》，《人民文学》1958 年第 6 期。

的、非常具有英雄气概、非常高昂的一种表现形式。《百合花》比较委婉甚至有一点感伤，作品写到最后那一床洒满了纯洁的百合花的棉被盖在了小战士的身上，那个场景非常感人，又让人产生一种哀伤之感。《百合花》写好之后，也是好几个刊物不敢发表，最后是在陕西的《延河》上发表，又在《人民文学》上转载。《百合花》问世之后，也经受过别人的质疑，觉得这个作品写得比较哀婉、比较感伤。好在我们的文坛总还有一些有眼光、有见识并在当时也有话语权的作家评论家。茅盾特意称赞了《百合花》，这才让它立住了，立在了文坛上，没有被批判和清算。但是茹志鹃受到了影响。前面讲到，尽管茅盾等人都支持了《青春之歌》，但是杨沫心有余悸要去写林道静下乡和工农民众相结合的情节。茹志鹃呢，也从儿女情长转向了要写宏大叙事，要写轰轰烈烈的作品。这种风格并没有取得引人注目的成就，每个人有每个人的禀赋，轰轰烈烈、非常雄壮、非常有气势的作品可能不是茹志鹃能写的。

6. 影响与传承

我在10月上旬到山东高密开会，到莫言文学馆，拍一点资料。莫言文学馆陈列在柜子里莫言童年时读过的部分红色经典，有《苦菜花》《青春之歌》《三家巷》《钢铁是怎样炼成的》《烈火金刚》《野火春风斗古城》等。20世纪60年代和“文化大革命”时期在民间流传的，大体就是这样的作品，莫言读过的书，我在那个年代也差不多都读过，因为都是同代人，都喜欢读书，借来借去，外国文学作品相对来讲比较少，主要是苏联的作品，大量的还是本土的红色经典。红色经典在莫言那里，不仅是阅读，对他的创作也产生了很重要的影响。莫言的创作在许多方面和红色经典都有关联。这种关联可以是正向的关联、正向的继承。比如，莫言说，当年的红色经典描写爱情，尽管描写爱情的非常有限，不像今天写得这样轰轰烈烈，甚至赤裸，但是，对于这些作品当中的爱情，他特别敏感，因为正好是十三四岁的年纪，性别意识、情感需要开始萌生的时期。在一个人的成长过程中，爱情故事、革命意志和英雄人物形象的影响是非常大的。在五六十年代成长起来的作家中，恐怕没有人是没受过红色经典的影响，但莫言是最坦率的一个。他公开承认他的创作受到红色经典的影响。另外，就是2000年以后，大量的革命历史题材小说改编成长篇电视连续剧，这也是对于红色经典的再一次开发。

二、 百花时代的小说： 干预生活与思索爱情

这一节讲百花时代的小说。百花时代的小说有两个路向，一个路向是强调文学干预生活，批评现实中的不合理现象；一个路向是出现了一批表现爱情与革命纠葛的作品。

文学要不要表现、要不要揭示现实生活以及现实生活当中不合理的一面、比较阴暗的一面？这本来是不需要讨论的，但在20世纪四五十年代以来，它却成为一个问题。丁玲、王实味、萧军、罗烽等一批文化人，在抗日战争时期来到陕北来到延安，一方面他们感受到了抗日根据地人民群众当家作主的新生活，另一方面也感到现实当中有些不合理的现象，或者他们自认为不合理的现象，写过一些批评性很强的杂文，对延安、对抗日根据地的社会生活的消极面加以揭露和批判。毛泽东《在延安文艺座谈会的讲话》中，针对此现象特别提出歌颂光明和暴露黑暗的问题，从理论上阐明了他和中共中央的立场。但是，在后来的发展当中，歌颂光明和暴露黑暗在实践的尺度上如何把握的问题困扰了文艺界多年，困扰了社会生活多年。文学艺术作品是一种形象性情感性的存在，不像解数学题、做物理化学实验一样可以定量化，可以定出比例来，写爱情是多了是少了，多了多少，少了多少。这里面没有一个方程式，也没有一个数量化的尺度，是九分光明、一分黑暗，还是只能通体光明？实践中只能依形势变化而定。在理论指导上，50年代初期接受苏联的文艺理论，似乎我们的作品就只能写好的更好，先进的更先进，对生活中的矛盾和冲突，对社会现象的矛盾和黑暗采取回避态度。

为此，在新中国成立初期就有一批作品先后受到批判。比如，萧也牧的《我们夫妻之间》，也叫《我们夫妇之间》，夫妻两人都是革命干部，丈夫

是在城市和学校里成长起来的，熟悉城市生活，又有知识分子的情调；妻子在农村的革命斗争中成长起来，带着乡土文化的特征，对城市生活这也看不惯，那也看不惯。此前，因为革命斗争在农村展开，所以夫妻两个人相安无事。革命胜利，从乡村进入城市之后，夫妻之间因为对待城市生活态度不同而产生矛盾冲突。作品被认为是丑化乡村出身的干部而受到批判。比如，朱定的《关连长》，写的是上海解放战役当中的一场战斗，因为国民党军队占据了一个幼儿园所在的一栋楼房，关连长指挥连队进攻有很大的困扰：要是用炮火去摧毁它，那么幼儿园的小孩子也会受到严重伤害，关连长要求不惜以最大的代价也要保护这些孩子，关连长为此在战斗中牺牲。这本来是从正面歌颂我们的人民军队，但是这样的作品也受到"宣扬资产阶级人道主义"的质疑和批判。路翎的《洼地上的"战役"》是写抗美援朝战争的。当时有明确的规定，志愿军战士绝对不准和当地的朝鲜女性恋爱，更不能结婚。作品也没有写我们的志愿军战士爱上朝鲜姑娘，而是讲朝鲜姑娘爱上了志愿军战士，一厢情愿喜欢也好，情感流露也好，给年轻战士王洪顺带来内心的困扰和情感波动，他带着这种困扰和波动在战斗中牺牲，"战役"云云，是讲他内心的巨大冲突。这样的作品在当年受到了严厉批判。

百花时代的干预生活的作品是受了苏联"干预生活"文学思潮的影响。新中国的社会生活喜讯频传，整天有那么多让人欢欣鼓舞的事情，但是当中也遇到了新的问题、新的矛盾。回望起来，在相当长的时间里，在和平年代里一直有一种战争心态——战争年代是用人民战争的方式取得了胜利，为了胜利的目标可以不惜一切代价，不惜沉重牺牲，雷厉风行，只争朝夕。但是进入和平时期仍然沿用这种战争心态，轰轰烈烈地动员，夜以继日地执行，显然就不合适了。我们古人有一句非常睿智的话："能以马上得天下。不能以马上治天下。"指挥战争和治理国家两件事情有很大的差异，但是当年我们以为可以于马上得天下，也可以于马上治理天下。比如，动辄用人民战争的方式搞工业、搞农业，当然会出现很多问题。

毛泽东提出"双百"方针，带来新的宽松的文化空间，出现了一批干预生活的作品，揭露了现实当中的矛盾，这种矛盾不是像赵树理、马烽他们写乡村农民之间先进与落后的矛盾，而是批判党的干部身上的官僚主义，他们对现实生活的冷漠、对民众疾苦的无视，而且这些问题不是旧社会带过来的，是现实当中产生的，需要我们的各级干部高度关注的。百花时代时间很短，在不到一年的时间，就产生一批干预生活的作品。1956年9月号的《人民文学》发表了王蒙的短篇小说《组织部新来的青年人》。到第二年的6－7月，揭露现实生活矛盾、批评党政机关干部身上的官僚主义形成一种引人瞩目的文学现象。

王蒙这样讲，基于我们对党的赤诚的爱，当然也包含着年轻人的理想主义和不尽切合实际，我们也曾尝试着把自己的幼稚的观察和思索的果实交给党、交给人民。[①]《组织部来了个年轻人》是王蒙写小说时定的名字，不过更为通用的是《组织部新来的青年人》，后者是作品首发时的篇名，是《人民文学》负责人秦兆阳修改的——仔细思考，两者还是有差别的，前者可能更重视的是“组织部”，后者则聚焦于“青年人”。

苏联文学在斯大林去世之后出现了干预生活的思潮、干预生活的文学口号，出了一批干预生活的文学作品，中国的干预生活的作品也受到苏联这些作品的影响。王蒙的《组织部新来的青年人》，就有明显的印记。青年人林震从小学调动工作来到区委组织部，向组织部常务副部长刘世吾报到。谈完工作，刘世吾问林震说你口袋里装一本什么书，林震拿出书来，是《拖拉机站站长和总农艺师》，说是团中央向全国青年推荐的。刘世吾说，我也是一个喜欢读书的人，你借给我看几天。这是作品中的一个细节，但是你要了解它的时代语境才能真正读懂它。《拖拉机站站长和总农艺师》是苏联干预生活的样板性作品，作者是尼古拉耶娃，今天读起来会觉得这样的作品连二流都说不上，这个作品的艺术水准很差，因为它是揭露社会矛盾，表现年轻人与官僚主义严重的上级领导之间的斗争的。这部作品在苏联和中国的影响非常大，而且团中央向全中国的年轻人推荐它，号召人们要学习这个作品的女主人公娜斯嘉，要全国的青年人都像娜斯嘉一样，和我们工作当中的官僚主义做斗争。

---

① 王蒙：《我们的责任》，《文艺报》1979年第11－12期合刊。

王蒙的聪明过人之处在哪里？大家都写干预生活的作品，基本上是顺着苏联同行的路子写；团中央倡导学习娜斯嘉，王蒙觉得《拖拉机站站长和总农艺师》这样的作品还是比较幼稚的。他有辨析的眼光，觉得要学习娜斯嘉并不容易，现实中的问题盘根错节，不是一个简单透明的年轻人就能轻而易举地扭转局面改变现状。王蒙自己有很多的机关工作经验。他1934年出生，1948年他14岁时，就加入北平的地下党，在北平从事地下工作；新中国建立之后，他就在北京市下边的东四区担任区团委副书记，做青年工作，到他写《组织部新来的青年人》时，他已经在机关工作了六七年。这样的实践经验使他不像林震那样天真，从小学调到区委组织部初来乍到到处看不惯，一惊一乍。王蒙对机关的这些工作作风和官僚主义，有更深刻的体验。所以他会说，创作《组织部新来的青年人》是要说明学习娜斯嘉并不是那么容易的。

回到作品的情节，林震来到区委组织部，口袋里装着一本《拖拉机站站长和总农艺师》，表明他学习娜斯嘉的热情。过了几天，他跟刘世吾有一次交流的机会，刘世吾说我觉得这个《拖拉机站站长和总农艺师》太小儿科了，他觉得还是肖洛霍夫的作品写得好。肖洛霍夫写过《静静的顿河》、写过《被开垦的处女地》，得过诺贝尔文学奖，他的作品当然不是《拖拉机站站长和总农艺师》这样肤浅的作品能够相比的。于是，通过刘世吾的表述，对这个作品提出了质疑，通过林震在组织部的经历和遭遇，呈现出学习娜斯嘉并不那么容易的问题。林震在区委组织部，经常要下到各基层单位了解各单位的党组织工作建设和发展党员的情况、了解党组织的日常活动，发现了若干问题，但是汇报到区委组织部领导那里，包括刘世吾和别的副部长，他们似乎都无动于衷，对于一些问题在苗头状态不去关注，一定要等这个问题像滚雪球一样滚大了，造成比较严重的后果了才来处理。林震大惑不解地批评这种现象，但是在区委组织部，林震的批评人微言轻，相反地，他也受到有关领导的批评，感到精神的压力和苦闷。

王蒙确实有过人之处。当年这一批写干预生活的小说有若干篇，但是只有《组织部新来的青年人》设计了另一条线索，写林震与组织部另一位年轻女性赵慧文的微妙情愫。两个人都是具有知识分子气质，或者说小资情调的青年男女，他们年纪轻，理想主义色彩很浓，对组织部的工作和矛盾的看法比较相近，在音乐上也有共同的爱好，喜欢一起欣赏西洋音乐。但是，赵慧文是有丈夫的，丈夫在外地工作，她独自在北京生活。那么，一个新来的青年干部，和赵慧文这样身份独特的女性说话、交往，应该保持什么分寸，这也是非常微妙的一件事情。林震少不更事，不仅表现在工作中，也表现在与赵慧文的关系上，因此也受到批评。但是回过头来看，在干预生活的作品中，其他的作品现在已经很少提及，我们还在讲《组织部新来的青年人》，就在于这部作品的复杂性。

今天来看，《组织部新来的青年人》这样的作品应该也没有什么问题，但是当年它刚刚发表就受到质疑和批判。我们前面讲，在批判俞平伯的《〈红楼梦〉研究》的时候，是李希凡和蓝翎两个小人物引起了毛泽东的关注，而且因为他们批判俞平伯有功，他们都得到了比较好的工作安排，先后调动到人民日报社工作。到《组织部新来的青年人》发表之后，李希凡也是最尖锐的批评者之一。对作品的很多质疑，就聚集在歌颂光明与暴露黑暗的命题上。有人怀疑，我们党内还有像刘世吾这样对工作漠不关心、对现实问题的迫切性非常麻木冷漠的干部？还有人讲，作品中刘世吾这样的干部，如果他出现在边远的地区还有可能，可是在北京——这是党中央的所在地，怎么会有刘世吾这样的干部呢？认为北京的干部都是很高大上的，革命觉悟高，工作能力强，不会有像刘世吾这样的官僚主义者。《组织部新来的青年人》引起了很强烈的争论，正在倡导“双百”方针的毛泽东甚至几次出面替王蒙辩护。毛泽东批评李希凡，原来夸奖你是小人物，现在地位变了，就来压制另一个小人物。毛泽东说，北京怎么就没有官僚主义呢？中央还出过王明呢。连毛泽东都出面为王蒙分辨，支持批评官僚主义，才使王蒙的这篇作品在当年有了正面的肯定。①

再一个路向是百花时代出现了一批表现爱情与革命的纠葛的作品。20世纪50年代，写知识分子爱情问题的小说不是很多，作家放不开手脚去写。在“双百”方针的倡导下，文学的生存空间大了许多，宗璞的《红

---

①　崔建飞：《毛主席谈王蒙〈组织部新来的年轻人〉》，《长城》2006年第2期。

豆》、刘真的《英雄的乐章》，还有郭小川的长篇叙事诗《深深的山谷》《白雪的赞歌》，都是讲爱情与革命的关系问题的。

前面讲到杨沫的《青春之歌》，《青春之歌》中的革命和爱情是完美交织在一起的，林道静的人生选择和三个男性的感情纠葛联系在一起，步步推进。宗璞的《红豆》，把革命和爱情设置在一个互相对立的场域中展开描述，作品最后的结局是女主人公江玫选择了革命，放弃了爱情。这是一个发生在大学校园里的爱情故事。江玫的父亲在黑暗年代里失踪，她与母亲相依为命，一起生活。江玫读大学时，条件很艰难，但是她不但喜欢读书，而且还喜欢弹钢琴，并在学校的琴房里认识了齐虹，齐虹长相清逸，风度翩翩，非常有男性魅力，又有知识分子情调，钢琴也弹得非常好，跟江玫在很多方面都非常契合。但是，齐虹是一个资本家的儿子，对于革命，对于学生运动，都保持着距离甚至持批判态度。江玫后来在别的进步同学、同学中的革命者的引导下，参加学生运动，参加革命斗争，于是在革命与爱情两者之间形成很大的撕裂和牵扯。林道静和余永泽的爱情开始时也很圆满，觉得他既有才华又是北京大学的学生，很有骑士风度，后来林道静逐渐发现了余永泽的自私，以及把她当作家里的花瓶的一面，渐渐地两人产生分裂。所以她选择革命道路、追随卢嘉川合情合理，离开余永泽也义无反顾。但是在《红豆》中，江玫在对齐虹的爱恋和对革命的向往这样两个非常对立的元素中难做决断，给她造成心灵的痛苦，陷入矛盾的漩涡中，心态很低沉、悲凉、迷惘，很感伤。作品一开始的场面就是江玫刚刚回到大学工作，正好在她当年住过的学生宿舍墙壁里的一个暗洞，发现自己当年藏在里面的一个红豆饰品，引起她对往事的感伤回忆。这个作品在大的架构上让江玫选择革命，放弃齐虹，这是没错的，是符合主流要求的。但你仔细阅读作品——这个作品确实应该仔细读，凡是写到江玫和齐虹交往的场景均写得入情入理，细致入微；写到江玫投身学生运动，参加革命斗争，就是粗线条，差不多都是不走心的。现在有个流行词“走心”，恰好可以用在这里。作品最后的结果是，齐虹在北平解放前夕要跟全家人迁居到海外去，于是他设想把江玫强行劫持一起前往海外，但最后一刻他放弃了。他对江玫说，“我爱你，愿意你生活幸福，我知道我要把你强行劫持带走，你会终生怨恨我，你不会幸福，所以改变了主意。”而齐虹做事情很有分寸，多情而理智。

《红豆》中写到革命的部分就比较苍白，写到爱情的部分就比较饱满。当然，从高处说，有林道静的革命与爱情的统一，也会有江玫的革命与爱情的撕裂，而且，后者更值得尊敬。还有几句补充：在 20 世纪 80 年代宗璞的小说当中，革命与反动的政治冲突消失了，但悲剧性的爱情这样一个命题仍然在出现。在诸多作品中，她经常在讲同一个故事，20 世纪 40 年代中后期，一个年轻的女孩子在读书期间认识并且深深地爱上一个优秀的男大学生，但这个男大学生后来到海外求学和发展，因为某种原因，两个人此后音书断绝，让女主人公几十年不能释怀。80 年代，海外游子重返中国，当年的少男少女却渐入晚境，物是人非。宗璞的好几篇小说都在讲这样的故事，所以我想这一定是宗璞生命记忆中确实经历过的故事，但我注意到几种对宗璞生平的介绍，包括宗璞的自述，在这一情结上都没有讲到要点。为此，我们还可以再等等看看，什么时候会有人把《红豆》的爱情原型讲出来。

第四讲◇
十七年散文
——新生活的颂歌及其反思

这一讲是讲十七年的散文，以及对十七年散文的反思。

一、 散文中叙事风的凸现

在 20 世纪 50 年代那样一个特定的时代背景之下，人们充满了讲故事的冲动。在经历了新旧两个时代的巨大变化，经历了战争年代到和平建设时期的转换，很多人是战争的亲历者，很多人也是新旧中国面貌变化的在场者，他们有太多的经历和故事想要述说。我们讲诗歌的时候讲到，诗歌本来是以抒情为主，但是我们有写森林开发的诗人，有写石油工人的诗人，而小说本身就是一种讲故事的文体。散文呢？在 20 世纪 50 年代也有大量叙事性的散文作品出现。这种出现不是很简单地从 1949 年10 月以后开始，在抗战期间，讲述抗日战争故事的散文、报告文学就已经大量出现。

叙事性的散文，从抗战到 20 世纪 40 年代后期的解放战争，一直都是文学作品中很重要的版块。散文进入新中国后仍然有大量的故事要讲。

我们通常以魏巍《谁是最可爱的人》为代表，讲述朝鲜战争前线的故事。魏巍写了《谁是最可爱的人》，巴金先生也到朝鲜前线采访，写了著名的《我们会见了彭德怀司令员》《生活在英雄们中间》。巴金还写了一部中篇小说《团圆》，后来被改编成当年非常有影响的电影《英雄儿女》，是讲战斗英雄王成和妹妹王芳的英勇事迹。

老舍也写了很多散文，他在 20 世纪 50 年代初从美国回到北京，目睹了新旧北京的变化，尤其是目睹了北京底层民众的生活变化，在戏剧创作中写了《龙须沟》《茶馆》，也写了《我热爱新北京》，同样是用像创作《龙须沟》的心态来创作的散文。

举一个更极端的例子，沈从文在新中国成立之后很少写东西，但是他有一篇散文《新湘行记》，其中一个片段写他回湘西时见到一个热心于农村合作社事务的小姑娘，想起了当年写《边城》时候的翠翠，他觉得这两个人物年龄相似，但是精神面貌有了新的变化。

> 那个站在船头、嘱咐我不必慌张、自己去从从容容在那里当家作事的弄船的女孩子，我们似乎相熟又十分陌生。世界上就真有这种巧事，原来她比我二十四年前写到的一个小说中人翠翠，虽晚生十来岁，目前所处环境却仿佛相同，同样在这么青山绿水中摆渡，青春生命在慢慢长成。不同处是社会变化大，见世面多，虽然对人无机心，而对自己却充满信心。一种“从劳动中得到快乐增加幸福”成功的信心。这也正是一种新型的乡村女孩子共同的特征。①

20 世纪 50 年代大量的作家被这种新现象、新风貌、新人物吸引，这也是作家为什么会用散文来叙事、用诗歌来叙事的原因。严文井《建国十

① 沈从文：《新湘行记》，载《沈从文散文集》，太白文艺出版社，2016，第 96 – 97 页。

年文学创作选·散文特写》的序言里，就讲了新时代、新气象、新人物对于散文特写的吸引力和叙事冲动。

我们新的散文已经不再限制于表现作者自己和作者自己圈子里的那些人物了。工人、农民和战士登了场。他们不再是几个化了装的、粗粗的概念。我们看到了具体的钢铁工人、石油工人、汽车司机、勘探者、伐木者、垦荒者、拖拉机手、志愿军战士、海防战士、荣誉军人、猎人、渔民、邮递员、演员、民间歌手、乡村小学教员，和其他各种各样人物的不同面貌。除了外表，我们也看到了他们的内心。我们看到了他们彼此之间新的关系，看到了他们每一个人的新的精神面貌。他们是这样的勤劳勇敢，永远不松劲，永远要跑在时间的前面。我们的散文从多角度表现了他们的英雄主义和乐观精神，歌颂了他们的斗争和劳动，意志和理想。①

再看刘白羽。他是20世纪30年代开始创作的革命作家，参加过毛泽东召开的延安文艺座谈会。他自己讲他是从写散文、写抒情性的作品开始自己的创作道路的，但是在抗战期间，他说我的散文变成了报告文学。原因很简单，因为在决定中华民族生死存亡的大搏斗中，中国人民需要更直接命中敌人的投枪，需要直接激发民族精神的战鼓，更需要你给他们讲当下的战争状况、当下的军民如何浴血奋战的故事。

从抒情转向叙事，这是一个有普泛性的转折，出现了一大批深入工农业建设第一线、歌颂新时代、新建设的作家。比如，描写西北建设题材的作品。边疆一向是边远之地，工业很不发达，许多地方没有公路。50年代在这种深山里修公路，如通往西藏的青藏公路、川藏公路等若干条公路就是从50年代开始修的。还有散文作家李若冰写的《在柴达木盆地》《祁连雪纷纷》，柴达木盆地当时是一个石油开发的地区，后一篇写的是祁连山里的工业建设，这都是当年很有影响的作品。

这种叙事性的风格一直延续到60年代，顺应时代的变化，出现了一批

① 严文井：《序言》，载严文井等编《建国十年文学创作选·散文特写》，中国青年出版社，1959，第2页。

重要的报告文学作品。比如，郭小川的《小将们在挑战》，我们讲诗歌的时候讲过郭小川。20 世纪 60 年代初期，郭小川离开中国作家协会到《人民日报》做特约记者，《人民日报》给他的条件非常宽裕，没有指令性一定要写什么，你就是我们的特派记者，你写你认为值得写的东西都可以，报纸能发就发。他的《小将们在挑战》，写的是中国男子乒乓球队的成长和崛起。这篇文章当年影响非常大。

黄宗英的《小丫扛大旗》《特别的姑娘》，是写当年天津女知青先进典型邢燕子和侯隽的。孙谦的《大寨英雄谱》是写山西大寨的陈永贵，以及以陈永贵为首的大寨的农民。当年影响最大的报告文学有两篇：一篇是穆青等人写的《县委书记的榜样——焦裕禄》。焦裕禄一直到当下仍然是一个我们经常宣传的典型。另一篇是陈广生、崔家骏的《共产主义战士——雷锋》。正是因为有这样的关于雷锋的长篇报道，后来引起了方方面面的注意，引起了毛泽东的关注。毛泽东题词“向雷锋同志学习”。在 20 世纪 60 年代塑造时代先进典型的社会氛围中，歌颂先进人物这一类记叙性的作品，仍然是散文创作中的一个重要版块。

二、 三个重要的散文家

我们用比较简略的方式来介绍一下十七年间三个重要的散文作家。

1. 刘白羽

散文作家刘白羽的代表作是散文集《红玛瑙集》。

刘白羽在 20 世纪 50 年代写了大量的记叙性散文，记述新中国的变化，记述在东北等地工业建设的新气象。文学作品有的有长效性，有的因为纪实性比较强而长效性比较弱，有些当时让人很激动的东西，过了若干年后，大家却习以为常了。比如，20 世纪 50 年代修建了第一条高压电线路，这在当时是重大新闻，过了十年二十年，这样的题材就没有了激动人心的力量。当年第一汽车制造厂的建成，1949 年之前中国没有自己的汽车品牌、没有自己的汽车制造厂，1949 年之后，在长春建了第一汽车制造厂生产的解放牌汽车。它的车型都是从苏联模仿过来的，但毕竟是中国人自己制造、自己生产的。第一台解放牌汽车下线的时候，人们的激动心情就跟今天看到中国的航天员第一次进入太空一样。但是时过境迁，很多曾经激动一时的作品慢慢地被人们所淡忘。刘白羽给我们的印象更多是他作为一个抒情散文作家所取得的成就。

小说可以讲故事，那诗歌和散文怎么讲故事呢？诗歌可以押韵，可以分行，有一种形式感。散文是最直接、最真诚地表现作家内心世界以及所思所感。从这个层面来讲，散文的文笔就显得特别重要。抒情散文和诗歌有内在的应和之处，都是表达自己的情感。但是散文又不能像诗歌一样托物言志。诗歌可以讲“关关雎鸠，在河之洲”，散文就不能这么讲了，散文一定是讲我悄悄地恋慕一个女孩子已经很久很久了，你不能一上来就用“关关雎鸠”这样委婉的方式表达。散文写作一方面是最容易的，我们上小学时写的所有作文，如果放大一点看，都是在写散文，但是真正的散文在文学里又是一个要求很高、很难写好的文体。刘白羽的散文的特色是什么？我觉得是充满了一种力量感，充满了一种激流勇进的精神。

刘白羽有一段创作谈话，他讲到要获得一种独特的见解、独特的思想，获得一种深邃的诗意。刘白羽说，人们在用不同的方法来表现他获得的深邃的诗意，有人写在诗里，有人写在小说里，有人写在报告文学中……只有你获得了生活中真正深刻的东西，有了自己的见解，有了自己的思想，有了自己的诗。这时，一切生活细节才有了生命，这才是属于你的艺术创造。[①]

刘白羽的思想内核在什么地方？他和郭小川有点相似，都是从战争年代走过来的。前面讲刘白羽曾经参加过延安文艺座谈会，在解放战争时期，他作为新华社记者，追随东北野战军的战斗步伐，走过很多战场，有很多深刻的体会。到 20 世纪 60 年代初期，就像郭小川写《甘蔗林——青纱帐》一样，当共和国遭遇非常严峻的困难时，刘白羽也在召唤战斗激情，

① 刘白羽：《给人民做一个通讯员》，《人民文学》1959 年第 6 期。

在咏赞光明战胜黑暗中，把战争年代的激情与他眼前的所见所思所感结合起来。《日出》是写在飞机上看到日出。人们有各种机会看日出，站在高山上看日出，站在海边看海上日出。刘白羽写的是在飞机上看日出，他的核心命题是光明战胜黑暗，太阳一定会升起，这不是一个特别罕见的情景，但是刘白羽的才华在于他的文字描述。

……你乍看上去，黑夜还似乎强大无边，可是一转眼，一个奇迹就在这时诞生了。突然间从墨蓝色云霞里矗起一道细细的抛物线，这线红得透亮，闪着金光，如同沸腾的溶液一下抛溅上去，然后像一支火箭一直向上冲，这时我才恍然大悟，原来这就是光明的白昼由夜空中迸射出来的一刹那。然后在几条墨蓝色云霞的隙缝里，闪出几个更红更亮的小片。开始我很惊奇，不知这是什么？再一看，几个小片冲破云霞，密接起来，溶合起来，飞跃而出，原来是太阳出来了。①

刘白羽特别善于用动作幅度猛烈的动词，如“矗起”“抛溅”“迸射”“冲破”“飞跃”等，使文章充满一种力量感、运动感，充满爆发力。不同的作家有不同的特色。有的作家动词用得特别好，就像刘白羽。如何使用语词是我们小学写作文的时候，老师都会讲的，但是在一个更高的层面，做一些文本分析的时候，词语分析同样是有效的。具体文本我们不在这里读了，就是请大家注意区分不同作家的风格，刘白羽的风格，一个是命题的选择，一个是词语的使用。

刘白羽自己讲，“我当年投入革命的激流，冲入战争的格斗，受到血与火的锻炼，我的思想情感变了，审美观点也变了。”同样是写长江，古往今来很多人都写过关于长江优美的诗文，他举例子“两岸猿声啼不住，轻舟已过万重山”是一境界，“大江东去，浪淘尽，千古风流人物”又是一种境界。那么刘白羽自己写长江的特点在哪里？他说我写长江激流勇进之美。“我写长江自不敢跟人比，但我写长江激流勇进之美，这是我所得

---

① 刘白羽：《日出》，载佘树森编《刘白羽散文选集》，百花文艺出版社，2009，第5页。

之长江，我所爱的长江，我的长江之美。"① 刚才讲他写日出，写日出之前云层最浓重，黑暗堆满了天空，但是太阳充满了爆发力冲破云层，跃出天空。刘白羽写《长江三日》是在20世纪60年代，那个时候的三峡水流落差大，风浪险滩更加严峻，也更为壮观。《长江三日》通过描写长江三峡上的行船，船只和三峡激流险滩的搏击，乘风破浪，气势非凡。从这样一种逆境当中提升出激流勇进之美，并且把这种激流勇进之美和共和国的历史、和世界共产主义运动的历史联系起来——他讲到了在船上读罗莎·卢森堡的《狱中书简》。罗莎·卢森堡是德国20世纪初期很重要的共产党领袖，她在监狱里写下了自己坚强不屈的意志和对大自然的深刻领悟。《长江三日》是十七年散文中一个非常重要的篇目。

2. 杨朔

杨朔在20世纪50年代曾经写过《三千里江山》。这是描述抗美援朝战争的一部不到二十万字的长篇小说。在描写抗美援朝战争的长篇小说中，它问世比较早，有其时代性价值。20世纪五六十年代之交的中学语文课本就有《三千里江山》的选段，可见这部作品在当时是很受称道的。后来杨朔全力以赴转向散文写作，在20世纪60年代成为一个非常重要的散文作家。他的代表作有《荔枝蜜》《雪浪花》。杨朔还写了一批国际题材的作品，像《金字塔夜月》是写埃及，《樱花雨》是写日本。

杨朔的特长，是他有一种继承中国传统诗文的写作手法——托物咏志。刘白羽的作品命名为《日出》《长江三日》，都是指事性的，都在直书其事。杨朔他会用一种托物寄情、托物咏志的方式构造自己的散文。比如，《荔枝蜜》。

杨朔的说法是这样的："我在写每篇文章时，总是拿着当诗一样写。我向来爱诗，特别是那些历尽岁月磨炼的古典诗章，这些诗差不多每一篇都有自己新鲜的意境、思想、情感，耐人寻味，而结构的严密，选词用字的精炼，也不容忽视。我就想：写小说散文不能也这样么？于是就往这方面

---

① 刘白羽：《〈芳草集〉自序》，载孟广来、牛运清编《刘白羽研究专集》，解放军文艺出版社，1982，第84页。

学，常常在寻求诗的意境。”①

这是《香山红叶》中的一个片段。

我的老大爷，我不十分清楚你过去的身世，但是从你脸上密密的纹路里，猜得出你是个久经风霜的人。你的心过去是苦的，你怎么能闻到红叶的香味？我也不十分清楚你今天的生活，可是你看，这么大年纪的一位老人，爬起山来不急，也不喘，好像不快，我们可总是落在后边，跟不上。有这样轻松脚步的老年人，心情也该是轻松的，还能闻不见红叶香。……

也有人觉得没看见一片好红叶，未免美中不足。我却摘到一片更可贵的红叶，藏到我心里去。这不是一般的红叶，这是一片曾在人生经过风吹雨打的红叶，越到老秋，越红得可爱。不用说，我指的是那位老向导。②

《香山红叶》写的是秋天几个人相约到香山去观赏红叶，但是香山的红叶似乎还没有红得那么壮观，很遗憾没有看到满山满岭红叶欲燃的壮观景象，反倒是一个给他们带路的老大爷，在跟他们的交谈中讲述自己的身世，让杨朔有了非常多的感慨。因此，他就讲没看见一片好红叶，未免美中不足，我却摘到一片更可贵的红叶。这个红叶就是老向导给他讲的自己的人生经历以及在当下那样一种朝气蓬勃的精神状态。杨朔是喜欢炼字的，中国古代的诗歌对语言的表述非常考究，如“鸟宿池边树，僧敲月下门”。杨朔的散文也非常讲究字句的推敲，比如这个“老秋”，我觉得杨朔用这个“老”字很别致，当然更重要的是他对作品的精心构思。《荔枝蜜》和《香山红叶》都有一种表现方式：曲径通幽、欲扬先抑。《荔枝蜜》讲广东的荔枝非常有名，但是“我”来到从化的时候已经过了荔枝的采摘季节，只有荔枝蜜，而在附近看到了养蜂人，从一开始很嫌弃蜜蜂，到了解了蜜蜂的辛勤劳作，对蜜蜂产生了好感甚至爱慕，然后又从蜜蜂的劳动想到了我们新中国生活当中的甜蜜芬芳是工人农民“酿造”出来的，从蜜蜂想到了劳动者。《香山红叶》也是这样的构思，去香山没有看到好的红叶，但是

① 杨朔：《〈东风第一枝〉小跋》，载吴周文编《杨朔散文选集》，百花文艺出版社，2009，第243－244页。

② 杨朔：《香山红叶》，同上，第73－74页。

仍然觉得很满足，因为跟这个带路的老大爷一路聊天，了解到新时代给他带来的可喜变化，感受到老大爷的精神面貌，年纪比较大的人对新旧变化的体会更深刻，他们的精神状态非常活跃、非常积极。

接下来关于刘白羽和杨朔的风格做一个简略的比较。

通常讲，我们确定一个作家的风格总是在与别的作家的比较中才看得更清楚。比如，上次在北师大开学术会议，有个教授做演讲，他提出莫言的诗人品格，说莫言是一个诗人，并做了很多描述，但是让他对莫言的诗人品格做一些梳理和界定的时候，他就讲莫言表现的是独立的个人，然后又从独立的个人走向了普遍的人类性。因为我正好是那一场演讲的讲评人，讲评人就有一个现场跟演讲者对话的机会。我就说你前半部分讲得很精彩，但你后面对莫言诗人品格的归纳，我要提一个问题："从这种独立的个人到普遍的人类性"，是莫言独有还是很多别的作家也有。是诗所独有还是文学品性都有这种普遍的趋向、普遍的共性。但是因为时间短也来不及深入讨论。这就是说，我们讨论问题，我们描述一个现象、评述一个作家作品，要一点一点去逼近它，从文学的共性、从散文创作的共性到推进这个作家的个性特征。

这里将刘白羽和杨朔做一点比较。他们都追求散文的诗意、散文的诗化，追求意境，但是两个人在追求什么样的意境、什么样的诗情方面有很有趣的对照。

刘白羽喜好的是一种激流勇进之美、崇高之美。我当年在总政机关工作的时候，刘白羽是总政文化部的顾问，曾经好几次听他讲这个问题。他讲起来就是罗曼·罗兰、米开朗琪罗——我们知道这都是浪漫主义的作家艺术家，表达一种崇高的美学。这种崇高美怎么建立起来，我们文学理论应该讲过。崇高和优美的差别，其中有一点是：优美是一种秀美，它的体量不会很大，不会给我们造成震撼，是一种和谐的、一种非常惬意的感受。崇高呢，它要有一种对抗，面对一种在体量上非常巨大、让我们感受到它的威胁和自我渺小的物体，通过对抗来达到自我提升。所以人们看到大海会望洋兴叹，像郭小川看见星空会觉得星空这么壮观，几千年、几万年、亿万斯年，我们的人类社会与一个普通的个人，相比起来是何等渺小。但是接下来在《望星空》中，他觉得宇宙这么浩瀚，却没有生命没有人类。地球也好，我们个人也好，非常渺小，人生非常短暂，但是我们有自己人生的追求，有人生的创造，也有社会历史的进步。从这个层面讲，首先是崇高的物体让我们感到畏惧，然后用自己的精神状态来跟它对话，来超越它、克服它，从而达到崇高，这个要去看康德的《论崇高》的相关论述，崇高的美学界定是从康德开始的。刘白羽喜欢的是崇高美，光明冲破黑暗，轮船在三峡上激流勇进，都是在激烈冲突当中克服困难战胜对手。而杨朔偏爱的是玲珑精美，苦心经营中国古典诗词意境，是一种优美。蜜蜂、香山红叶，都不是大的景物，它不会对我们造成威胁，它在我们眼中看起来有一种亲近感。因为他们的美学追求不同，所以在选取自然景物方面，刘白羽惯于选用雄壮、博大、动态的景致，如云海日出、长江三峡的激流奔腾。杨朔常选取平凡的事物，大多是清秀、精巧的，如红叶和蜜蜂，均是选取的物像不同。

比较起来，刘白羽的作品往往会将战争年代的悲壮慷慨和新时代的大气磅礴、继往开来叠印在一起，从而显得更加强悍雄放。杨朔的作品善于从旧时代的黑暗和新时代的光明的对比中来烘托现代生活的美好动人，从普通人身上撷取生命的意义和时代的风采；蜜蜂也好，登香山带路的老大爷也好，都是很普通的，还有杨朔的《雪浪花》。刘白羽非常喜欢大海，他写《朱德传》，书名就叫《大海》。杨朔面对大海，他不是写海浪奔腾、大海多么壮阔，他选取的是冲击在礁石上散成碎片飞沫的浪花，碎成雪片一样的浪花。

杨朔的散文在 20 世纪 80 年代以来受到很多的质疑，说杨朔的作品有一种模式，就我刚才讲的是曲径通幽，欲扬先抑；在经过一番弯弯转转的论述后，曲终奏雅，最后再把这个主题提上来，扬上去，这样的批评都是有道理的，但是说中小学课本里选进杨朔的散文，有“误人子弟之嫌”，我觉得这样的批评都是高举高打。如果创作到了得心应手、随心所欲的阶段，你可以讲我不需要什么模式。但人不是生而知之，一定是学而知之。在这个学习的过程中，杨朔的散文写作方法——我觉得对于中小学生来讲，甚至高考作文能用杨朔的方式来写出好的作文，那是很厉害的，是值得肯定的。

3. 秦牧

秦牧被认为是智慧型的、百科全书式的作家。秦牧说他爱看那些警辟的散文。这个领域是海阔天空的，不属于其他文学体裁，而又具有文学味道的一切篇幅较短小的文章都属于散文的范围。

> 我爱看那些警辟的散文。这个领域是海阔天空的，不属于其他文学体裁，而又具有文学味道的一切篇幅较短小的文章都属于散文的范围。它也许是文艺性的政治、社会论文，和“社会科学”隔壁居住，然而一墙之隔，使这些“杂文”仍然是文学的子女。它或者是个人抒情气氛很强烈的东西，和“诗歌”隔壁居住，然而一墙之隔，使这些抒情文和它的堂姊妹那叫做“诗歌”的性格嗓门，仍然大有区别。它或者是包含着一个故事，和“短篇小说”隔壁居住，然而这“小品文”的声音笑貌，又和它的堂兄弟有不同……①

以此而言，秦牧的散文观是最开阔驳杂的。刘白羽和杨朔都提倡散文的抒情性、诗性，秦牧兼容并蓄，广取博收，议论、叙事都不在话下。在文章做法上，他跟杨朔、刘白羽相比较，后两者的文章均围绕着一个事件，集中笔墨描写。而秦牧则喜欢海阔天空、谈天说地式的散文。我们通常会拿他的《花城》来做讲解，从春节前的花市、各种花卉的特征、花卉名称的来历，讲到过年的风俗和儿歌，讲到水中的金鱼、海中的珊瑚和架上的文玩，就像是跟着作家逛花市、逛大街，指指点点，娓娓道来，充满生活的情趣，也扩展眼界，增长知识，让我们更加热爱生活、热爱美。

今天我想推荐他的《艺海拾贝》。秦牧各方面的知识、各方面的学问都很好。他的散文和文艺随笔都富有联想性，铺排开来到处寻找丰富的例证，然后构建自己的作品，他的作品知识性比较强。这里推荐《艺海拾贝》给大家，为什么呢？我们中文系的学生学文学，你说什么是艺术美，美在

---

① 秦牧：《海阔天空的散文领域》，载中国当代文学研究资料编辑委员会编《秦牧专集》，福建人民出版社，1981，第38页。

何处？这种美，秦牧不但感受到了，而且表达出来了，这就是推荐秦牧的《艺海拾贝》的原因。这是一部文艺随笔，讲审美感知的方方面面。比如，他有一篇文章讲广州的城标雕塑。广州也叫羊城、五羊之城，传说古代这里遭遇灾荒，有五位仙人骑着五只羊在天空上路过羊城，羊嘴里叼着稻穗，稻穗从天空落下来，于是这里稻谷丰收，这样一个传说很美好、很亲民。秦牧就举例子说，因为要美化城市，强调城市艺术，要塑一个五只羊的塑像，一开始就有各种各样的方案提出来备选。有的方案就是这五只羊大小比较相近，但是大家对这个方案不满意，最后落成的雕塑五只羊有大有小，最大的一只羊，个头非常高俊，但是最小的羊还正钻在它妈妈的肚子底下吃奶。这个雕像得到大家的认可。秦牧说也有人质疑，这么小的小羊羔它还能驮得动神仙？就是说五只羊一定是个头相近，力气也相等，这才能把五个仙人驮得动。秦牧就讲，从审美角度来看，这就是物体要有变化，要有参差对比，尤其这只吃奶的小羊，憨态可掬，非常可爱；也可以从学理上来讲，既然它不是我们地面上的羊，是神羊，来自神仙世界，那么它可以自由变化大小，需要变大的时候，它能变得跟大羊一样雄壮，但是需要变小的时候，它就变成小羊羔，这当然是一种学理的解释。另一方面从美学上来讲，你说五只个头差不多、模样差不多的羊立在那里更动人，还是这种错落有致、有的显得成熟雄壮、有的显得稚气可掬更动人，什么样的五羊更符合我们的审美想象，在美学上来讲具有更高的价值呢？我觉得秦牧这样的分析非常到位，五羊雕塑我们可能猛地一眼看过了也不会去思考，但是秦牧的描述，秦牧在《艺海拾贝》里的分析会开启我们的思路。他还讲过，有一组熊猫的小型瓷雕，这个熊猫的雕塑玩具小摆设，在20世纪六七十年代经常可见，我不知道现在还有没有人收藏这样的东西——秦牧说一组熊猫，有的就是熊猫的标准照，有的是熊猫打闹、熊猫玩耍，还有熊猫仰面朝天躺在地上抱着啃竹子的这样的造型。我们不会操心什么样造型的熊猫卖得快，他却有心思观察这些熊猫瓷雕哪些卖得快。秦牧说比较标准的熊猫瓷塑，买的人很少。熊猫躺着仰面朝天啃竹子的那个卖得最快、卖得最多。他分析其中的道理，说那个标准照就显得比较呆，这个仰面朝天的，就把熊猫的动态美表现得比较充分。《艺海拾贝》是一个集子，几十篇文章，讲方方面面的审美故事，我觉得应该可以开启我们的思路。

三、杂文作家徐懋庸和邓拓

再讲一下20世纪五六十年代的杂文创作。

1. 徐懋庸的杂文

杂文创作在百花时代有一个小高潮，这一时期代表性的杂文作家是徐懋庸。

徐懋庸是20世纪30年代在上海成名的左联作家，是文学史上一个非常有意思的人物。他以鲁迅为榜样，杂文集《打杂集》还是请鲁迅给他写的序，两人关系曾经很密切。周扬等人跟鲁迅论战的时候，徐懋庸站在周扬等人的一边，还写了一封指责鲁迅的信。鲁迅为此写过一篇文章《答徐懋庸并关于抗日统一战线问题的公开信》。

徐懋庸在20世纪50年代中期写了一批有批评性的杂文。比如，他写了一篇文章叫《不要怕民主》，民主有什么意义，民主是让大家说话。从这个层面来讲，1956—1957年这个问题很重要。随即他又倒过来写了一篇文章《不要怕不民主》，“在这个意义上，我们就应该有‘仁人不忧’‘当仁不让’的态度。过去的统治阶级不给我们民主，我们曾经以‘杀身成仁’的精神斗争过。何况，现在并不是整个阶级、整个政党、整个政权不让我们享受民主，只是少数官僚主义者不让，那么，我们有什么怕的！”他还写了《小品文的新危机》，讨论繁荣杂文的问题说，小品文应该在民主的基础上发展起来，民主的意义之一就是人民要求的多样性，你看他讲“杂文也应该多样性，可以歌颂光明，也可以揭露黑暗”，“杂文作家要养成对黑暗的敏感”。[①] 这样的说法确实非常泼辣，因为我们知道毛泽东在延安文艺

---

① 徐懋庸的三篇杂文《小品文的新危机》《不要怕民主》《不要怕不民主》，均见《徐懋庸杂文集》，三联书店（北京）1983年版。

座谈会上的讲话对于歌颂光明和暴露黑暗有一个阐释，通过有关方面的阐述和推广，基本就变成说革命队伍内部不应该有揭露黑暗的作品。

2. 邓拓的杂文

到20世纪60年代初期，一方面社会生活出现了波折，各方面的政策都在调整。另一方面从宣传上来讲，觉得现在人们生活都很不容易，都很艰难，要给人们提供一些精神方面的比较有内涵又容易让人们放松下来的作品，于是有了邓拓的《燕山夜话》，以及邓拓和吴晗、廖沫沙合作的《三家村札记》。《燕山夜话》登在北京市委机关刊物《前线》上，《三家村札记》登在《北京晚报》上。

邓拓对历史是有研究的，又是北京市委书记处的书记。吴晗是历史学家、明史专家，是《海瑞罢官》的作者。廖沫沙也是20世纪30年代重要的文学家，当时在北京市委做统战部部长。这样的三个人，他们的政治地位都很高，他们的学问也都做得好，于是写《三家村杂记》、写《燕山夜话》，谈古论今，倡导人们读书。后来，其中有一些文章被指认为“恶毒攻击”，“恶毒攻击”在当年是一个罪名，就是恶毒攻击党，攻击党的领袖，攻击社会主义中国。比如，《专治“健忘症”》和《说大话的故事》。[①] 邓拓有这么大的胆量敢于抨击现实吗？未必。但是为什么《说大话的故事》受到批判？因为在“大跃进”时代确实是大话满天飞，什么“超英赶美”“跑步进入共产主义”“高指标”，一亩地可以打一万斤、五万斤、十万斤的粮食。但是很快在现实中就出现粮食短缺和大面积的饥荒。所以《说大话的故事》就被戚本禹、姚文元这些左派文人批判，说这是恶毒攻击“大跃进”。《燕山夜话》《三家村札记》继《海瑞罢官》之后成为当时文化大批判的一个重点，邓拓因此遭受批判。

---

① 邓拓杂文《专治“健忘症”》《说大话的故事》，均见《邓拓全集》第3卷《杂文卷》，花城出版社2002年版。

第五讲◇
老舍与十七年戏剧

十七年的戏剧作为一个重要的文学板块，有它自己的独特性。戏剧是文学当中最具有群众性、最具有互动性的一种艺术，它要在剧场里边进行，要和观众直接地产生沟通、产生互动。相对来讲，戏剧的选材在十七年、在80年代也都是比较重要的社会问题和时代命题。我们当下讲艺术的多元发展，现在的戏剧多种多样，但是十七年的戏剧、80年代的戏剧，关注社会现实、提出重大问题，是其重要特征。

一、十七年戏剧面面观

先介绍一下十七年戏剧的概况。

1. 表现革命历史题材的戏剧

陈其通的《万水千山》，经过了长时间的修改。陈其通是红四方面军的老红军，亲历了长征，从 1938 年开始写《艰苦路程两万里》，20 世纪 50 年代更名为《万水千山》。《万水千山》的重要性还在于，到 1975 年邓小平提出来要全面整顿的时期，文艺界也在与极左的文艺政策争夺舞台，正值纪念长征胜利四十周年，《万水千山》的话剧又重新上演。不但重演，而且拍成了上下集的彩色舞台故事片。但是当代文学的复杂性在哪里呢？1975 年重新上演《万水千山》，把它拍成电影到处播放，在 20 世纪 50 年代末期，《万水千山》就已从话剧改编成电影。也就是说，《万水千山》改成电影后，有两个版本。一个是 50 年代末 60 年代初，从舞台剧改编成电影，还有一个于 1975 年、1976 年拍摄的舞台演出的舞台艺术片。我们看一个剧目，也跟历史纠结在一起。

比如，胡可的《战斗里成长》，是用家庭团圆的方式来讲述农民在革命战争期间，父子两代人成长起来的故事。一户穷人家，先是父亲赵钢受迫害，在村里待不住，出去寻找活路，参加革命，担任了部队的指挥员。后来，儿子也为了改变自己的生活和命运，走出乡村，参加战斗，参加革命队伍。但是父子之间不相识，几经辗转，最后父子相认。

2. 呼应新时代：曹禺

曹禺代表了现代文学三十年戏剧的最高成就。1949 年之后，他仍然非常勤奋地写作。20 世纪 50 年代，曹禺写了《明朗的天》，表现一个医院在新时代的生活和斗争。到 1961 年写了《胆剑篇》，以越王勾践“卧薪尝胆”的故事为原本。当时处于三年困难时期，《胆剑篇》鼓励人们克服眼前的困难，走出严峻的局面。刘白羽、郭小川因为有战争经验，会以战争年代遇到艰难险阻，克服重重困难，直到终于取得战争胜利来作为一种现实的参照。曹禺的《胆剑篇》从历史中获得一种启悟：卧薪尝胆，发愤图强。

1978 年，他发表了新作《王昭君》。王昭君是古代民间传说的“四大美女”，也是许多文人骚客咏赞的对象。人们都悲叹王昭君不幸的命运，觉得她万里和亲，从汉家的宫廷风尘仆仆远赴大漠，可哀可叹，就像杜甫诗云：“一去紫台连朔漠，独留青冢向黄昏。画图省识春风面，环佩空归夜月魂。”但在曹禺笔下，王昭君变成了一个具有现代民族团结意识的女性，她为了实现汉族和少数民族之间的团结，付出了很多艰辛。这个作品顺应新时代、强调民族团结的需要，但写出来“现代化”了，于是这个剧作也没有达到他预想的高度。《王昭君》值得讲的还有一条，是它用诗一样的语言写成。我们讲莎士比亚的剧作，莎士比亚的剧作有好几种翻译的版本，其中翻译得最好的是按照诗的样式翻译出来的，最符合莎士比亚的原作，莎士比亚的剧本都是诗剧，《王昭君》也是诗剧。

3. 人格魅力的塑造：田汉的《关汉卿》

在值得称道的话剧中，其中一个是田汉的《关汉卿》。

田汉是《义勇军进行曲》的歌词作者。他 20 世纪 20 年代在日本留学时期，和郭沫若等人一起创办创造社，20 年代中后期，在上海进行戏剧创作，他写戏剧比曹禺还要早，是中国现代戏剧的创始人之一。1958 年有一个国际上的文化活动——“纪念世界历史文化名人关汉卿戏剧创作七百周年”。关汉卿是元代的著名剧作家，为了纪念他，田汉创作了《关汉卿》的剧作。从这个方面来讲，有一点应时而作，适应现实需要，赶任务。这种现象在十七年也好，在“文化大革命”时期也好，是一种普遍的文学现象。很多赶任务的应时之作都是没有艺术创造的难度的，都是一种配合式宣传。但是“赶任务”也要看作家的底蕴，看作家的素质。赵树理的《登记》，也是“赶任务”。当时，新中国在全国范围内推广《新婚姻法》，需要有通俗的文艺作品出现配合新法推广，借助文艺手段向大众进行宣传；但是赵树理在编《说说唱唱》这种大众文艺刊物的时候，却怎么也没有收到相应的来稿。赵树理就说那我自己来写一个，于是就写了《登记》。《关汉卿》也是田汉在同样的时代需要之下写的，有自己的特色，是一部优秀的剧作，被列作中国现当代话剧经典之作。

关汉卿是元代剧作家之首，我们常讲“关马郑白王”，首屈一指的是关汉卿，而且很多人会拿关汉卿和莎士比亚来比较。关汉卿的剧作三十几部，数量多且影响大。他的作品题材非常广泛，有喜剧、有正剧、有悲剧。而且他对于元代社会现实的描述非常深刻。但是很遗憾，有关他的史料甚少。元代为什么会有这么多剧作家？元代有一段时间终止了开科取士，不用考秀才、考状元，因为统治元代的蒙古民族是“马背上的民族”，非常彪悍，非常善战。蒙古铁骑不但横扫中国大陆，而且一直打到俄罗斯，一直打到匈牙利。一开始他们不了解文化的重要性，中国已经延续了好几个朝代的考秀才、考举人、考状元的开科取士这一条脉络被截断，中断了很多文人的仕途发展路径，迫使这些文人转向民间发展，于是元杂剧集中了当时一批最优秀的文化人。但是当时演戏又是一个贱业，被认为是下九流的贱民所从事的职业，所以关汉卿没有留下完整的史料。他的作品留下来了，但是关于他的生平记载很少，田汉写《关汉卿》所依照的史料非常有限。

田汉怎么写《关汉卿》？他通过写关汉卿《窦娥冤》的创作过程去展开。我们知道《窦娥冤》是关汉卿最重要的作品，从揭露社会黑暗、揭露冤狱这样一个层面，很猛烈地抨击现实。《关汉卿》的剧作就是围绕着关汉卿在现实当中看到黑白颠倒，穷人家的女性被冤枉、被错杀，从而产生创作冲动，产生一种愤怒的批判激情，写出了《窦娥冤》。《窦娥冤》的演出触怒了当地的权势人物，受到打压，最后被捕入狱，流放他乡……通过用戏中戏的方式来写。此外，田汉写《关汉卿》时，融入了他自己的生命体验、生活经验。田汉 20 世纪 30 年代从事左翼戏剧，曾经被关进监狱，坐过国民党的牢房，所以他写关汉卿后来被关进监狱，跟他自己的生命记忆正好是相吻合的。

一是戏中戏的方式，二是愤怒出诗人，三是自我生命体验的加入，这些方面使得《关汉卿》成为一部可以流传的作品。

下面是《关汉卿》的最后一个片段。

将碧血，写忠烈，/作厉鬼，除逆贼。/这血儿啊，化作黄河扬子浪千叠，/长与英雄共魂魄！/强似写佳人绣户描花叶，/学士锦袍趋殿阙，/浪子朱窗弄风月；/虽留得绮词丽句满江湖，/怎及得傲岸奇枝斗霜雪？/

念我汉卿啊，/读诗书，破万册，/写杂剧，过半百，/这些年风云改变山河色，／珠帘卷处人愁绝，／都只为一曲《窦娥冤》，／俺与她双沥苌弘血；／差胜那孤月自圆缺，／孤灯自明灭；／坐时节共对半窗云，／行时节相应一身铁；／各有这气比长虹壮，／哪有那泪似寒波咽！／说什么黄泉无店宿忠魂，／争道这青山有幸埋芳洁。／俺与你发不同青心同热，／生不同床死同穴。／待来年遍地杜鹃红，／看风前汉卿四姐双飞蝶，／相永好，不言别！①

关汉卿是一个很有骨气的剧作家，抨击权贵，揭露黑暗，但是《窦娥冤》写好也得有人来演，需要有经验丰富的戏曲演员，这个演员就是珠帘秀。两个人情同志合，一起把《窦娥冤》推向舞台；虽遭到权贵的打压，仍不屈服，最后关汉卿被判流放，两个人在分别的时候用《蝶双飞》这样一场戏，互相表白，表达彼此的爱慕之情，表达忠贞的情感，“发不同青血同热，生不同床死同穴”。

田汉写《关汉卿》充满了一种诗剧的意味，这从上面的选段中就可以看出。

4. 历史与心灵的遇合：郭沫若的《蔡文姬》

再一个剧目是郭沫若的《蔡文姬》，现在还在北京人民艺术剧院上演。郭沫若写《蔡文姬》，其创作方式和田汉是有一比的。田汉把自己的命运和经历与关汉卿融合在一起，“关汉卿就是我”，郭沫若也一样，他明确地说“蔡文姬就是我”。

法国作家福楼拜，是有名的小说《波娃丽夫人》（按：今译《包法利夫人》）的作者，他曾经说：“波娃丽夫人就是我！——是照着我写的。”我也可以照样说一句：“蔡文姬就是我！——是照着我写的。”……在我的生活中，同蔡文姬有过类似的经历，相近的感情。”②

---

① 田汉：《关汉卿》，载席嘉主编《大学语文》之《关汉卿（节选）》，武汉大学出版社，2006，第345－346页。

② 郭沫若：《〈蔡文姬〉序》，载《郭沫若剧作全集》第三卷，中国戏剧出版社，1983，第3页。

蔡文姬作为一个历史人物，在东汉末年的战乱中流落匈奴。她是曹操老朋友蔡邕的女儿，曹操念旧情，所以把她从匈奴赎了回来。而郭沫若，他是文学史上的人物，是文化史上的人物，还是中国现当代史上的重要人物，一直有争议。有些人认为郭沫若太没有骨气了，太没有自己的独立意志，迎合许多现实的需要。但是讲到郭沫若，他的一生非常丰富，不是这么简单判断就能够说得清的。比如，他讲“蔡文姬就是我”，1927 年之后，他在大革命失败的时代语境之下流亡到日本，在日本研究甲骨文，研究中国古代历史，很快就有重要的成果问世。郭沫若流亡日本，日本官方也知道，还有警察来监视他。在抗战爆发之后，蒋介石想着抗战要团结各方面的人物，要加强文化方面的力量，派人去请郭沫若从日本回国参加抗战。前面讲曹操把蔡文姬赎回来，从匈奴赎回来，但是蔡文姬在匈奴生的一儿一女留在匈奴，她没有带回来。蔡文姬回到汉家之后，思念她的儿女，写出了著名的《胡笳十八拍》。《胡笳十八拍》抒发了蔡文姬思念儿女的情感，写得非常凄婉，非常感人——一直有争议，说这是蔡文姬自己写的，还是中国古代的文人假托蔡文姬的口气写的？这个争议一直没有明确的证据。郭沫若认为《胡笳十八拍》这样的作品一定是蔡文姬自己写出来的，别人假冒写不出其中的凄婉、悲凉。

郭沫若要回国参加抗战，他和蔡文姬很相似，妻子儿女都留在日本，后来他把这一经历写进一部自传性的长篇作品《洪波曲》。《洪波曲》就是讲抗日战争，全民族抗战的巨大浪潮。《洪波曲》讲他回国，连他的老婆孩子谁也没敢告诉，因为他是处于被监视当中，尤其是中日对立，战争正在进行，他半夜三更爬起来，匆匆忙忙拎着一个箱子溜出家门，在有关人员的安排下上了轮船，回到中国。回国参加抗战，老婆孩子都留在日本，思念妻子、思念孩子的情感非常强烈。他还有一首律诗《又当投笔请缨时》，“又当投笔请缨时，别妇抛雏断藕丝。去国十年余泪血，登舟三宿见旌旗。欣将残骨埋诸夏，哭吐精诚赋此诗。四万万人齐蹈厉，同心同德一戎衣。”[①] 这是仿鲁迅“惯于长夜过春时，挈妇将雏鬓有丝。梦里依稀慈母

① 郭沫若：《又当投笔请缨时》，载王锦厚、伍加伦编注《郭沫若旧体诗词赏析》，巴蜀书社，1988，第 26 页。

泪，城头变幻大王旗……”那首诗的韵脚写出来的。“别妇抛雏断藕丝”正是无法断情的反写。他的这种情感，说“蔡文姬就是我”，我想也是比较贴切的，用我们今天的话来讲，《蔡文姬》是一部走心的作品，确实触动了郭沫若自己的情感记忆。

蔡文姬回到汉家之后，也没有太多的史料记载。在郭沫若笔下，把《胡笳十八拍》用得非常足，大量在剧中穿插了《胡笳十八拍》的诗句，也使《蔡文姬》和田汉的《关汉卿》一样具有浓郁的诗意。

《关汉卿》和《蔡文姬》这样的历史剧作没有充分的史料，没有充分的历史人物的真迹可考。作家根据他们的作品，一个根据《窦娥冤》，一个根据《胡笳十八拍》来建构剧本，再融入自己的心灵记忆，因此超越了时代，成为可以流传的作品。这也是我们理解文学现象、理解作家作品的一个很重要的方面。它不是没有局限性，不是没有时代的痕迹，但从作品的主体来讲，它是具有超越性的。

5.《霓虹灯下的哨兵》和教育青年一代的剧作

十七年的戏剧有一个很重要的版块，就是教育青年一代的剧作。它的代表作是《霓虹灯下的哨兵》。

《霓虹灯下的哨兵》选取的是当年上海的一支被命名为“南京路上好八连”的部队，这支部队在当年非常有名，是全国学习的先进典型。它在上海解放之初进入大上海，进入南京路。南京路灯红酒绿、歌舞升平，旧时代大上海的那种消费气息，以及旧时代的生活方式，对穿着草鞋进城的人民军队会产生什么影响？当时的说法是大上海就像一个大染缸，会把这支红色的军队染成黑色，让它变质。“南京路上好八连”恰恰就在这样一种独特的环境当中坚持下来，保持了人民军队艰苦奋斗的作风。《霓虹灯下的哨兵》就是写“好八连”，但是既然要写“拒腐蚀，永不沾”，那一定要把腐蚀写出来，你才能够抗拒它，而《霓虹灯下的哨兵》对部队生活、对革命军人的内部矛盾都有所显现。没有矛盾，没有冲突，怎么展现“好八连”的坚定不移？一定得有风吹浪打才能显现出坚定不移。这样的剧作，曾经受到批判、受到打压。周恩来、陈毅等对《霓虹灯下的哨兵》给以坚决支持，并做了高度肯定。许多作品今天看起来，我们觉得它时代色彩太强了，或者说跟我们的生活有很大的距离，但在那个年代，它们的生存、它们的问世都非常不容易。这个作品因为有周恩来、陈毅等对它加以赞扬，才能够存活下来，存活下来以后就风靡全国，直到前几年还有电视连续剧新拍的《霓虹灯下的哨兵》。

还有一个剧作叫《千万不要忘记》，千万不要忘记什么呢？毛泽东 1962 年 8 月提出来“千万不要忘记阶级斗争”，这个作品就是讲千万不要忘记阶级斗争的。

为什么要有教育青年一代的剧作？20 世纪 60 年代初期，在中国和苏联两个共产党之间发生了论战，叫中苏两党关于共产主义运动总路线的大论战。毛泽东提出来，要培养千千万万革命事业的接班人。这些相关的标准是什么？他针对的背景是什么？美国的一位国务卿杜勒斯曾经讲过，中国共产党人第一代、第二代经历过战争考验、革命斗争的熏陶，不会变质，但是第三代、第四代会倾向于资本主义，背离他们前人开创的道路。所以中共针锋相对，要教育青年一代永不变色；而赫鲁晓夫就被认为是正好应验了这位美国政界人物的预言，苏联到了第三代、第四代就变质了。列宁第一代，斯大林第二代，赫鲁晓夫是第三代，当时认为苏联是变成了修正主义，向资本主义大踏步倒退。所以中国要加强青少年教育。这是这一批作品的写作背景。

二、 老舍的戏剧创作

接下来应该讲到老舍。《茶馆》是十七年标志性的优秀作品，我想中学课本里边应该有选段，中学教师给大家做了很多的阐述。关于《茶馆》，以前考试的时候我们经常会把它放在一个重要的版块里，结果拿上来一看，大家答得都差不多，都是那几个条条，那一定是在中学里背过的，或者是高考时准备的。我就在大家都会背的条条基础之上讲一点问题。

我们讲“鲁郭茅，巴老曹”，到共和国建立时，鲁迅先生逝世已久，郭沫若、茅盾、巴金、老舍、曹禺都是正当盛年。在这些经典作家当中，曹禺作为戏剧家，后来一直没有很醒目的作品出现；巴金在20世纪五六十年代也没有什么很醒目的作品；包括茅盾也是如此。只有老舍，20世纪五六十年代创作非常活跃，他的《正红旗下》《龙须沟》和《茶馆》，都是优秀之作。为什么会如此？我想有一个缘由，郭沫若、茅盾、巴金、曹禺，被他们的出身、他们的环境和他们后来的生活局限了。他们都是出生于大户人家，尽管说茅盾和鲁迅一样，家里后来都中落了，但是他们毕竟不是乡村里头的平头百姓，他们生活熟悉的一面，是对于知识分子和资产阶级、士绅生活的熟悉。随着时代的转换，他们熟悉的题材显得不合时宜，难以落笔，要写新的时代又力不从心。老舍有一个独特的优势：他是从底层民众当中成长起来的。他的《正红旗下》讲他父亲死于义和团战争，是孤苦伶仃的母亲把他拉扯大。他是从穷人堆里成长起来的，对于北京的市井、北京的胡同、北京的大杂院深有体会，所以在重庆的时候，他可以靠他的夫人胡絜青的讲述写出了《四世同堂》。尽管离开北京有近10年，但是北京市民和底层社会的生活形态，老舍都烂熟于心。

《四世同堂》写于重庆，写于抗战后期。20世纪50年代初期，他从海外回来，按理说他是比别人贴近新时代最晚的，但是他因为能够体会到底层民众的日常生活，尤其是他们在新旧两个时代的巨大变化，所以他更有创作激情，也更有生活积累。我看到一个资料说他写《龙须沟》，因为腿脚不便，走路不很利落，不方便去到大杂院、到胡同里去采访，所以当时就委派林斤澜做帮手。林斤澜当时还是一个青年作家，替他下去收集资料，但是由于老舍对于大杂院的熟悉，对于茶馆的生活、对于四合院里边穷人的生活非常熟悉，所以写起来也驾轻就熟。于是，他在那样一个非常独特的年代，仍然能够出成果、出佳作。

第六讲◇
20 世纪 80 年代的诗歌

这一讲要讲的主要内容是“新时期以来的中国诗歌”。

所谓“新时期以来的中国诗歌”，就是指 20 世纪 80 年代和 90 年代的诗歌。本讲重点讲解 80 年代的诗歌。由于这两个时期的诗歌，各自的发展情况十分复杂，线索繁复，人员众多，作品也非常丰富，所以只能择要给大家提供一个基本脉络。希望大家学习之后，能根据这个脉络，自己查找一些重点诗人的作品来阅读。

一、 20 世纪 80 年代诗歌的总体状况

这里所说的 20 世纪 80 年代的诗歌，实际上是有一个特定内涵的。我们前面已经了解了当代文学发展的部分情况，同学们应该知道，1949 年以后整个当代文学包括诗歌在内，它的发展，其实走的是一条越来越窄的

路，这种状况持续到20世纪70年代末期。20世纪70年代末是一个时代的转型期。显然，当时诗歌面临的一个困境就是怎么继续走下去，这对于很多诗人来说是一个问题。可以看到，在当时，随着改革开放的到来，诗歌也渐渐进入了一种复苏状态。

我们一般把20世纪80年代诗歌分成三个阶段。首先要说明一点，当我们谈到80年代诗歌的时候，往往不是孤立地谈论，而是把它跟80年代总体的社会文化发展乃至政治经济的状况联系在一起。这里涉及对“80年代”的理解，在今天看来，“80年代”具有某种整体性，包括了很多独特的含义。比如，理想主义情怀、浪漫主义精神气质，还有文学观念上的审美主义及自律性等。所以现在不少人怀旧，追怀那个似乎一去不复返的青春焕发的年代，当然这里面难免掺杂想象的成分。此外，人们常常把“80年代”与“五四”时代相提并论，认为前者是后者的接续，二者在文化的开创性、活跃程度及气息方面有不少相通之处。“80年代”的确有其独特性，而它的许多方面则是通过诗歌体现出来的。因此，我们谈论80年代诗歌，难以避免地要谈到它与当时社会文化之间的互动关系。从这一点来看，80年代诗歌就有了与“80年代”相互映照的阶段性特征。

于是，可以这样描述20世纪80年代诗歌发展的基本轮廓或路径。

第一个阶段，就是从20世纪70年代末、也就是前面提到的改革开放开始，到80年代初（1978—1980）。这个阶段虽然只有短短的两三年，但却可以说是当代诗歌的转折期，完成了当代诗歌道路的转变和转型，使得诗歌的内在生命力开始复苏。因为在此之前，当代诗歌走的是一条相对狭促、贫乏且似乎没有前景的道路。随着新的时代氛围的促动，诗歌也逐渐回归本位、拓宽路子。当然这个转型、复苏有其特定的历史条件，也经历了一个渐进的过程。

第二个阶段是从20世纪80年代初到80年代中期（1981—1985），我们可以将之称为80年代诗歌的活跃期和繁盛期。我们知道，80年代初有一场声势浩大的朦胧诗运动，正是这场诗歌运动形成了当代诗歌从复苏走向繁盛的一个前奏。李泽厚先生有一个著名的说法，他说朦胧诗是“报春的乳燕”，他也是把诗歌复苏和思想解放运动联系在一起的，在他看来，所谓“春江水暖鸭先知”，朦胧诗像水中游弋的小鸭，透露了当时思想解放、文学复苏的消息。后面，我会向大家详细介绍朦胧诗运动的来龙去脉、成就及影响。

第三个阶段是从 20 世纪 80 年代中期到 80 年代末（1986—1989），我们可以把这个阶段看作是 80 年代诗歌的扩展期。这个阶段出现了一些新的诗歌现象。比如，“第三代诗”各种社团的兴起和诗学变革，同时也面临着一些新的挑战和问题。特别是 20 世纪 80 年代后期，我们知道这时的社会文化以及经济格局已经开始出现比较大的变化，这也促使诗歌自身进行相应的调整，这个调整其实也预示了 90 年代以后诗歌发展的某些路向。当我们后面了解 90 年代诗歌的某些情形，就会发现它的一些特征和所经历的变化其实在 80 年代后期就已经开始。从 20 世纪 80 年代后期到 90 年代，当代诗歌也出现了一次转变，这个转变的过程我们在下一讲再做细致的分析。

下面我就按照这三个阶段，逐一向大家介绍 20 世纪 80 年代诗歌的基本情况和一些代表性诗人及作品。

二、 20 世纪 70 年代末以后的诗界格局

我们先来看从 20 世纪 80 年代之前、也就是 70 年代末开始，当代诗歌面临的处境和复苏后几年里逐渐形成的总体格局。

以往人们谈到这时期的诗歌，一般提朦胧诗比较多，因为它的影响实在太大了。实际上，这时期诗歌的取向还是比较驳杂的，并非仅有朦胧诗这一类。前面说过，处于复苏阶段的诗歌有着与当时的思想解放同步、共生的特点，在主题、素材乃至风格上呼应了当时的社会文化。可以看到，除朦胧诗这一潮流和群体外，当时引人注目的诗歌现象和群体至少还有两类。

一类是被称为“归来的诗人”的一个群体，它也构成了一股很大的诗歌创作潮流。这个名称源于诗人艾青的诗集《归来的歌》。既然是“归来”，

就意味着曾经离去。这里包括两种由于历史原因而离去或消隐的诗人：一种是曾经有很大诗歌成就，但一度被淹没或打入历史另册、从读者视线中消失的诗人个体或流派，如艾青、“七月诗派”“九叶派”（也叫“中国新诗派”）。在思想文化复苏和诗歌复苏的背景下，他们一方面拾起写诗的笔、重新投入到创作中；另一方面，他们过去的诗歌作品得以重新结集出版。比如，几乎同时出版的“七月诗派”的作品集《白色花》和“九叶派”的作品集《九叶集》。这个群体的诗人的数量非常之多，囊括了20世纪20年代至40年代之间许多成名的或非常活跃的诗人。另一种则是在50年代之后成长起来的一批诗人，他们在当时的历次运动中被迫中断了写作，直到70年代末期才接续起来。值得注意的是，这个“归来”的名称是有意味的，既表达了一种历尽劫难获得重生的喜悦，又包含了一种对于未来（包括诗歌）的憧憬或想象，其中有一些值得讨论的诗学问题。

与“归来的诗人”现象同时存在的，还有另一个令人瞩目的群体，那就是“青年政治抒情诗”诗人。这个群体虽然被称为“青年”诗人，但其实有的年纪已经很大，算是中年了。他们中的杨牧有一首很有名的《我是青年》，就用略带自嘲的口吻喊出“我是青年”，以反思他们被耽误的岁月。这批诗人中产生影响的有叶文福（代表作《将军，不能这样做》）、雷抒雁（代表作《小草在歌唱》）、熊召政（代表作《请举起森林般的手，制止!》）、曲有源（代表作《关于入党动机》）、骆耕野（代表作《不满》）、张学梦等。为什么把他们叫作“青年政治抒情诗”诗人呢？这显然与20世纪50年代出现的政治抒情诗是有关联的，是对后者的一种呼应。一方面这体现在他们的情感态度上，他们的诗歌大都产生于对历史变化的强烈而直接的反应，偏好对一些重大事件或重要问题进行关注和书写，他们满怀热情地去讴歌新的时代景象、新的社会发展趋向（比如，河北诗人张学梦，敏锐地捕捉到了当时人们热切呼唤和谈论的一个主题——“现代化”，于是就写了一部诗集《现代化和我们自己》，表达了那个时代对“现代化”的认识和思考）；另一方面，他们诗歌的方式和风格承接了50年代政治抒情诗，往往直抒胸臆、大开大合，粗犷而豪放，不大讲求技巧。

由于时间关系，这两类诗人的具体创作情况和特点，我就不举例分析了。我们的重心还是放在对朦胧诗的介绍上。我要再提醒一句，这并非说这两类诗人在当时不太重要，恰恰相反，他们形成了当时诗歌发展的强有力的背景和宽阔的视野，丰富了当时诗歌的层次和总体图景。实际上，这两类诗人的创作与朦胧诗有不少共通之处，因为他们共同处在一个变动的大背景中。比如，这一时期所有诗人都意识到诗歌真实性的重要性并予以高度重视，在各自的创作中有充分的表现，真实性成了他们诗歌的一个基本的共同特征。真实性在那些诗人那里具有一种思想和诗学的紧迫性，这显然是对此前相当长时间内"假大空"诗歌的一种反拨。在改革开放潮流的推动下，人们已经厌倦了那种抒假情、写假人假事的诗歌，倡导写真情实感成为对诗歌的最基本的要求，这在不同类型诗人那里都是如此。当然，不同诗人在看待和处理"真实"时还是有所差别的，有不同的内涵和指向：像"归来的诗人"直面自己经历过的历史灾难与个人痛苦，那些刻骨铭心的记忆对他们而言就是一种"真实"，他们的写作就要忠实于这种记忆，所以他们的诗歌里充满了个人或集体的回忆；"青年政治抒情诗"诗人强调对现实生活的干预和关切，他们诗歌中的真实就与他们对历史、时代的认知保持一致，以一种如实的态度书写他们眼里的时代变革和变化，当然他们更关注那些宏大的场面，发出的声音也是敞亮的；而朦胧诗人对真实的理解和书写方式有所不同，他们更看重诗歌对人及人性、自我的肯定。

还有一点，以前我们谈 20 世纪 70 年代末、80 年代初的诗歌状况，说起朦胧诗时，过于强调朦胧诗与同一时期其他诗歌类型的差异，认为它们"脱颖而出"、孑然独立，其实它们与刚才提到的两类诗歌有很多相通之处。比如，强调对历史现实的介入性和批判色彩等，这是需要留意的。

三、朦胧诗：来源、论争和特点

"朦胧诗"这个称呼中的"朦胧"其实最初是一个带有贬义的词。有一位叫章明的评论者，在《诗刊》上发了一篇文章叫《令人气闷的"朦胧”》。他在文中谈了自己读诗的体会，其实主要是困惑，他举了两个例子，一个是青年诗人李小雨的一首诗；还有一个是40年代有名的“九叶派”诗人杜运燮的新作《秋》。他细述了读《秋》过程中的种种不解，说和一个朋友研究了老半天，竟然弄不明白这首诗到底写的是什么，因为里面有太多的隐喻，令人不知所云、难以索解，所以他觉得那种“朦胧”的、不直接说透的写法让他很“气闷”。当然，今天再看《秋》这首诗，其实一点儿也不“朦胧”。我们知道当时章明的不解和困惑，主要源于一种陈旧的读诗思维和方式，与一种新鲜的诗歌写法之间的落差。章明本人大概没有料到，他这个负面性的说法“朦胧”后来成了一个诗歌群体的名称。当时针对那些看不懂的诗歌，还有一些称呼，像什么“新潮诗”“古怪诗”“探索诗”，但只有“朦胧诗”流布最广，成了一个约定俗成、得到普遍认同的名称，也就慢慢变得中性化了、没有贬义了。顺便说一句，提起“朦胧诗”的时候，首先就是指这一历史现象、历史过程中的一个具体群体的诗歌，后来有点泛化了，凡是看不懂、捉摸不透的诗歌都叫“朦胧诗”，这跟我们这里所说的“朦胧诗”是不大一样的。

谈到朦胧诗的发生，我们一般认为，除了当时时代氛围的催化外，从诗学来源上说还有一个非常直接的源头，那就是20世纪60年代至70年代的众多“地下诗歌”写作，当然还有在此前后的一些文学沙龙活动，以及那时期诗人们的零星阅读（如“灰皮书”“黄皮书”）。那些诗歌的传播和个人阅读经验，仿佛撒在诗人们心底的种子，有一天终于生根发芽、喷薄而出。说到“地下诗歌”写作，我们首先要提到当时影响很大的诗人食指，其次是以“白洋淀诗歌群落”为代表的各地的知青诗人（为了话题的集中，我们重点了解“白洋淀诗歌群落”的几位代表诗人）。他们可以说是朦胧诗人的前驱。

1. 几位前驱诗人

食指，原名郭路生，1948年生，中学阶段学习写诗，早年受何其芳等诗人的影响，注重诗的情感和音韵。他的《相信未来》《这是四点零八分的北京》等诗作，曾在知青中以手抄本的形式广为流传。食指对后来的多多、北岛等诗人的影响很大，如多多就说过“郭路生是我们一个小小的传统”。《这是四点零八分的北京》是食指的代表作，下面我们就结合对这首诗的简单分析，了解一下食指诗歌的特点。

这是四点零八分的北京，
一片手的海洋翻动；
这是四点零八分的北京，
一声尖厉的汽笛长鸣。

北京车站高大的建筑，
突然一阵剧烈地抖动。
我吃惊地望着窗外，
不知发生了什么事情。

我的心骤然一阵疼痛，一定是
妈妈缀扣子的针线穿透了心胸。
这时，我的心变成了一只风筝，
风筝的线绳就在妈妈手中。

线绳绷得太紧了，就要扯断了，
我不得不把头探出车厢的窗棂。
直到这时，直到这个时候，
我才明白发生了什么事情。

——一阵阵告别的声浪，
就要卷走车站；
北京在我的脚下，
已经缓缓地移动。

我再次向北京挥动手臂，
想一把抓住她的衣领，

然后对她亲热地叫喊：
永远记着我，妈妈啊，北京！

终于抓住了什么东西，
管他是谁的手，不能松，
因为这是我的北京，
这是我的最后的北京。

据说，这首诗让当时读到它的许多知青泪流不止，被诗中真挚的情感打动了。这首诗写于1968年，这里有一个大家需要了解的背景：当时，全国的城市青年被要求去偏远农村接受“再教育”（改造），这是一场全国性的运动。这首诗就写了作者即将离开熟悉的生活环境到远方去的情景，写的是一种个人的离别之伤。很多有相似经历的知青读后能够感同身受，产生共鸣。当然，这只是这首诗引起广泛影响的其中一个原因，更主要的是它体现出的真切的个人性。它没有加入到当时普遍的大合唱中，而是发出了属于个人的声音。诗中感受的表达都是基于个人的视角、发自肺腑的，既有细节描写、也有心理刻画，特别是它设置了一个生动的譬喻，以妈妈缀扣子的针线穿透心胸和牵扯风筝作喻，彰显了“我”与所生活的城市之间的血肉联系，其包蕴的痛楚、不舍之情便格外具有感染力。食指通过情真意切的写作树立了诗歌的个人性，而这种个人性也正是后来朦胧诗所追求的一个很重要的方面。

接下来介绍“白洋淀诗歌群落”的几位诗人：多多、芒克、根子。白洋淀在河北，以一汪清澈宽阔的湖水闻名。当时，这里集结了很多从北京来的知青，这些知青早年已经有一些阅读的积累，也参加过一些文学沙龙活动，在单调苦闷的生活中交织着情感表达的需求和对知识的渴望，自发地寻求着适合自己的文艺形式。多多、芒克、根子的诗歌创作愿望，就是在这样的氛围下激发出来的。

多多，原名栗世征，1951年生，1972年开始诗歌创作，没有上过大学，在20世纪80年代后期出国，2004年回国后在海南大学任教，著有诗集《行礼：诗38首》《里程：多多诗选1973—1988》《阿姆斯特丹的河流》

等。多多 1969 年到白洋淀插队，他对诗歌的兴趣首先来自食指，后来经常跟芒克等诗人切磋诗艺。据说多多、芒克两人相约每年的某个时候，各自拿出一本手抄诗集来进行交流，这有点像两个决斗者的约定，富有传奇性。多多生性高傲，诗风凌厉，用语奇崛，他曾获得的首届安高诗歌奖的颁奖词中有这样的话：多多的诗“由细腻的情感和冷静又成熟的观察提炼出对生活，生命，和时间更深层的属性”。这确实是对他诗歌的中肯的评价。

我们先来看一首多多的诗《阿姆斯特丹的河流》。

十一月入夜的城市
惟有阿姆斯特丹的河流

突然
我家树上的桔子
在秋风中晃动

我关上窗户，也没有用
河流倒流，也没有用
那镶满珍珠的太阳，升起来了

也没有用
鸽群像铁屑散落
没有男孩子的街道突然显得空阔

秋雨过后
那爬满蜗牛的屋顶
——我的祖国

从阿姆斯特丹的河上，缓缓驶过……

这是多多 20 世纪 80 年代后期出国后写的第一首诗。他当时去的是荷兰，在那里待了十多年，荷兰的首都就是阿姆斯特丹。这首诗不是一般性的简单的思乡之作。请留意诗中的“惟有”“突然”“晃动”“散落”这些词的运用，最让人惊讶的恐怕是“爬满蜗牛的屋顶”与“我的祖国”之间的联系，以前者勾连后者，使得“祖国”这个空阔的词并不显得突兀，且没有给人不自然的感觉；而二者的巨大反差，令人读到“祖国”一词后不禁为之动容。诗中的两次“突然”，则强化了作者内心的紧迫感。

下面我们再来看多多的《春之舞》，这首诗是能够体现多多诗歌的一个重要特点的——他的充满质感的语言和语词之间所包含的音乐性，这是多多诗歌散发力量的源泉。这首诗一开始是这样写的：

> 雪锹铲平了冬天的额头
> 树木
> 我听到你嘹亮的声音

大家看，这个起句的气势是非常有力的，“雪锹铲平了冬天的额头”，一上来的气场就很足，整个词语的力度十分饱满。紧接着：

> 我听到滴水声，一阵化雪的激动：
> 太阳的光芒像出炉的钢水倒进田野
> 它的光线从巨鸟展开双翼的方向投来

这里呈现给我们的形象和情景也是非常阔大的，“出炉的钢水”“巨鸟展开双翼”，都极具震撼感。接下来的意象和表达也十分有力：

> 巨蟒，在卵石堆上摔打肉体
> 窗框，像酗酒大兵的嗓子在燃烧
> 我听到大海在铁皮屋顶上的喧嚣
>
> 啊，寂静
> 我在忘记你雪白的屋顶
> 从一阵散雪的风中，我曾得到过一阵疼痛
>
> 当田野强烈地肯定着爱情
> 我推拒春天的喊声

淹没在栗子滚下坡的巨流中

我怕我的心啊
我在喊：我怕我的心啊
会由于快乐，而变得无用

这首诗的最后一节里，大家可以看到“我怕我的心啊”这样的反复所包含的一种欲言又止、欲扬先抑的情感抒发。这种欲扬先抑的方式使得表达更有效。

芒克，原名姜世伟，1950 年生，他也是在白洋淀插队期间开始写诗的。这里主要向大家介绍他的两首诗作：《雪地上的夜》和《阳光中的向日葵》。可以看出，芒克诗歌在词语的强度上跟多多有相近之处，不太一样的地方就是芒克诗歌的语气、感觉更加具有野性，显示出一种更为粗粝的风格。如果说多多的诗歌是尖锐的，其词语有一种迅疾的速度，那么芒克的诗歌更加狂野一些，有时甚至不注重语言的修饰。

先看《雪地上的夜》。在这首诗中，“夜”被比拟为一只长着黑白毛色的狗，这是一个富于想象的譬喻（以此为基础，后面进一步将月亮比拟为舌头、将星星比拟为牙齿），它其实也是人们所处的那个特定的时代。因此，这首诗写的就是人和“狗”即那个时代之间的关系，全诗被赋予了一种象征或寓言意义，以诅咒的口吻控诉“狗”对人的侵犯，表达人对“狗”的愤怒的抵制和反击。

这使我不得不推开门
愤怒地朝它走去
这使我不得不对着黑夜怒斥
你快点儿从这里滚开吧

大家看，这是一种毫不遮掩的野性力量的释放，从字里行间传达出来。有意味的是诗的结尾部分，“狗”的叫声仍在持续，“狗”与人的对峙格局没有改变。身处黑夜的人“由于疲倦不知不觉地睡去”，“并梦见眼前已经是春暖花开的时候”，这个“睡去”与“梦见”暗含了某种模糊的期冀。

芒克的《阳光中的向日葵》也是以比拟手法写人与时代力量的关系。诗中的向日葵隐喻着一个不甘绝对服从、有着自由意志独立意识的个体。按照所谓自然规律，向日葵应该是跟着太阳转的，但诗中的向日葵并没有这样，而是扭过头去，甚至宁可把自己的脖子拧断（而且它的根部像手掌一样可以拽出血来），也不愿遵循那个“自然规律”。这种抗争的态度是极“狠”的，作者写这种抗争的用词也是极“狠”的。

根子原名岳重，1951 年生。根子在当时的白洋淀诗歌群体和后来的有关叙述中得到的评价很高。比如，多多就把根子写诗的情状描述为“叼着腐肉在天空炫耀”。根子写诗的时间很短，不到两年，但据说完成了 8 首高质量的诗作，可惜留存下来的仅有《三月与末日》《白洋淀》《致生活》等，堪称惊鸿一瞥。《三月与末日》可谓惊世骇俗，以一种“狰狞”的笔法以及“反抒情”的方式，抒写了面对人世的荒凉之感。

从多多、芒克、根子的诗歌可以看出“地下诗歌”写作的某些特征，其中的一些质素被后来的朦胧诗所采纳并转化。比如，对人与时代的紧张关系的表现，及其所显示出的尖锐的个人反思意识，这些都在后来的朦胧诗中得到推进和更多发挥。不过，朦胧诗相对于地下诗歌而言更加理性，更加有社会的视野。“地下诗歌”偏重于个人化的感受，它的锋芒、它的天真和率直在后来的朦胧诗中被消掉了。

2. 朦胧诗的兴起与论争

“地下诗歌”的涓涓细流，是如何发展成为一场声势浩大的朦胧诗运动的呢？这里我们先要了解一本非常重要的刊物——《今天》。

这个刊物是 1978 年 12 月 23 日在北京创刊的，1980 年 9 月 12 日停刊。在不到两年的时间里，这份刊物登载了大量带有先锋色彩的和探索性质的诗歌，同时也设有小说和评论等栏目。《今天》创刊号上有一篇发刊词《致读者》，呼应了当时的改革开放，明确提出从今天出发，要有一个全新的开始，就是把握今天，并说：“在血泊中升起黎明的今天，我们需要的是五彩缤纷的花朵，需要的是真正属于大自然的花朵，需要的是真正开放在人们内心的花朵”。顺便说一句，20 世纪 90 年代初期《今天》在海外复刊，且持续至今，但已是另外一番模样了。

由北岛、芒克主编的《今天》，虽然只是一份民间刊物（它也开了诗歌民刊的先河），但它的创刊，标志着“地下诗歌”的浮出地表和中国当代诗歌开始走向复苏。它集中展示了不同于以往诗歌的探路者的诗歌作品，对 20 世纪 80 年代以后的诗歌走向产生了深远的影响。它直接催生了轰轰烈烈的朦胧诗运动。《今天》刊载的一些带有探索性质的诗作，逐渐引起了包括《诗刊》《星星诗刊》两家最重要的官方诗刊的关注，并引发了争议和讨论——因为它们对人们惯常的诗歌写作方式和接受方式提出了挑战。除前面提到的章明表达“气闷”的文章外，当时有一位老诗人公刘也写了一篇有影响的文章，他以青年诗人顾城的一组诗为例，陈述了自己对一些青年诗人写的“新潮”诗的困惑，直呼“看不懂”，认为那些年轻人的写作提出了一个有待解决的新的课题。我们知道，“看不懂”是新诗史上的一个老话题，由于审美标准、趣味、层次的差异，这个话题总会被摆出来。值得注意的是，朦胧诗引发的论争起先是在诗学、美学层面上展开的，后来溢出了诗学的范围，加入了一些别的因素。

在关于朦胧诗的论争过程中，有三篇为朦胧诗进行辩护的文章格外具有代表性，后来人们把它们合称为“三崛起”论，它们是北京大学谢冕教授的《在新的崛起面前》、福建师范大学孙绍振教授的《新的美学原则在崛起》（这两篇文章有相互呼应的关系）以及徐敬亚的《崛起的诗群》。

谢冕的文章表明了对“新的课题”所应有的态度，他将那些“新潮诗”称为“新的崛起”，主张在那些看不懂的、还一时把握不了、摸不准的新潮诗歌面前，应该先听一听、看一看，而不要急于一棍子打死。他认为以前对待新事物的做法过于粗暴、绝对和武断，一看到不懂的就把它灭掉或排斥在外，这种做法是不对的。为“新的崛起”提供自由发展的空间，这是谢冕文章的主旨。与此相呼应，孙绍振的文章更进一步，认为那些新的诗歌、新诗人的崛起，与其说是一种个别现象、一些零星的潮流，不如说是一种新的美学原则的崛起。他把当时的新潮诗上升到美学的高度予以认识和肯定，从中提炼出一些理论话题并给予定位。

具有总结性的是徐敬亚的文章，写那篇文章时，他还是吉林大学一名四年级的学生，《崛起的诗群》是他的毕业论文，共有三万多字，后来发表在《当代文艺思潮》上。在这篇综论性的长文里，徐敬亚全面总结了那些新起的青年诗人创作的特点，从理论上把它们指认为一种现代主义诗学的复苏。大家知道，现代主义诗歌是中国现代诗歌的一个重要分支，像20世纪20年代的象征派、30年代的现代派、40年代的九叶派，他们的诗歌都有明显的现代主义趋向，进入50年代以后这个趋向中断了。所以在这个意义上，徐敬亚认为朦胧诗是现代主义的复苏，并且是对西方现代主义的一种呼应，他在此基础上结合具体的诗例分析了朦胧诗的观念、手法、技巧等。

这三篇文章发表后，引起了很大的争议。一些保守的理论家和诗人，一方面对朦胧诗进行了严厉的批评，一方面也对这些为朦胧诗进行辩护的文章进行了批评，后来徐敬亚甚至还为此写了检讨书，发表在《人民日报》上。

朦胧诗的论争既有诗学层面的交锋，又有诗学之外的碰撞，其实是比较复杂的。从诗学层面来说，论争主要针对这样的问题：诗歌中个人与时代的关系，也就是，诗歌应该抒个人之情呢，还是应该抒时代和社会之情？这里边是有矛盾冲突的。朦胧诗，偏重于对个人经验和感受的书写，是属于具有个人性的；可是，需要辨析的是，其实也有一些朦胧诗写了重大社会问题和事件，或者对历史、对时代进行了深刻的反思。后面我们将进一步了解到，只不过朦胧诗对于时代、社会的表现，在表达方式上显得隐晦、朦胧和曲折一些罢了，并由此被冠以“看不懂”而招致了指责。

朦胧诗论争的结果：一方面，朦胧诗受到了反对者的抵制，但另一方面由于论争本身的辐射力，又恰好使那些青年诗人的创作得到了扩散，增大了影响力，使他们的名声开始远扬。人们开始充满好奇地阅读那些看不明白的诗，试图解释那些看不懂的诗，慢慢地给予理论上的肯定，并将这个群体写入了文学史。

3. 朦胧诗：诗学理念与特点

接下来，我们就来深入了解一下朦胧诗的内在理念和特点。

简要地说，朦胧诗在诗学理念上有一个强烈的趋向，可以称为“自我的重塑”，就是反对“取消了作为最具体存在的个体的人”，要求回到一种个人性的“自我”，这是对诗歌真实性、亦即诗歌中真情实感的呼唤。这种具有个人性的自我意识，似乎回到了“五四”新文化运动对个性解放的倡导。北岛的《宣告》中有一句“在没有英雄的年代里/我只想做一个人”，就充分说明了自我意识的苏醒。他还说过这样一段话，也可看出他当时肯定个人性的态度：“诗人应该通过作品建立一个自己的世界，这是一个真诚而独立的世界，正直的世界，正义和人性的世界。”因此，在朦胧诗诗人们看来，回到个人性的自我是诗歌得以展开的据点，一起都应以“我”为出发点予以观照。“自我”是诗歌创作的一个非常重要的基石，只有站在这个基石上，才能展开对历史、时代及现实的批判与反思。

写个人、写自我，相对于此前的诗歌而言无疑是离经叛道的。实际上，那些批评者主要是对朦胧诗的写法感到不适应。这就涉及朦胧诗的写作手法和技巧，都是此前相当长时间里诗歌不大用的，如隐喻、通感、象征等。前面说过，朦胧诗之前的诗“假大空”盛行，写者和读者都喜欢那种直截了当、浅白顺畅的表达——说好听点叫直抒胸臆。这种直抒胸臆的诗歌表达方式当然有它的好处。比如，可以达到一种明白晓畅的效果，不过它也会带来一些问题，那就是由于太过直接而丧失美感和诗意。显然，朦胧诗采用隐喻、象征等手法，通过对潜意识、幻觉进行表现，以及一些隐秘的、转瞬即逝的思绪进行捕捉，是为了增强美感和诗意，但也因此增加了阅读的难度。

朦胧诗在构成上的一个核心要素就是“意象”，具体的作法即意象叠加。这其实是校正了对“意象”的运用，因为“意象”这个概念和其作为写作方法的用法是自古就有的，在朦胧诗之前的诗歌也曾被重视。只不过经过朦胧诗对“意象”的改造，使整个诗歌的意象系统得到了更新。比如，朦胧诗之前一些“假大空”诗歌里也有意象，但那些意象的使用和意义往往被固化了，从而失去了表现的活力。而朦胧诗中的许多意象是模棱两可、充满歧义的，不是那么明晰或泾渭分明，仿佛让人猜哑谜，给人留有很大的想象空间。这当然难免令人“费解”。

此外，朦胧诗在句式上的跳跃，也是它们的一个明显特点。由于表达不那么直接，朦胧诗的很多句子内部、句子与句子之间是省略了词汇的（名词、动词、形容词、连接词等），这就造成了诗思、语义的跨跳，同时也“人为”地设置了一些理解的“障碍”。这其实是现代诗歌的应有之技。

值得注意的是，朦胧诗虽然注重个人性、强调自我，却没有排斥或回避一些宏大主题的书写，如对时代变化的关切、对民族国家命运的忧患、对现实中重大事件的参与等。实际上，很多朦胧诗表现出极强的担当意识和介入意识。如诗人江河的一首有名的诗作《纪念碑》，其中写道：“我想/我就是纪念碑，/我的身体里垒满了石头，/中华民族的历史有多么沉重，/我就有多少重量/中华民族有多少伤口/我就流出多少血液”。从这首诗我们可以看出朦胧诗在个人和民族之间有一种同构性，它把个人的命运与历史的重负及个人对时代的使命感勾连起来，超越了一般意义上对个人、自我的书写。也就是说朦胧诗并没有完全限于狭隘的自我小天地，而是有一定的担当的。这在很多朦胧诗作品里都有所体现。

以上我们从总体上了解了朦胧诗的诗学理念、创作特点等，下面我们再结合几个代表性诗人及其作品，来加深对这些理念、特点的理解。

4. 朦胧诗的五位代表诗人

1986 年，作家出版社出版了一部诗合集《五人诗选》，收录了北岛、顾城、杨炼、江河、舒婷五位诗人的代表性作品。这部诗集显然带有总结的性质。按照后来研究者的说法，这部诗集也确定了朦胧诗成就的基本格局（虽然引起了争议）。由此，这五位诗人就被视为朦胧诗的代表诗人。

北岛，原名赵振开，1949 年生，是共和国的同龄人，一般被视为朦胧诗群体里最具有代表性的一位。他的诗歌的风格、主题以及写作方式可以说是典型的朦胧诗式的，即一方面能够体现朦胧诗的美学特征，另一方面也非常契合那样一个处于变革中的转型时代的特征。我们很容易辨认他的诗歌风格：冷峻，还有一种强烈的怀疑的气质。当然，一种犀利的批判意识在他诗里也是必不可少的。

《回答》被认为是北岛早期、也是朦胧诗的一个代表性作品。这首诗的初稿写于 20 世纪 70 年代中后期，据说曾在 1976 年的四五诗歌运动中张贴过，和现在的版本不大一样。对照两个版本，可以看到一种鲜明的对历史进行批判和反思的意识的上升。我们先来感受一下《回答》所蕴含的批判的力量。

卑鄙是卑鄙者的通行证，
高尚是高尚者的墓志铭。
看吧，在那镀金的天空中，
飘满了死者弯曲的倒影。

冰川纪过去了，
为什么到处都是冰凌？
好望角发现了，
为什么死海里千帆相竞？

我来到这个世界上，
只带着纸、绳索和身影，
为了在审判以前，
宣读那些被判决的声音：

告诉你吧，世界
我——不——相——信！
纵使你脚下有一千名挑战者，
那就把我算作第一千零一名。

我不相信天是蓝的；
我不相信雷的回声；
我不相信梦是假的；
我不相信死无报应。

如果海洋注定要决堤，
就让所有的苦水都注入我心中；

如果陆地注定要上升，
就让人类重新选择生存的峰顶。

新的转机和闪闪星斗，
正在缀满没有遮拦的天空，
那是五千年的象形文字，
那是未来人们凝视的眼睛。

这首诗的标题叫《回答》，那么作者要“回答”什么？这是我们首先要思考的，显然他不是仅仅回答一个问题，而是一系列问题——站在一个新的历史位置上。大家可以从这首诗的字里行间感受到一种高亢的激情和怀疑精神。这代表了一代人的呼声，就是对一代人经历过的那段历史的质疑和反思，同时也包含了一种对于未来憧憬过程中的不确定。

当然，到了这首诗的结尾部分，还是可以看到作者对未来是有一种悠远的期待的，他把这种期待寄予“五千年的象形文字”，即古老的中华文明与文化，以期后者成为未来发展的一种动力。这种批判中的期待、向往中的反省，体现了作者对于历史、传统的复杂心态，这种与传统文化相纠缠的主题也出现在北岛的《古寺》《关于传统》《白日梦》等诗作中。

有必要提及的是，多年以后，北岛对《回答》有过自我反省甚至否定，认为它过于政治化和高调，已经时过境迁、没有多大价值。从作者本人的角度看，这种自我反思也许有一定的道理，但其全然否定的结论是否成立，则还需要辨析，因为每一首诗都有自己生成的语境，不宜置于一种变动的语境中断然否定过往作品的历史价值。诚然，《回答》这首诗在奠定北岛作为经典诗人地位的同时，确实也使得北岛的诗人形象被“符号化”了。如何跳出二元对立思路，看到一个更丰富的诗人北岛，大家可以尝试去探究一下。

顾城，1956年生，属于一个早慧者和文字敏感者，很早就开始习诗，童心、童趣、童稚似乎一直保留在他的写作中，也成为他诗歌的很重要的视角和风格。顾城给人印象最深的恐怕是他古怪的装束。据说，他不管春夏秋冬，都要戴一个很高的白帽子，这是他生活中富有个性的表现，而他的诗歌跟他的生活有着某种相似之处，即总是显出梦幻一般的气质，恍若在童话世界里。所以，他的同代诗人舒婷曾经称他为“童话诗人”。

不过，这只是顾城诗歌的一个方面。前面我们提到，老诗人公刘曾在文章里分析过顾城那些难懂的诗，诗中的有些意象令他十分震惊。比如，顾城把在长江上慢慢驶过的帆船比喻为“裹尸布”，这的确是很骇人的，所以公刘大惑不解地说：“这裹尸布为什么能够这样用呢?”实际上，这个骇人的意象寄寓着一种对历史的沉思甚至嘲讽。这种具有历史反思意识的诗篇在顾城诗歌中也不少，并且一直延续到他后来的写作中。

顾城最有名、流传最广的诗，大概是只有两行的《一代人》。

黑夜给了我黑色的眼睛，
我却用它寻找光明。

虽然只有短短两行，但它的内涵是非常丰富的。这里面有大家熟悉的颜色“黑”“黑色的眼睛”，黑夜、黑色都有历史，黑色的眼睛带着一种种族的记忆或印记，具有民族的某种基本特征；而黑和白之间的对峙，黑夜和光明之间的反差，形成一种明显的冲突结构，也促成了这首诗的某种张力；至于“却用它寻找”，“寻找”对应（隐含）着某种曾经（历史）的“丢失”，这个“寻找”与“丢失”之间也构成了紧张关系。此外，《一代人》的标题就体现了一种自我指认，也就是作者对这一代人命运的自我提醒和反顾。

杨炼，1955年生。他的诗歌创作一开始就有很强的历史、文化背景，所以他后来致力于现代史诗的创作。他的那些史诗大多有较大的篇幅和宏阔的构架，语调也显得激越，包含了对于历史、文化资源的认识和运用，相关作品有《土地》《礼魂》《》（这是他自造的汉字，由篆体“人”贯穿“日”组成，读yi，与中国古代典籍《易经》有关）等。

杨炼的成名作、也是他早期的代表作是组诗《诺日朗》。这个作品由《日潮》《黄金树》《血祭》《偈子》和《午夜的庆典》五个部分构成，全诗塑造了一个伟岸高大、具有强悍生命力的男神形象，并以之为中心，勾画了一幅初民的生存图景，呈现了一种远古的文化形态。这组诗依据的是藏族聚居区的民间传说，“诺日朗”是九寨沟一个瀑布的名字，大家可以进一步去了解它的地貌、文化背景。下面我给大家读一下《日潮》中的头两节。

高原如猛虎，焚烧于激流暴跳的万物的海滨
哦，只有光，落日浑圆地向你们泛滥，大地悬挂在空中

强盗的帆向手臂张开，岩石向胸脯，苍鹰向心……
牧羊人的孤独被无边起伏的灌木所吞噬
经幡飞扬，那凄厉的信仰，悠悠凌驾于蔚蓝之上

可以看到，全诗自起句就有一种恢宏的气势，并且一直保持了一种阔大、激昂的语式和声调。这与诗中表现的主题是相得益彰的。

江河（原名于友泽，1949 年生）是与杨炼同时致力于现代史诗创作的有成就的诗人。相较于杨炼诗歌的高亢激越，江河的史诗显得更为浑沉凝重些。前面谈过他的《纪念碑》，这首诗的主旨是对“纪念碑”这样一个形象所包蕴的历史、现实内涵的发掘，一种诗意的展现。江河的现代史诗在取材上也不同于杨炼的史诗，他更多从古代人物身上挖掘某种具有现代意味的精神，并以此为准则完成了他的著名组诗《太阳和他的反光》。这组诗包括 12 章：《开天》《补天》《结缘》《追日》《填海》《射日》《刑天》《斫木》《移山》《遂木》《息壤》和《水祭》，各以一个历史传说中的人物为主角，所述的人物行迹显然参考了古代的典籍，但并非是对那些典籍的简单复述，而是重塑了那些人物的精神气质，对之灌注了别样的生命意识。比如诗中这样描写夸父（《追日》）。

其实他和太阳彼此早有醉意
他把自己在阳光中洗过又晒干
他把自己坎坎坷坷地铺在地上
有道路有皱纹有干枯的湖

如此摹画愚公的形象（《移山》）。

他身上有松脂和兽皮的气味
衣褶里鸟巢啾啾随风飘走
他面山而坐，与山对奕

可以说都颇为生动，血肉丰满，充满现代人气息。

江河后期的诗歌有较大变化，他的视野从远古神话中收回，转向身边的日常生活，写出了《交谈》《接触》等给人印象深刻的作品。

舒婷，原名龚佩瑜，1953年生于福建，是朦胧诗五位代表诗人中唯一的女性，也是五人中唯一生在南方的诗人。她经福建老诗人蔡其矫介绍，与《今天》群体、北岛等相识，早年的一些诗也多在《今天》上发表。她的诗歌有着女性特有的温婉而柔和的特点，明显有别于前面介绍的几位男性诗人。在对历史、世界的认识方面，她也与他们有所不同。比如，北岛有一首诗《一切》，起句就是“一切都是命运/一切都是烟云”，该诗的基调比较悲观；舒婷有一首应和之作《这也是一切》，以“不是一切/都像你说的那样”表明了某种积极乐观的心态。她的诗里也有对历史、民族等宏大命题的抒写，如《祖国啊，我亲爱的祖国》等。与男性诗人相比，舒婷更倾向于通过对人性的洞察与书写传达细腻的个人情感，把个人体验与宏大主题联系起来。

舒婷最负盛名的当是她的爱情诗《致橡树》。

我如果爱你——
绝不像攀援的凌霄花，
借你的高枝炫耀自己；
我如果爱你——
绝不学痴情的鸟儿，
为绿荫重复单调的歌曲；
也不止像泉源
常年送来清凉的慰藉
也不止像险峰，
增加你的高度，衬托你的威仪。

甚至日光，
甚至春雨。

不，这些都还不够！
我必须是你近旁的一株木棉，
作为树的形象和你站在一起。
根，紧握在地下；
叶，相触在云里。
每一阵风过，
我们都互相致意，
但没有人，
听懂我们的言语。
你有你的铜枝铁干，
像刀，像剑，也像戟；
我有我红硕的花朵，
像沉重的叹息，
又像英勇的火炬。
我们分担寒潮、风雷、霹雳；
我们共享雾霭、流岚、虹霓。
仿佛永远分离，
却又终身相依。
这才是伟大的爱情，
坚贞就在这里：
爱——
不仅爱你伟岸的身躯，
也爱你坚持的位置，
足下的土地。

这无疑是新时期女性爱情的宣言书，通过塑造两棵树——橡树和木棉树的形象，既抒发了对爱情的热烈、诚挚和坚贞，又表达了女性寻求独立自主的决心和信心。这首诗留有那个年代的印记。相比之下，我本人更欣赏、更看重的是她另一首写女性自我意识的《神女峰》。

在向你挥舞的各色花帕中
是谁的手突然收回
紧紧捂住了自己的眼睛
当人们四散离去，谁
还站在船尾
衣群漫飞，如翻涌不息的云
江涛
高一声
低一声

美丽的梦留下美丽的忧伤
人间天上，代代相传
但是，心
真能变成石头吗
为眺望远天的杳鹤
错过无数次春江月明

沿着江岸
金光菊和女贞子的洪流
正煽动新的背叛

与其在悬崖上展览千年
不如在爱人肩头痛哭一晚

这首诗的结尾两句堪称点睛之笔，其“新的背叛”较之《致橡树》的“分担”与“共享”应该是更进了一步，更具有女性色彩的颠覆性。

下面我简单总结一下，刚才我们总体了解了朦胧诗的基本特征以及五位代表诗人创作的情况。我们应该理解朦胧诗在诗学上的革新意义，但也应该在更深层面看到朦胧诗面临的一些问题，概要地说，就是：“意象”

可能的繁复、“象征”可能趋于僵化，朝向历史、时代的“深度抒情”可能会陷入模式化。这些，成为后来很多更年轻诗人奋起反叛的“靶子”。

四、“第三代诗”：突破与难题

1.“第三代诗”的源起

20 世纪 80 年代中期，朦胧诗运动慢慢陷入低潮，朦胧诗人们的创作也面临着转型或新变。与此同时，一些更年轻的诗人出场了，他们被称为“新生代”或“第三代诗人”。这批诗人的出现有一个很重要的背景，就是“朦胧诗”自身面临的困境和暴露出的越来越明显的问题。诗人穆旦说过，新的时代需要新的抒情方式。在这些年轻诗人看来，朦胧诗尽管强调自我和个人性，但朦胧诗对个人性的表现并不彻底，因为其表现的个人性之中还背负了太多历史的、时代的沉重主题，对纯粹的诗歌造成了伤害，而这些年轻诗人要摆脱掉这些重负，回到他们所认为的真正的个人性上去。这种“对于朦胧诗的反叛情绪”，使得他们极端地喊出了“Pass 北岛”的口号，言下之意，就是说“北岛们”已经过时了，他们要追寻更新鲜的诗歌。

在这轮新旧诗歌更替的过程中，有两位诗人曾对“第三代诗”产生过很大的启发性影响，他们是梁小斌和王小龙。有一种观点认为，在朦胧诗和“第三代诗”之间，并没有那么明显的更替界限和层次，反而存在着交叉、叠合、齐头并进的情形。这种观点或许有一定依据，至少在这两位诗人的写作中可以得到部分印证。我们先来了解一下他们的情况。

梁小斌，1954 年生于安徽。在一些诗歌选本和诗歌史里，他常被人们指认为朦胧诗的“第六位代表诗人”，即在前面提到的五位诗人之后，总会紧接着提到他。他的《中国，我的钥匙丢了》《雪白的墙》是朦胧诗中的名作。不过，从这两首诗也可看出他与其他朦胧诗人不一样的地方，就是他往往选取一些细微的、日常的、更具私人性的意象，如“钥匙”“墙”“三叶草”“苹果酱”“野菊”等，来表现复杂的个人意绪或重大社会历史主题。梁小斌说：“一块蓝手绢，从晒台上落下来，同样也是意义重大的。给普通的玻璃器皿以绚烂的光彩。从内心平静的波浪中觅求层次复杂的蔚蓝色精神世界。”这是一种从微小的个体出发去看待历史与社会的个人性。这亦可称为凡俗个人性的观念，较早显示了诗歌写作对日常场景的重视，不仅一以贯之地体现在梁小斌本人的写作中，成为他诗思的基本路径，而且启迪了后来的“第三代诗人”。他诗歌中大量运用口语化的词语和句子，更是“第三代诗”口语化写作的源头之一。

王小龙，1954年生于海南，长期居住在上海。早年曾与人创办诗社，合编《实验诗刊》。他是在朦胧诗鼎盛时期有意识地用一些口语化的、不那么严肃的词语和句子写诗的先行者，代表性作品有《出租汽车总在绝望时开来》《外科病房》《那一年》《孤立无援的小鸟》等。他显得随意的写作，松动了朦胧诗渐渐趋于板结的密集意象和象征模式，可谓“第三代诗”的引路人，为后来大面积爆发的对朦胧诗的反叛潮流提供了基础。

在“第三代诗”兴起之际，有两个重要的事件，直接促成了那些更年轻诗人的集中亮相。一个是1985年大型文学刊物《中国》创刊，该刊逐渐成为一些新锐作家、诗人发表作品的重要阵地。整个1986年的多期推举了不少新锐诗人，时任《中国》执行副主编的老诗人牛汉在该刊1986年第3期上撰文《诗的新生代——读稿随想》，对新起的年轻诗人的创作充满期待：“诗的时间概念是飞速的。今天这一代新诗人，不是十个八个、几十个……而是成百上千地奔涌进了坑坑洼洼的诗歌领域。即使头脑迟钝的人也会承认这是我国新诗有史以来最为壮观的势态。”他还促成了《情绪与感觉——新生代诗选》（邹进、霍永灵编，人民文学出版社1989）的面世。另一个是在1986年，《深圳青年报》和安徽的《诗歌报》两家报纸共同用整版篇幅，刊载了很多自发形成的诗歌社团的作品，这次集体发表被命名为“中国现代主义诗群体大展”，组织者之一是徐敬亚。搜罗了许多仿佛是一夜之间“揭竿而起”的诗歌社团，这些社团的名称可以说是稀奇古怪、五花八门的，像什么“星期五诗群”“地平线诗歌实验小组”“撒娇派”“男性独白”“超低空飞行主义”之类；该书在推出各社团作品的同时，还发表了他们关于诗学见解的宣言（所谓“艺术自释”），这些宣言也是千姿百态，不少力求标新立异，显出与前辈诗人决裂的姿态；也有一些带有戏谑的味道，如“撒娇派”的宣言就说：“活在这个世界上，就常常看不惯。看不惯就愤怒，愤怒得死去活来就碰壁。头破血流，想想别的办法。光愤怒不行。想超脱又舍不得世界。我们就撒娇。”如此等等，不一而足。

2. 第三代诗的观念与实践

从青年亚文化研究的角度来看，“第三代诗”对朦胧诗的反叛，夹杂着青年的叛逆性特征和20世纪80年代文化气息的熏染。实际上，整个80年代的中国文化都笼罩在浪漫主义观念的影响中，诗歌也不例外。朦胧诗体现为历史对抗与美学对抗的杂糅，总体上显示出高歌中的悲慨；“第三代诗”体现为诗学对垒与文化对垒的交织，激烈的本体回归中难免沾染游戏色彩；即便到了80年代后期，海子、骆一禾等的主张和创作也都带有很强的浪漫主义意绪。

关于朦胧诗与“第三代诗”间的更替，还有一种说法，认为这是“北方诗歌”向“南方诗歌”的迁移。我们知道，朦胧诗的策源地主要在北方，特别是以北京为中心据点（《今天》和此前的“白洋淀诗歌群落”），直至20世纪80年代中期之后，诗歌风向就发生了转变，迁移到南方去了。可以看到，“第三代诗”的一些群体大都活跃在四川、江苏以及上海、福建、广东等南方区域。这样的说法聊备参考。不过，说到朦胧诗和“第三代诗”在风格上的差异，倒可以说确实存在着北方的坚硬、刚性与南方的柔软、韧性的差别。这种差别也许正好构成了“第三代诗”进行诗学反叛的一种内在动力。

在诸多诗歌社团里面，有一些产生了比较大的影响，如“他们”“非非主义”以及“莽汉主义”“整体主义”“城市诗”“海上诗群”“星期五诗群”等。由于时间关系，这里只重点介绍“他们”和“非非主义”这两个群体诗群，结合代表诗人（前者有于坚、韩东等，后者有周伦佑、蓝马、杨黎、尚仲敏等），谈一谈他们的诗学理念和创作特点。需要说明的是，这两个群体都办了自己的刊物，且持续的时间较长，他们不仅形成了较为系统的理论，而且在实践上做了较多探索，能够体现“第三代诗”推进新的诗学变革所付出的努力。

总体上看，“第三代诗”追求的是什么呢？主要是两个方面：一方面是回到诗歌本体，这里所说的诗歌本体，其基本要素就是语言，这被第三代诗人们视为诗歌的根本。在他们看来，朦胧诗承载了太多的历史负担、打上了太重的时代烙印，也就是背负了太多诗歌之外的东西，因此偏离了诗歌本体，从而也失去了诗之为诗的根基。于是他们提出要回到诗歌本体。比如，韩东说“诗到语言为止”，就是强调语言作为诗歌本体的重要性。而“非非主义”的观点更为极端，他们提出了所谓三个“还原”（感觉还原、意识还原、语言还原，这个有点像现象学的理论，但有所不同），就是要求把人类意识和表达方式中所积淀的文化重负、历史重负全部抛弃掉，还原到一种感觉、意识、语言都经过了“清洗”的“前文化”“前语言”状态，这样才能抵达诗歌的本真。当然，他们的理论表述有点玄妙，令人联想到一个人提着自己的头发怎么往天上飞呢？

另一方面是重视个体生命感受，这一点包含三个向度：个人性、生命、感性体验。前面说过，朦胧诗也很重视个人性，但在“第三代诗”的诗人们看来，朦胧诗的个人性被各种因素包裹得太紧了，没有真正的个体生命感受。那些包裹个人性的因素包括：历史、理性，甚至密集的意象构造和晦涩的象征系统——正是这些，造就了朦胧诗的崇高风格和深度抒情方式。而这些，又恰好是“第三代诗”要极力去除、改变的，它们要将历史的变为个人的、将理性变为感性、将崇高变为凡俗，消解深度抒情而使之浅表化（平面化），把艰涩的象征变为口语的、随意的叙述或白描。他们以现时的生命感受取代对未来的憧憬。无疑，“第三代诗”相对于朦胧诗所进行的颠覆性改变，既带来了积极意义，也造成了一些负面效应，我们稍后会做一定的分析。

下面我举几个例子，让大家了解一下“第三代诗”的实践情况。

我们先看韩东的《有关大雁塔》，这可以说是“第三代诗”的一个典型文本。大雁塔大家都知道吧，是西安的一处风景名胜。朦胧诗人杨炼曾写过一首《大雁塔》，在他笔下，大雁塔是一处包涵了厚重历史文化内涵的景观，或者说是悠久历史文化的一个载体。可是，在韩东的这首诗里，大雁塔成了另外的样子。

有关大雁塔
我们又知道些什么
有很多人从远方赶来
为了爬上去
做一次英雄
也有的还来做第二次
或者更多
那些不得意的人们
那些发福的人们
统统爬上去
做一做英雄
然后下来
走进这条大街
转眼不见了
也有有种的往下跳
在台阶上开一朵红花
那就真的成了英雄
当代英雄
有关大雁塔
我们又能知道些什么
我们爬上去
然后再下来

你们看，这首诗的标题就有一种反讽意味——“有关大雁塔”，这个“有关”是一个很随意的词，包含了一种漫不经心的态度，其用意就是试图消除千百年来累积于大雁塔的种种历史文化内涵。我们似乎能瞥见这个标题背后的某种神态：大雁塔是什么呢？不就是一处景物吗？真的有那么神圣，非得用一种崇敬的心情瞻仰它？从诗中所写的情形看，它打消了人们对这处历史文化名胜的神圣感，并嘲弄了那些“想当英雄”的朝圣者。这首诗临近结尾的“有关大雁塔/我们又能知道些什么?”看似重复诗的开头两句，实则是一种反诘中的强调，对企图探究那个庞然大物一样的历史景致的拒斥(请注意，这两句比开头两句多了个“能”字，语气上加重了)，似乎在说：好吧，我对它就是一无所知，但我们根本没有必要知道，是吧？最后两句“我们爬上去/然后再下来”，是一种简单而不动声色的举动和过程，却将那种散漫、无所谓的态度推向极致。

韩东还有一首诗《你见过大海》，与这首《有关大雁塔》可谓异曲同工，仍然表达某种强烈的消解意愿。《你见过大海》中的“大海”这个意象，也是朦胧诗常用的一个意象。杨炼、舒婷、江河等诗人都写过关于大海的诗篇，可以想见，在朦胧诗人的作品中，大海无论从形象还是所赋予的内涵来说，都是大同小异的：宽广、辽阔、深邃，几乎包罗万象。但在《你见过大海》这首诗里，大海变成了一种没有深度的景物，诗里反复出现的几句“就是这样，一切都是这样”，一种满不在乎的样子，它抑制了一般见到大海后可能产生的感慨万千、发思古之幽情的抒情冲动，淡漠、平静、无所触动。“就是这样，一切都是这样”，这语气本身就包含了人生和美学态度。

“他们”诗群里的于坚，这时期有一首影响较大的诗《尚义街 6 号》。这个“尚义街 6 号”在昆明，就是于坚当时就读的云南大学所在地。这首诗篇幅不算短，但都是些流水账似的日常生活场景的记录，没有微言大义，没有深刻的哲理，也不进行渲染式的抒情，全篇采用的是口语化的句子，也是一副满不在乎的样子。你们看这几句：“茶水是老吴的，电表是老吴的，地板是老吴的，邻居是老吴的”——没有朦胧诗的庄严感，而是非常世俗化、日常生活化。但正是这样，“尚义街 6 号”也成为当代诗歌中别样的风景了，像诗的末尾所说的，“很多年后的一天/孩子们要来参观”，它现在的确已经作为一种写作的景观——日常口语化的书写方式——进入到诗歌史里了。

因为时间关系，这里不向大家展示“非非主义”诗群的写作实践了，但我要格外指出一点，就是“非非主义”的几位诗人十分重视理论建构。

他们糅合中西各种哲学的、美学的、文化的理论资源，写了不少理论文章，试图建立一套诗学体系，提出了很多概念，像前面介绍过的三个“还原”，此外还有“语义透明”“变构”“两值定向”“超情态”“建元意识”等。不过，他们的写作实践，虽然数量是比较多的，但我个人认为，他们写出的作品和他们想达到的理论状态之间是有一定差距的，也就是他们的写作并不完全符合他们的创作理念或理想。这是一个值得反思的问题。

在“第三代诗”中，还有一个现象有必要单独拿出来讲一下，那就是在这一诗潮的促动下，有一批女性诗人脱颖而出、令人瞩目，她们的写作形成了一股强劲的女性诗歌潮流。“女性诗歌”在这里是一个特定的概念（当然后来泛化了），专指20世纪80年代中期比较活跃的女性诗人的写作，这些女诗人包括：翟永明（代表作《女人》组诗）、陆忆敏（代表作《美国妇女杂志》）、伊蕾（代表作《独身女人的卧室》）、唐亚平（代表作《黑色沙漠》）等。她们的诗歌显出较强的性别意识，往往从女性的独特经验出发，书写自身在社会生活中的遭遇或命运，表达个体的生命感受，有着较强的控诉和对抗色彩。其对个体生命感受的书写，对应着“第三代诗”对感性的强调，所包含的性别对抗意味，也成为“第三代诗”文化对抗的一部分。

最后，我们小结一下“第三代诗”的贡献和不足。

“第三代诗”的兴起有明确的针对性，它释放了被朦胧诗强大理性所压抑的诗学活力，试图让诗歌写作回归语言等诗歌本体、回到更为具体的个人性，强调感性生命的意义，重视诗歌书写世俗化、日常性生活的可能，增强口语的鲜活度和表现力。特别是，继朦胧诗展示当代诗歌对历史、时代主题的有力介入之后，“第三代诗”又呈现了当代诗歌与社会文化的多向度的关联。不过，“第三代诗”的不足亦很明显：第一，诗人的理论表述常常高于其创作，或者说他们理论的声音过于激越，创作实绩远远没有达到其理论预期；有时他们进行诗学实验的姿态性、表演性，淹没了其有价值的探索。第二，对世俗化、日常性生活的书写把握不当的话，会让诗歌陷入琐屑、低俗的泥沼；同样，过于倚重口语的运用，泛滥成灾的话，有可能让诗句堕为“口水”的堆砌。第三，这其实是一个致命的问题，就是他们过分注重语言的自足性、执着于语言本身，削弱了诗歌中语言向外延展的途径、能力和力度，使诗歌写作变成了一种“不及物”行为。“不及物”意味着词与物之间关系的断裂，诗歌成了词语（能指）的自我嬉戏或空转，永远无法抵达现实，这是它的局限。

“第三代诗”的某些极端诗学探索和诗歌社团的令人眼花缭乱、过于夸饰的实验，在 20 世纪 80 年代末期烟消云散了，那些蜂起的诗歌社团大多数也在 90 年代以后销声匿迹。这样，80 年代诗歌的成绩和问题被一并带入了新的时代，也就是 90 年代。相关内容，在下一讲向大家介绍。

第七讲◇
20 世纪 90 年代的诗歌

讲堂互动

教师：各位同学好，上一讲我向大家介绍了 20 世纪 80 年代诗歌发展的基本情况。今天我们往后学习了解 90 年代诗歌发展的基本情况。在开始学习新的内容之前，我想与大家讨论两个问题以回顾一下上节课的主要内容，算是一个过渡和铺垫。一个问题是：在 80 年代的诗歌发展过程中，出现了哪些流派、哪些代表诗人？请结合自己了解的情况谈一谈。

学生 1：上节课教师介绍的 80 年代诗歌，首先讲 80 年代早期的三类诗人群体，一是“归来的诗人”，二是“青年政治抒情诗”诗人，再就是朦胧诗诗人，主要讲的是朦胧诗。我对朦胧诗的基本特征有了基本了解，并且与“归来的诗”和“青年政治抒情诗”进行了对比，我看到它们的同和异。朦胧诗派接受了一些前驱性的诗人和诗歌活动的影响。比如，食指和多多、芒克以及“白洋淀诗歌群落”。朦胧诗的五位代表诗人是了解的重点，北岛、顾城、杨炼、江河、舒婷五位诗人的诗歌各有特点，但也共同体现了朦胧诗在诗学观念和手法上的一些特点。20 世纪 80 年代中期，朦胧诗在“鼎盛”之后，面临更年轻一代诗人写作的挑战和超越，这就是“第三代诗”。“第三代诗”出现了很多大大小小的社团和流派。比如，“他们”“非非主义”“莽汉主义”等，代表诗人有韩东、于坚、周伦佑、李亚伟等。他们的写作跟朦胧诗是很不一样的，有自己的拓展，也存在一些局限。此外，还有女性诗歌，女诗人如翟永明等。

教师：好的，谢谢，说得不错，这位同学的回答比较全面、简明扼要，对80年代诗歌的基本线索和面貌进行了描述。80年代诗歌的发展，其实主要在于两场诗歌运动：朦胧诗运动和“第三代诗”运动。朦胧诗与“第三代诗”有很多不同，它们究竟有哪些不同，二者又发生了什么样的诗学转变呢？下面就请一位同学简单谈谈朦胧诗和“第三代诗”之间的联系和区别。

学生2：我觉得可以从以下几个方面看待朦胧诗和“第三代诗”的差别。第一是从内容上，朦胧诗主要关注诗人内心的自我体验，诗人们把这种体验往上伸发，逐渐上升到一种对于历史、时代的审视和批判；而“第三代诗”则更注重个体化的生活经验，这是一种感性的经验，不再致力于朦胧诗那样宏大叙事的理性思考，诗人们只是写出了自己从个人生活中发现的一些事物，也许微不足道，但他们仍发自内心地津津乐道。第二是从语言技巧上，朦胧诗注重意象，还有象征、隐喻的运用，因而显得比较隐晦和“朦胧”；同时，朦胧诗在整体上比较有诗意，很有音乐性和节奏感，它的诗意是一种偏向于传统的诗意。而“第三代诗”则较少采用象征、隐喻之类的手法，喜欢用直接从日常生活中来的语言，也就是用口语进行写作，因而显得比较直白、世俗化。即便从意象的使用来说，“第三代诗”也改变了朦胧诗的惯常做法。比如，朦胧诗的意象总是表达了一些精神的概念，或者说一种理念，它们所说的黑夜就象征着黑暗、大海就象征着广阔的胸怀什么的，但“第三代诗”对意象的深层含义进行了驱除，把意象还原为事物本身，它该是什么就是什么，卸掉了一些象征意蕴，回到日常的平淡性、平面中来；并且对于意象的处理，“第三代诗”不像朦胧诗那样是意象的重叠、意象与意象之间有深层的关联，更多是意象的拼贴、把意象与意象之间的关联打破了，两个在一起的意象很可能毫无相关性。还有就是，朦胧诗有强烈的目的性，要么是强调思想的深邃，要么是强调理性层面的崇高，等等。但在“第三代诗”里这些都已经消失了，剩下了一些看似很肤浅的东西，高亢的情感抒发变成了低吟浅唱的个人感喟。此外，在形式上，“第三代诗”也打破了朦胧诗的比较有秩序的、规整的诗行格式，它们一般不太注重诗行的严整性，诗歌形式相对比较随意。总体来讲，如果说朦胧诗类似于西方现代主义诗歌，那么“第三代诗”就有点像“后现代”的诗歌了，不知这样说对不对？

教师：好，说完了？讲得不错，把“第三代诗”和“朦胧诗”之间的差异概括得比较准确。不过还可以补充一点，就是从风格或抒情上来说，朦胧诗偏重于深度抒情，可以说这与它的象征是联系在一起的，这种深度抒情的方式在朦胧诗里已成为了一种抒情模式，也就是模式化了；而“第三代诗”由于其注重口语化和日常生活化，它是去除深度的、扁平化的抒情方式，与朦胧诗在抒情上的高调、崇高相比，是泾渭分明的。当然，这些都是就总体比较而言，在更深层面和更细微处，还需要更具体的对比分析。

我们的回顾就到这儿，下面转入新的内容的了解，就是90年代的诗歌。

一、 时代转型与诗歌转换

谈到“90年代诗歌”，这个名称最开始其实是有特定所指的，而不仅仅是一种年代上的称谓，或者一种中性的时间标识。正如我们提起“80年代”“90年代”的时候，寄附在这两个年代名称上面的，总还是有一些内涵的。比如，“80年代”连接着诸如理想主义情怀、浪漫化的想象、高蹈的向上姿态，它会令人想到一些高于现实、在天空飞翔的情景，那个年代的写作同样如此。而“90年代”则是另外一番景象，提到它，人们头脑里会浮现这样一些词：市场经济、大众文化、商业主义等。总之，相对于“80年代”，某种更加具体真实的世俗生活来到了人们中间。很多方面出现了比较大的变化，这种变化也影响了诗歌创作。其实可以略为对比一下：尽管 20 世纪 80 年代“第三代诗”里大量书写了世俗生活，但仔细想来，那些诗歌中的世俗生活仍带有 20 世纪 80 年代的浪漫化色彩，并不同于 20 世纪 90 年代商业热潮影响下的世俗生活，有一种严峻甚至严酷的真切。

所以，在了解 90 年代诗歌情况之前，我们先来看一看，从 20 世纪 80 年代到 20 世纪 90 年代那些变化是怎么来的，或者说是怎么发生的，其转变过程和路径如何。据我观察，那些变化孕育于“第三代诗”之中，从 20 世纪 80 年代后期就开始了，到 20 世纪 90 年代初期逐渐完成以至最终定型。其中，有许多需要深究之处，但我们要暂且把这个问题搁在一边，先来了解几位奠定或推动了这种诗学转变、我们可称之为过渡性诗人的创作。

上一讲结束以后，有同学私下里问我：讲 80 年代诗歌，为什么不提海子、骆一禾这两位诗人呢？我说肯定要讲的。海子、骆一禾这两位诗人都在 1989 年去世，正处于 20 世纪 80 年代末期这样一个关键节点上，可以说既是 80 年代诗歌的终结者，一定意义上又是 90 年代诗歌的开启者。北岛有一首诗《结束或开始》，谢冕先生在 20 世纪 90 年代初写过一篇文章，题为《中国循环：结束与开始》，大概都有某种强调的意味。同时着墨于结束与开始的其实体现的就是一种过渡。除了海子、骆一禾，我们还要讲到早夭的诗人戈麦，还有另一位诗人昌耀。为什么把昌耀也放在这个地方讲，后面我会详谈，特别是在结合他的创作经历和特质来分析他的诗歌与 80—90 年代诗歌转变的关系上，也就是在分析过渡性上。

大家可能注意到，刚才提到的几位诗人都是已经逝去的诗人，戈麦在 1991 年去世，昌耀是 2000 年去世的——由于疾病缠身。还有著名诗人顾城，他是 1993 年去世的。这些先后逝去的诗人引起了关注和讨论，于是就有了一种所谓“诗人之死”的说法。人们倾向于认为，在时代的转换之际这些诗人的纷纷离去，具有某种指向性。诗人们的逝去，意味着他们身上蕴含的某些东西消逝了（比如，与 20 世纪 80 年代联系在一起的理想主义、浪漫情怀甚至虚无缥缈的向往姿态），这令人难免生出感慨。

一同消散的，还有前面提到的“第三代诗”那些蜂拥而起、五花八门的诗歌流派及其进行的各种诗学实验，它们几乎在一夜之间销声匿迹。这情形如同诗人欧阳江河在一篇文章里描述的："诗歌写作的某个阶段已大致结束了。许多作品失效了，一方面那种主要源于乌托邦式的家园、源于土地亲缘关系和收获仪式、具有典型的前工业时代人文特征，主要从原始天赋和还乡病冲动及其主题的乡村知识分子写作此后将难以为继。与此相对的城市平民口语诗的写作，以及可以统称为反诗歌的种种花样翻新的波普写作……被限制在过于狭窄的理解范围内的纯诗写作——所有这些以往的写作大多失效了。"这确乎是当时诗歌面临的境遇和实际状态。特别是，那种强调语言自足的、不及物的写作以及那种偏于个人性或私人化的写作，遭受了前所未有的困境。

20世纪80年代结束后进入90年代初，经过社会文化的变幻，正如欧阳江河所说，那种"在人们心灵上唤起了一种绝对的寂静和浑然无告"，使"任何来自写作的抵消都显得无足轻重"。大家看，这是那个时期的历史语境给人带来的一种压力，令人感觉这个好像太痛了，那疼痛无声无息、也无以名状，根本无法通过任何写作予以抵消。于是诗歌界出现了一个短暂的"真空"时期，就是一时间大家不知道该写什么，怎么继续写下去。当时，有一位诗人王家新（后面我们会介绍他的创作），写了一首诗《帕斯捷尔纳克》，是向俄罗斯诗人帕斯捷尔纳克致敬的一个作品，显然是借用那位诗人和他的事迹抒发当时中国诗人们的状态和心志。其中，有两句："终于能按照自己的内心写作了，/却不能按一个人的内心生活"，这两句诗确实能够展现那个时期诗人们的失语、无奈的心境。

也正是那样的背景下，出现了一个非常引人注目的现象，就是汪国真的出现，有人称之为"汪国真现象"。那么，汪国真是谁？从1990年起，也就是90年代的头一年，历史刚刚翻过新的一页，就在大多数诗人尚不知道该如何继续写诗的时候，这个汪国真仿佛横空出世，一下子出现在读者眼前，吸引了人们的注意力。汪国真当时被誉为"诗坛王子"，他的第一部诗集《年轻的潮》是1990年出版的，紧接着再版五次，印数高达十五万册，他随后出版了《年轻的风》《年轻的思绪》《年轻的潇洒》。大家看，这是一个"年轻"系列，大多是一些面向青年的格言警句，有告诫、有勉励，有点像"心灵鸡汤"，主题、写法都比较模式化，风格也比较一致。

并且，他的诗集出版渐渐衍化为商业行为，有一家出版公司推出了他的一套诗文集，还有《汪国真爱情诗卡》《汪国真抒情诗赏析》以及各种专访、谈话录等读物，甚至还出了一套他的诗歌朗诵的盒带，据说该盒带在当时《中国青年报》评选的畅销磁带排行榜上列第三名。短短几年间，汪国真诗集的发行量达到了几百万册。这个数字在今天的诗歌出版界几乎是一个神话。当然也可以说汪国真是生逢其时，他恰好出现在写作与阅读都处于“真空”状态之际，读者好像抓住了一根救命的稻草。

不久之后，汪国真慢慢淡出了读者的视野，且在诗学上引起了争议，他的诗歌得到了褒贬不一的评价。当然，从诗学的更深层次来看，“汪国真现象”包含着一种对于诗歌之“轻”的误解。这里“轻”（lightness）的说法源于意大利当代作家卡尔维诺在美国做的讲座，那个讲座有人把它称为“未来千年文学备忘录”。卡尔维诺在谈到未来一千年文学所需要的质素时，认为“轻”是一种不可或缺的品质，在他的表述里，他强调的是一种文学上的“轻逸”，这与一般所说的“轻文学”是不大一样的。卡尔维诺向往的“轻”，既是文学必备的一种品质，更是一种必不可少的能力，不同于那种心灵鸡汤式的慰藉，也不同于流行文化中的符号化的“轻”。当然，我并不是说，汪国真诗集的畅销是一种流行文化的表现，但在这种现象的背后确实有一些值得探讨的地方。

二、 几位过渡性诗人

下面我们就来继续了解在上述背景下，刚才提到的这几位诗人在时代转型和诗歌转换过程中所起的过渡作用。

海子，原名查海生，1964 年生于安徽安庆。他是位早熟的少年，15 岁考入北京大学法律系，19 岁毕业后到中国政法大学任教。海子在他短暂的一生里，写诗的时间其实并不长，大学开始写诗，前后不到 10 年时间，但他留下了数量惊人的文字——很多富有特点的抒情短诗、长诗《太阳七部书》以及一些文论。有人说，他是以一种加速度的方式在进行诗歌创作。

关于对诗歌的理解，海子曾有过这样的表述："我的诗歌理想是在中国成就一种伟大的集体的诗"，可见他的气魄是宏大的，他的诗歌创作构想应该是宏阔的，抱负是远大的。简而言之，就是拥有一种非常具有包容性的诗歌理想。

海子流传最为广远的一首诗应该是《面朝大海，春暖花开》，可能是由于这首诗被选入了中学教材，他的声名一下子传播开来。对于这首诗，人们有不同的理解，有人说它体现了一种乐观向上的心态，也有人认为相反，说它表达的是一种消极厌世的决绝心理。不管怎样，我们先来欣赏一下这首诗的朗诵音频，它还被谱上了不同曲子，得以传唱。

从明天起，做一个幸福的人
喂马、劈柴，周游世界
从明天起，关心粮食和蔬菜
我有一所房子，面朝大海，春暖花开

从明天起，和每一个亲人通信
告诉他们我的幸福
那幸福的闪电告诉我的
我将告诉每一个人

给每一条河、每一座山取一个温暖的名字
陌生人，我也为你祝福
愿你有一个灿烂的前程
愿你有情人终成眷属
愿你在尘世获得幸福
我只愿面朝大海，春暖花开

在一个诗意泛化的年代，这首诗的句子也被一些广告商用所利用，据说有的楼盘摘取"面朝大海，春暖花开"这句话打广告，让人有一种时空错位的感觉。这其实也说明了一个问题，就是海子的诗歌寄寓着一种强烈的理想主义色彩。海子生在乡村，他的诗歌经验有很多来自古老的乡野和乡村文化。比如，人们常常谈到的他诗里频繁出现的土地、麦子、野花等意象。同时，他的诗歌创作与80年代的文化语境有很密切的关系。刚才引用过的欧阳江河的描述，“源于乌托邦式的家园、源于土地亲缘关系和收获仪式”以及“从原始天赋和还乡病冲动及其主题的乡村知识分子写作”，大概就是指海子的写作。诚然，在时代转变过程中，这种过于抒情的、高蹈的（兼及乡村和80年代文化）写作，面临着很大的危机，这实际上表征着整个当代诗歌面临的一个危机。

从形式上说，海子的诗歌是歌唱型的，显出很明显的“谣曲”特点，有西班牙诗人洛尔加等的影子。这与他诗歌的浓郁的抒情风格和它们背后的文化是联系在一起的。比如，他另一首有代表性的诗——《亚洲铜》。

亚洲铜，亚洲铜
祖父死在这里，父亲死在这里，我也将死在这里
你是唯一的一块埋人的地方

亚洲铜，亚洲铜
爱怀疑和爱飞翔的是鸟，淹没一切的是海水
你的主人却是青草，住在自己细小的腰上，守住野花的手掌和秘密

亚洲铜，亚洲铜
看见了吗？那两只白鸽子，它是屈原遗落在沙滩上的白鞋子
让我们——让我们和河流一起，穿上它吧

亚洲铜，亚洲铜
击鼓之后，我们把在黑暗中跳舞的心脏叫做月亮
这月亮主要由你构成

透过“亚洲铜，亚洲铜”这样的反复吟咏，达到了一种金属般的轰鸣效果，显示谣曲所具有的音响、节奏方面的特征。无疑，海子的诗歌有一种典型的80年代气质，这种谣曲般的节奏、气息也是其中的一部分。

如果说海子的诗歌是挽歌式的，是向过去的告别，那么骆一禾的诗歌则是超越性的、朝向未来的。骆一禾，1961年出生在北京，1979年考入北

京大学中文系，毕业后分配在《十月》杂志社工作。骆一禾出身于高干家庭，较好的家庭环境为他的成长提供了宽阔的（阅读、思考、写作）基础。在很多方面，骆一禾比海子更成熟些，他对诗歌的理解以及他的诗学抱负更为开阔。海子的诗学构想里带有很强的直觉成分，或者说天性，而骆一禾更像中国传统士大夫，是一个温柔敦厚的长者，他的诗学见解沉浑、深透。

我们理解骆一禾的诗歌及其诗学构想，要格外留意他的几个关键词。一个是“修远”，它可以说是骆一禾诗学的核心词之一，把他的诗歌和诗学的源头追溯到了屈原那里。这是中华诗学传统中一个古老的，代表着高远、漫长、持久、雄阔境界的词语。“路漫漫其修远兮，吾将上下而求索”，这是屈原表现出的诗人形象。而骆一禾对屈原开创的诗学境界和诗人形象做出了有力的回应和继续，并在现代文化语境下进行了发挥。他的诗歌意识就是在“修远”的引导下，试图凸显诗歌对文化传统的承担，并借此强化当下的文化力量。实际上，骆一禾是站在一种文化甚至文明的层面上进行诗歌创作的，他要把诗歌视为文化和文明的载体，而不仅仅是一种低吟浅唱或抒发一己之情的手段。这个“修远”意识在骆一禾的诗歌和诗学里是有统摄性的。

另一个关键词是“美神”。骆一禾曾写过一篇题为《美神》的长文，那是他最完整、系统的一篇论文，全面阐述了他的诗学构想和理想。其中，有这么一段话：“带有灵性敏悟的诗歌创作，是一个比极易说得无以复加的宣言更为缓慢的运作，在天分的一闪铸成的艺术整体的过程中，它与整个精神质地有一种命定般的血色，创作是在一种比设想更艰巨的、缓慢的速度中进行的”。他的见识包含了大量对于中西哲学、文化、文学观念的理解和融汇，从中可见出他对诗歌精神的高度坚持，和通过诗歌对“宇宙大真理和万物之美”的执着探寻。

还有一个关键词是“黄昏”。在骆一禾的诗歌里“黄昏”意识是非常强烈的，在多篇诗文里均有表现。骆一禾笔下的黄昏，不仅是自然界的黄昏现象和景象，更多的是一种对文化的理解。这种文化上的“黄昏”观念有一个来源，就是德国近现代一个重要的哲学家斯宾格勒，他写过一部巨著《西方的没落》，影响非常大。该书探讨西方文化的发展规律，在斯宾格勒看来，文化是具有循环性、阶段性的，也就是说一种文化有其诞生、发展、兴盛和衰落的过程，而斯宾格勒所处的西方文化经过了几千年的演变，在经历了的辉煌和繁盛后，进入 20 世纪以后就开始走向没落了，即将进行新一轮的循环。这个文化的没落，就是文化的“黄昏”，有点像自然界的变化——早晨、正午、黄昏、晚上，黄昏的确对应着一个转变的时刻。在斯宾格勒的表述里，文化的没落并不代表文化的终结和消失，而是体现了一种状态或过程，正是在这个没落过程中，孕育着一种新的开始，这体现了一种文化的循环。骆一禾借用了斯宾格勒的这种文化形态学的理论，以此理解中国 80 年代的文化，认为中国文化的发展在当时也正处于一个孕育着新的力量、要获得新生的阶段：“我感受吾人正生活于大黄昏之中，所做的乃是红月亮流着太阳的血，是春之五月的血。不管怎样，封建构架于我的精神上束缚最小，你我并非龙的传人，而是获得某种个体自由的单子，吾人的力量有限，如初游的蝌蚪，但活泼泼的生命正属我身，这也是我们所能依凭的唯一的东西”，所以他对黄昏呢，是以一种正面方式进行书写的，不是“夕阳无限好，只是近黄昏”的黄昏，而是包蕴了一种阔大力量的黄昏。他写了好几首以黄昏为题的诗歌。比如，有一首诗作就叫《大黄昏》，开头是这样的。

走了很久很久
平原比想象更遥远
河水沾湿了红马儿的嘴唇
青麦子地里
飘着露水
失传的歌子还没有唱起来

一幅平原上的辽阔景象。我们要理解他的“大黄昏”之“大”，是越过了季节或时间意义的，是有包容性很大的文化内涵的，甚至可以说是一个文明的概念。在这首诗里他也像海子一样写到了土地、麦子，但似乎有着更为悠远的文化传统或文明的背景。

只有我的果树林
还在簸扬着
春天的苦味

弥漫江岸的水淞
还在结成
白茫茫的树挂
在这些树木的年轮里
刻着一个春耕的人
没有光泽的寂静的低洼地

哦　黄昏抵在胸口上
积雪在长风里
衰落着光
我的心在深渊里沉重地上升着
好像一只
太大的鸟儿

在哪里呵？
滚滚的黄昏
你在哪儿

沉重的风雨和水纹
已经积满了平原
平原上就该有这样平坦的黄昏呵
一下一下撞你的心
每一步都踏在灵魂上

这黄昏把我的忧伤
磨得有些灿烂了
这黄昏

为女儿们
铺下一条绿石子的河
这黄昏让我们烧着了
红月亮
流着太阳的血
红月亮把山顶举起来

而那些
洁白坚硬的河流上
飘洒着绿色的五月

他的诗里也写黄昏时的自然景象，不过他对它进行了延展，并进一步把黄昏人格化，呈现了人与黄昏即文化传统的关系。

同海子一样，骆一禾也倾心致力于长诗的写作，先后完成了《世界的血》《大海》两部长诗。与海子的热烈相比，骆一禾是内敛、沉静的，虽然他的不少诗作表现出一种强悍的气势："风中，我看见一副爪子 / 站在土中，是 / 黑豹。摁着飞走的泥土，是树根 / 是黑豹。泥土湿润 / 是最后一种触觉 / 是潜在乌木上的黑豹，是 / 一路平安的弦子 / 捆绑在暴力身上 / 是它的眼睛谛视着晶莹的武器"（《黑豹》）。这种"黑豹"般的力度是骆一禾的诗歌所独有的。

戈麦，原名储福军，1967 年出生于黑龙江，1985 年考入北京大学中文系，毕业后在《中国文学》编辑部工作，1991 年自沉于北京万泉河。这位年轻诗人存活在世上不过 24 年，他的诗歌写作时间也不长，前后也就五六年时间。也正是在这么短的时间里，他写出了十分丰富的作品。

戈麦诗歌的过渡性或者说重要性，首先在于因为它们恰好产生于一个转换的年代。戈麦的很多诗篇，体现了一个敏感的写作者所感受到的时代急剧变化给人带来的惊悸与不安。可以说，戈麦以一种细腻的、极具直觉的笔触，写出了时代转型期的心理阵痛感或者说内心的无边沉痛，一定程度上回应了前面提到的欧阳江河关于无法用写作抵消疼痛的说法。不过值得注意的是，戈麦对于时代之痛的书写不是直接的，而是将那种痛感转换为一种个人的内在体验，以个人化的视角展现出来，给人的感觉是那么真切而有力。戈麦的诗歌既植根于80年代的社会现实，又有一种于时代变动中朝向90年代的渴盼与预期，那个时期，社会文化的许多深刻变化，都依然在戈麦的诗歌中留下了印痕。

由于时间关系我们这里不具体分析戈麦的作品了，大家可以找一本《戈麦诗全编》看一看，是上海三联书店出版的。早些年，这个出版社出了一套书，包括《海子诗全编》《骆一禾诗全编》，还有《顾城诗全编》，四位已故诗人的诗全编，装帧设计是统一的，都是黑色封面。

在八九十年代诗歌转换时期的诗人中，昌耀显得特别些。昌耀（1936—2000），原名王昌耀，湖南桃源人。他少年时代从军，上过朝鲜战场，从50年代开始写诗，早年因发表两首短诗而被打入历史另册。从此，居于西部青海长达20多年。可以说历尽艰辛，遭受了肉体和精神的双重折磨，直到70年代末期重新提笔、恢复诗歌创作，也算是一位“归来的诗人”。

不过，虽然昌耀有着近半个世纪的诗龄，但不能归于任何一种诗人类型，也就是没有完全融入不同时代、不同群体的诗人之中。比如，他身处西部，尽管也被指认为“新边塞诗人”，但他的诗歌显然不能简单地用“新边塞诗”概括；他的写作除50年代之外，又跨越了80年代和90年代，却并不完全属于这些年代，而更像是在那些年代的一侧警醒或促动诗歌的创作。他跟这些年代的写作者之间保持着一种个人化的、隐秘的关系，如他和张承志、骆一禾等的交往。骆一禾是较早认识昌耀诗歌的创造性、认可昌耀独特价值的同道，他曾写过一篇论述昌耀的长篇论文，提出“昌耀是当代的大诗人”这样的看法；骆一禾去世后，昌耀也写过诚挚的悼亡诗，两人算是忘年的知音。

从20世纪50年代开始诗歌创作起，昌耀就表现出与同代诗歌很不一样的地方——虽然也难免受到影响。大家从以前的课程里已经了解了50年代诗歌的情况，它在总体上是贫乏、狭窄和苍白的。但昌耀的诗歌有别于当时的大一统式的写作，能够彰显汉语的丰富性，所以有人在评价昌耀这时期的诗歌时，说他是“对语言的维护与抢救……他本能地、精心地（也就是自由地）捡选出的文本语言是一种幸存的语言……也就是战胜了强制性意识形态作用的语言，同时是一种适宜表达真实思想与充沛诗意的语言”。这是昌耀的一个重要贡献，这个贡献在他后来的写作中越来越明显。

另一方面，就是在昌耀的诗歌里包含了一种对文化传统的理解，其中也有他个人在成长和写作过程中（50年代、80年代）养成的理想主义的因子。比如，他20世纪80年代初的代表作《慈航》，这组诗很明显带有他经历（同时也是他那一代人的经历）的影子，塑造了一个历经苦难的受难者形象。大家知道，“慈航”是一个佛教术语，它的含义与我们刚才说的历经苦难相一致，表明了一种对宗教背后的历史、文化的尊崇。再如他20世纪80年代另一首产生了影响的《河床》，虽然写的是他生活的西部景观——我们母亲河黄河的气象万千的景观，但同时也包含了强烈的人文情怀和深厚的文化底蕴，我们先来欣赏一下这首诗的朗诵音频（播放音频，作品略）。整首诗非常有气势，这种气势，一方面来自它所描绘的雄伟、壮阔的景象，另一方面主要是它的语言表现出的力度，它所用的词语十分饱满，句式纵横捭阖。这里我要再次提醒大家，昌耀长期生活在西部，很多取材、景致是西部的，但不能仅仅把他看作一个西部诗人，这样的概念无法框定他，因为他其实是超越了地域范围的诗人，有着更广泛的诗学上、文化上的贡献。就《河床》这首诗来说，它借助对黄河的书写追溯了古老华夏文明的源头，所以有一种很强的历史感和文化感，这远非那些浮光掠影地描绘西部风光的诗歌作品所能比的。

昌耀70年代末有一首短诗《冰河期》，也是写“河”的，虽然只有两节五行，但其中包含了深沉的对于历史的反思和感慨。

那年头黄河的涛声被寒云紧锁，
巨人沉默了。白头的日子。我们千唤
不得一应。

在白头的日子我看见岸边的水手削制桨叶了，
如在温习他们黄金般的吆喝。

从诗的标题和内容看，它似乎写的是冰河的解冻这样一种自然景象，其实不完全如此。联系这首诗的写作年代，那正是一个新的时代到来之际，处于某种意义的“解冻”期，所以诗的标题本身具有隐喻色彩。由此我们发现，昌耀也算是70年代末“归来”诗人群里的一员，但他跟那些过于看重政治化书写的诗人不同，虽然也写对历史、时代的反思，但他的切入点很不一样。在《冰河期》这首同样带着强烈历史意识的短诗里，它并没有正面、直接写历史，而是仅仅写了一两个场景，写的是什么呢？写冰封时巨人的沉默和即将解冻时水手削制桨叶，特别是“岸边的水手在削制桨叶”这样一个简单细微的动作，似乎只是从侧面描写，但给人有一种动人魂魄之感，“如在温习他们黄金般的吆喝”，是多么激动人心哪，马上要扬帆起航了，对吧？但全诗在这一句之后戛然而止，可谓收放自如，同时留有余味、引人浮想联翩。

《冰河期》这首短诗，也充分体现了昌耀诗歌语言的某些特点，特别是在语式、句法方面。大家稍微留意下会发现，昌耀诗中的句号比较多，这首短诗也是如此。句号的运用，加上句式的长短不一，体现了句法的张弛有度，给人以一种顿挫之感。昌耀诗中的长句子很有特点，《河床》中有很多长句子，《冰河期》中最长的句子是倒数第二行这一句，共有19个字，这在新诗里面可以说算是超到了极限。多年以前，诗人林庚曾经提出过一个“九言诗”的概念，认为汉语新诗从建行的视觉承受力来说，一行9个字是比较适宜的，最多11个字，个别13个字则达到极限了；如果一行诗容纳的字数太多，就会令人无法承受，无法形成诗意和美感，且在语感上难以形成良好的节奏。但在《冰河期》里的这个长句，如果我们按照这样的节奏读一下，“在白头的日子我看见岸边的水手削制桨叶了”，语感上其实并不冗长，这是因为它的节奏是内在的，语气的停顿、轻重起伏调配得比较恰当。昌耀在处理诗歌的节奏上堪称高手。

昌耀写于20世纪90年代初的短诗《紫金冠》，可被视为他的人生信念和诗学见解的自我告白。

我不能描摹出的一种完美是紫金冠。
我喜悦。如果有神启而我不假思索道出的
正是紫金冠。我行走在狼荒之地的第七天

仆卧津渡而首先看到的希望之星是紫金冠。
当热夜以漫长的痉挛触杀我九岁的生命力
我在昏热中向壁承饮到的那股沁凉是紫金冠。
当白昼透出花环，当不战而胜，与剑柄垂直
而婀娜相交的月桂投影正是不凋的紫金冠。
我不学而能的人性觉醒是紫金冠。
我无虑被人劫掠的秘藏只有紫金冠。
不可穷尽的高峻或冷寂惟有紫金冠。

“紫金冠”是什么？它可以说是一个怀揣理想主义的诗人所持有的人生与诗学的复合体。昌耀曾有一段更为明确的陈述：“我们的诗在这样的历史处境如若不是无病呻吟，如若不是安魂曲或布道书，如若不是玩世不恭者自渎的器物，如若不是沽名钓誉者手中的道具，那就必定是为高尚情思寄托的容器。是净化灵魂的水。是维系心态平衡之安全阀。是轮轴中的润滑油。是山体的熔融。是人类本能的号哭。是美的召唤、品尝或献与”。他将这些观念一直带到了 90 年代，并继续通过有力度的写作丰富了 90 年代诗歌。

三、20 世纪 90 年代诗歌的总体状况与特征

那么，进入 20 世纪 90 年代以后，诗歌创作的总体情形如何呢？前面说过，90 年代的社会文化出现了一些重要转变。其中，有两个值得注意的因素。一个就是由市场经济带来的商业主义的氛围，另一个就是与它紧密相关的大众文化的流行。这些转变影响了 90 年代诗歌生态的变化，主要体现在：其一，同 80 年代相比，90 年代后诗歌在整个社会文化中的功能和位置发生了改变，诗歌曾经具有的英雄般的形象坍塌了，诗歌与社会文化之间的关系变得若即若离；其二，90 年代诗歌的发表、出版、传播路径和交流方式出现了较大迁移，那种集团式的、群体运动式的方式难以持续了，代之以更小范围的同仁刊物的出版；其三，90 年代诗歌的评论体系发

生了重大变化，这对应着90年代诗歌的素材、经验、美学趣味、语言策略等的改变，可以说90年代重置了关于“诗”的观念和认识。此外，在90年代，诗歌所背负的各种“压力”被隐蔽地转化了，从而陷入了一种所谓的“无物之阵”中。

面对社会文化急速变化的历史语境，这一时期的诗人们开始了自己的抉择，选取了不同的走向，其情景恰如诗人朱朱在一首写于90年代初的短诗《楼梯上》里所描述的。

此刻楼梯上的男人数不胜数
上楼，黑暗中已有肖邦。
下楼，在人群中孤寂地死亡。

“楼梯上”犹如一道界限，由此标划了一种向度上的分别：“上楼”，其所包含的向度有向上、上升、彼岸或超越等，总之保持着一个向上的姿态；“下楼”（它会令人马上想到90年代初一个很时髦的词“下海”），它的指向就是向下、下坠、此岸或沉沦。这不仅指诗人们在现实中选择的分野，而且指他们在诗学探索上的不同取向。

从总体上看，20世纪90年代诗歌主要呈现出两股走向或两种倾向。一种是沿着朦胧诗所开辟的以象征、隐喻等为重要手段的深度抒情路子，要求对历史、现实有所承担、有所介入的泛精英化写作。在90年代以后，转入了更具个人性的对于历史、现实的书写，诗人们寻求重建或修复诗歌与历史、现实联系的方式。例如，诗人王家新提出：“把我们自己置于历史与时代生活的全部压力下来从事写作”，也“正是自觉地置身于这个混乱的充满活力的话语场中，我们才有可能把我们的写作从一个‘纯诗的闺房’中引出，恢复社会生活与语言活动的‘循环往复性’，并在诗歌与社会总体的话语实践之间建立一种‘能动的震荡’的审美维度”。另一种是继续发展（可以说强化了）“第三代诗”中偏于口语化、凡俗化、写世俗日常生活和扁平化的个人感性经验的写作倾向（可以统称为“口语写作”“日常写作”），这种写作路子又有两个趋向——好的诗作是对“口语”“日常”的提升，不好的则流于低俗的“口水”写作。这两种走向是90年代诗歌对 80 年代诗歌的承续、拓展和变异，也是 80 年代以来诗歌界各种观念发生分化的延续和进一步表现。由此，导致了 90 年代末、世纪之交一场浩大的诗学论争的爆发。

关于这场被称为“盘峰论争”的诗学论争，我简单介绍一下。1999 年 4 月 16 日至 18 日，“世纪之交：中国诗歌创作态势与理论建设研讨会”在北京盘峰宾馆举行。在会上，后来被概括为“知识分子写作”和“民间写作”的两派诗人、理论家发生了激烈的争论，前者主要包括王家新、西川、欧阳江河、孙文波、张曙光、臧棣、唐晓渡、程光炜等，后者主要包括于坚、杨克、伊沙、沈奇等。据说引发争论的直接诱因是两部诗选《岁月的遗照》（程光炜编）和《1998：中国新诗年鉴》（杨克编），但显然，论争涉及的一些问题与我们刚才所讲的 80 年代以来诗歌的内在分歧有关。所谓“知识分子写作”和“民间写作”，就分别对接着前面谈及的两种诗歌走向。顺便说一下，这两个概念或提法其实是有问题的，“知识分子”和“民间”本身有很多需要辨析的地方。

前面说过，从 20 世纪 80 年代中期起，“第三代诗”倡导了一种“纯诗化”或“非历史化”倾向，对此倾向的反拨和调整，构成了 90 年代诗歌发展的动力。关于 90 年代诗歌的很多描述，是在与 80 年代诗歌的对比中展开的，下面一组相对的术语昭示了 90 年代诗歌和 80 年代诗歌的区别：“中年写作”与“青春期写作”、“个人写作”与“群体写作”、“及物”与“不及物”、“历史化”与“非历史化”、“多声部”与“单声调”等。除此之外，90 年代的诗歌还出现了一些重要的概念，如“叙事”和“口语”，这组也是相对而生的词。与“叙事”相连的是“抒情”，是用以区分 90 年代诗歌和 80 年代诗歌的一对范畴，“叙事”之所以被当作 90 年代诗歌的关键命题之一，是由于 90 年代诗歌以一种新的方式对日常生活以及历史、现实进行书写，为“叙事”提供了较好的手段，但“它的实质仍然是抒情的”；至于“口语”在 90 年代继续受到重视，一方面与“第三代诗”中的于坚、韩东、李亚伟等的持续写作有关，另一方面也缘于诗歌中“口语”所包含的平民化、现时性等特征与 90 年代世俗化语境的契合。值得再次提醒的是，这对概念各有其弊，运用不当的话都会引起消极的后果。

下面我就针对刚才说的两种诗歌走向，各举出几位代表诗人，通过介绍他们的写作情况，进一步了解20世纪90年代诗歌的一些特征。

四、20世纪90年代的代表诗人

在20世纪90年代，多个代际的诗人共同参与了诗歌创作，诗人群类构成十分复杂，洪子诚先生曾概括为这样几个部分：一是“老一辈”诗人；二是在80年代已初步确立自己的写作风格、并产生了一定影响的“新诗潮”作者；三是虽然80年代开始发表作品，但创作个性明显确立在90年代的诗人；还有就是，主要在20世纪90年代中期以后受到关注的众多年轻的诗人。他们大多出生于20世纪60年代末至20世纪七八十年代。另外，20世纪80年代后期以来，一些诗人移居海外，他们的写作，自然也是20世纪90年代诗歌的重要组成。我们可以说，这一时期涌现出了许多有特点的诗人作品，即便像20世纪40年代成名的老诗人郑敏先生，20世纪90年代以后仍然十分活跃，她创作了不少有分量的长诗、组诗，如《诗人与死》；这位老太太的精力真是非常旺盛，她对新诗的问题非常关注，写了多篇很有见地的诗学论文。由于时间关系，这里重点介绍以下几位诗人。

于坚的诗歌在进入20世纪90年代后出现了一些变化，主要体现在两个方面。一是在日常化、凡俗化的口语写作的基础上继续推进，提出了“拒绝隐喻”这一有争议的观点，认为诗歌就是要还原到词语或者事物的原初状态，他的《对一只乌鸦的命名》似乎是呼应自身观点的诗的表达。

当一只乌鸦　栖留在我内心的旷野
我要说的　不是它的象征　它的隐喻或神话
我要说的　只是一只乌鸦　正像当年
我从未在一个鸦巢中抓出过一只鸽子
从童年到今天　我的双手已长满语言的老茧
但作为诗人　我还没有说出过　一只乌鸦

但无疑“对一只乌鸦的命名”的过程本身，也是一个充满隐喻的剥离隐喻的行为，他的理论与实践难免形成悖论。

于坚的另一引起反响的作品是他写于 1994 年的一首长诗《〇档案》，这首被喻为“巨大的语言肿瘤”或“词语集中营”的长诗，仿用“档案”的样式，直录了一个凡俗个体的人生状态。诗中看似被格式化的生命履历表，实则充满了众多左冲右突的异质成分，在其连续性的表象之下，集结着许多暗示生命裂痕语言的碎片。这首诗在一定程度上是一部实验性作品，显示了于坚在 20 世纪 90 年代后诗歌写作寻求突破的一种努力。

关于韩东，我只是简单介绍一下，他 20 世纪 80 年代的诗歌在前面我们已经有了较多了解。韩东在 20 世纪 90 年代主要致力于小说创作，出版了多部长篇小说和中短篇小说集，他的诗歌这时也出现了一些变化。相对于原先偏向“冷抒情”（克制、平静）的抒情之作，90 年代以后，他的诗歌增加了一些小说、戏剧的成分，把一些生活化的场景加入到诗作里，这大概是由于他花了较多精力写小说的缘故吧。例如，这首《甲乙》。

> 甲乙二人分别从床的两边下床
> 甲在系鞋带。背对着他的乙也在系鞋带
> 甲的前面是一扇窗户，因此他看见了街景
> 和一根横过来的树枝。树身被墙挡住了
> 因此他只好从刚要被挡住的地方往回看
> 树枝，越来越细，直到末梢
> 离另一边的墙，还有好大一截
> 空着，什么也没有，没有树枝、街景

在“慢动作”式的细节刻绘中，一如既往地保持着一种“零度”的语气。

李亚伟是 20 世纪 80 年代“莽汉主义”诗群的核心诗人，前面由于时间关系没详细介绍，这里先补充点他“莽汉主义”时期的写作情况。“莽汉主义”是当时还在大学念书的李亚伟跟一帮同学一起成立的诗群，这期间他写的《中文系》引起过轰动，因为它以一种嘲讽的口吻、漫画式的笔法勾勒了“中文系”的种种情状。不过，20 世纪 80 年代的中文系不完全像

诗里写的那样，我觉得它至少有两个趋向。一个是偏于古板的，受陈旧保守的思想禁锢着；但另一方面80年代的大学校园是非常活跃的，文学、文化氛围有极其开放的一面，跟今天的大学状态不大一样。《中文系》这首诗的出现本身就是80年代校园文学活跃的表现，同时也受到了当时文化叛逆潮流的激发。

李亚伟在90年代的诗歌虽然并不多，但每隔一段时间他就会完成一组比较有分量的作品。如《野马与尘埃》《红色岁月》《河西走廊抒情》等。他诗歌的主要特点在于赋予了口语一种浓郁的抒情笔调，这是其他很多口语写作所不具有的。比如，“有另一个轻浮的人，在梦中一心想死/这就是我，从山上飘下平原/轻得拿不定主意”（《风中的美人》）。李亚伟对诗歌写作有其严肃的追求，如他在短文《天上人间》中所述：“我曾经对诗无比苛刻，我是因为喜欢好诗、喜欢天外之音才对诗如此着迷的吗？不是，这如同世间没有好酒，酒徒们也会造些滥酒喝得幸福不已，那一刻，我的心病和美德，仿佛又被火星上的桃花眼所窥破：我喜欢诗歌，仅仅是因为写诗愉快，写诗的过瘾程度，世间少有。我不愿在社会上做一个大诗人，我愿意在心里、在东北、在云南、在陕西的山里做一个小诗人，每当初冬时分，看着漫天雪花纷飞而下，在我推开黑暗中的窗户、眺望他乡和来世时，还能听到人世中最寂寞处的轻轻响动。”

张曙光是一位生长在东北的诗人，他从20世纪80年代初就开始诗歌写作，也从事诗歌翻译，是20世纪90年代诗歌中“叙事”的主要实践者。他写于1984年的《1965年》被认为是一首开启了“叙事”之风的源头性诗作，只不过那个时候这种写法太超前了，因而并没有引起广泛关注。我们先来看一下这首诗。

> 那一年冬天，刚刚下过第一场雪
> 也是我记忆中的第一场雪
> 傍晚来得很早。在去电影院的路上
> 天已经完全黑了
> 我们绕过一个个雪堆，看着
> 行人朦胧的影子闪过——

黑暗使我们觉得好玩
那时还没有高压汞灯
装扮成淡蓝色的花朵，或是
一轮微红色的月亮
我们的肺里吸满茉莉花的香气
一种比茉莉花更为凛冽的香气
(没有人知道那是死亡的气息)
那一年电影院里上演着《人民战争胜利万岁》
在里面我们认识了仇恨与火
我们爱着《小兵张嘎》和《平原游击队》
我们用木制的大刀与手枪
演习着杀人的游戏
那一年，我十岁，弟弟五岁，妹妹三岁
我们的冰爬犁沿着陡坡危险地
滑着。突然，我们的童年一下子终止
当时，望着外面的雪，我想，
林子里的动物一定在温暖的洞里冬眠
好度过一个漫长而寒冷的冬季
我是否真的这样想
现在已无法记起

这确实跟当时大多数诗歌不大一样：充满细节的回忆视角，不动声色的沉思姿态，克制的叙述性语气——这些，当然也是张曙光后来诗歌的基本特点——看起来像是“叙事”，实则只是一些片断场景的拼接。我们可以把它与于坚的《尚义街6号》（里面也有叙述，也写日常生活场景）稍作对比，会发现《1965年》不是那种絮絮叨叨的、很琐碎的叙述。它在回忆中包含了一种个人对历史的观照，诗中有多处看似不经意的充满隐喻的表述，如“我们的冰爬犁沿着陡坡危险地/滑着”，表面上看就是小孩子们在滑冰爬犁这样一个情景。但如果联系当时的历史背景，就能领悟到这里其实隐含着某种更深层面的指涉，“危险”一词，不仅指冰爬犁沿陡坡滑行会面临翻掉、坠落的危险，而且还指向当时复杂的历史境遇。紧接着这句“突然，我们的童年一下子终止”，也是以表面的童年即将结束，写某个历史时刻的终止，它没有明说，却让人产生联想。这里的语气是抑制的、平静的、不动声色的，但已包含了一种复杂的沉思式抒情。正如张曙光在一次访谈中说：“从总体感觉上，我是想要把诗写得具体、硬朗……力求表现诗的肌理和质感，最大限度地包容日常生活经验。”这就很好地解释了为何他在那个时候写出了《1965 年》。

王家新也是从 20 世纪 80 年代初开始诗歌写作，他对自己写作的基本定位是“守望”——即关注时代的精神，用他本人的话说：“就是无论生活怎样变化，我仍要求我的诗中永远有某种明亮，这即是我的时代，我忠实于它”。他重视诗歌对历史、时代的承担，强调诗歌对现实生活的介入性，这些观念和做法贯穿于他 20 世纪 80 年代和 20 世纪 90 年代的诗歌之中，前后有很强的延续性。

前面我提到过王家新写于 20 世纪 90 年代初的一首短诗《帕斯捷尔纳克》，这首短诗在八九十年代转型期很有代表性。理解它，首先要了解诗中所写的人物帕斯捷尔纳克，他是苏联一位很重要的诗人、作家，他以长篇小说《日瓦戈医生》获得 1958 年的诺贝尔文学奖，但迫于时局的压力而不得不宣布放弃。一般地，人们认为帕斯捷尔纳克既是很好地传承了俄罗斯的古老文化、精神的诗人，又有非常强烈的现代意识和现实感，特别是他的作品里有一种对历史、时代的反思和担当。写《帕斯捷尔纳克》的同时，王家新还写了另一首关于帕斯捷尔纳克的短诗《瓦雷金诺叙事曲》，大家看这两首诗里写到的一些情景。

蜡烛在燃烧
我们怎能写作？
当语言无法分担事物的沉重，
当我们永远也说不清
…………

很显然他的这两首诗，除了对帕斯捷尔纳克表达敬意外，还想针对当时的汉语诗歌，将帕斯捷尔纳克的写作精神引进来，“把苦难转变为音乐”，借此表明作为诗人的一种心志。

王家新在 20 世纪 90 年代中后期又创作了《伦敦随笔》《尤金，雪》《旅行者》等重要作品，并进行了一种具有文体创新意义的片断写作（如《变暗的镜子》等）；他的长诗《回答》，写出了一代人的心路历程，曾引起反响。

宋琳被评论家朱大可称为“踩着无声肉垫、神情诡秘的哲学狐狸”。他在 20 世纪 90 年代初去国前往巴黎，后来一直寓居海外，近年来才回国，受聘在一些大学任教。宋琳的诗歌一直保持着一种纯正、典雅的风格，在一种看似柔和、闲适的抒写中，蕴含了对当下现实隐秘的敏感，表现了对微小事物的尊崇与悲悯。

由于身处异域，宋琳在他的诗歌中借助一种类似于自我对话的训练和对写作本身的专注，衍生了一种“看”的诗学。

> 但你终究是一旁观者——看
> 是你介入世界的最佳方式
> 因为失去了本质关联的世界
> 需要你，更快，更勇敢
> 一个人去构成一片风景
> 看就是变化。看不见的
> 成为预感潜入不安的肉体
> 而不变的是才人代谢的定律
> 是为永恒而调动的心

在宋琳的诗歌中，“看”不仅是一种习性和姿势，也是其遣词造句的一种方式或一种句法。他十分重视诗歌的音韵，提出“韵府是记忆的旧花园”的主张，让记忆的千姿百态在语词构筑的音韵中得到勾画与定型，从而为“看”的诗学溶入了“听”的元素。

……诗，缘情而发，
过事而作，不超出情理
把哀怨化为适度的嘲讽
用言说触及不可言说者
理念完成于形式的尺度

——《诗话三章》

此外，宋琳还呼吁“朝向词根挖掘”，将探寻目光投向了华夏文明的源头，试图从汉语的根性出发拓展诗境。他的诗集《断片与骊歌》有如一部浑然一体的组诗，将现实与传说、古与今、异域与本乡、当下与记忆糅合在一起，力图呈示“乡”之本源的迷幻和奇特，可惜尚未引起广泛关注。

张枣也长期生活在国外，他在 20 世纪 80 年代以短诗《镜中》一举成名，这算是他早期诗歌的代表作。该诗以一种古典意趣和情境的构造而显出特别的韵味。

只要想起一生中后悔的事
梅花便落了下来
比如看她游泳到河的另一岸
比如登上一株松木梯子
危险的事固然美丽
不如看她骑马归来
面颊温暖
羞涩。低下头，回答着皇帝
一面镜子永远等候她
让她坐到镜中常坐的地方
望着窗外，只要想起一生中后悔的事
梅花便落满了南山

这首诗描述的景象、营造的氛围确实很古典，看起来用了一些古典的元素，不过，这样一种古典的意境是经由现代汉语而呈现出来的，这就体现了现代汉语本身的表现力；诗中的“镜子”犹如一道可以相互映射的界面，让人、事、景、情构成了交织、叠合的镜像关系。

进入 20 世纪 90 年代后，张枣在海外创作的诗歌，国内读者了解不多，近年来随着他的诗集《春秋来信》等的出版，加上他在 2010 年因病去世，他的诗歌才为越来越多的人所关注。这一时期他的重要作品有长诗（组诗）《跟茨维塔耶娃的对话》《卡夫卡致菲利斯》《云》等。茨维塔耶娃、卡夫卡都是西方著名诗人、作家，张枣在这两首长诗中拟造了一种对话结构，当然进行的是精神上的对话。他善于通过构拟一种戏剧性情境，以揭示自我的多重性。张枣对语言极其敏感，被视为最富语言天赋和表达才能的当代诗人之一，他试图以苦心孤诣的写作探掘现代汉语的潜能、穷尽现代汉语的丰富表现力，以对古典的创造性转化凸显当代诗歌的汉语性，展示了汉语华丽、绚烂的一面。

臧棣可能是当下活跃诗人里最多产者之一。据说，近年来他坚持在自己博客上发诗，几乎每天一首，这样积累下来，数量就很惊人了。他从 20 世纪 80 年代就开始写诗，但在 20 世纪 90 年代才“脱颖而出”地引起较为广泛的关注，其影响现在越来越大了。

臧棣提出过一个很有名的说法：“历史的个人化和语言的欢乐”，他认为这是 20 世纪 90 年代诗歌写作的一个重要趋向。这一观点包含两个向度。一是在写作中如何把对历史、现实的理解转化成个人的经验，并对之有效呈现；再就是诗歌语言的塑造，如何通过写作发掘语言、探寻语言的创造性，由此体现语言自身的“欢乐”。其实，对臧棣而言，这两个向度最终是合在一起的，归根结底要落实到语言的锻造上。另外，他还谈到“诗歌就是不祛魅”，强调保持诗歌本身的神秘性；他主张诗人的职责就是不断探索写作的“可能性”，因此他的诗歌写作总是朝向未来的。还有一点，臧棣的不少诗带有“元诗”的性质，也就是通过写诗本身来省思诗的“特性”，或者将关于诗的观念渗透到写诗过程中。

臧棣的这些观点和实践引起了一些争议，批评者要么觉得他过于突出语言的自足性，要么认为他所说的“历史的个人化”很容易落入套路，这样就使得诗歌缺乏生命的气息和更开阔的背景。这当然包含了某种误解。目前有很多年轻诗人是追捧他这种玄妙的、知性化的诗歌写作的。

下面我们来读读他的一首短诗《菠菜》，从中领略一下他诗歌的别致之处。

美丽的菠菜不曾把你
藏在它们的绿衬衣里。
你甚至没有穿过
任何一种绿颜色的衬衣，
你回避了这样的形象；
而我能更清楚地记得
你沉默的肉体就像
一粒极端的种子。
为什么菠菜看起来
是美丽的？为什么
我知道你会想到
但不会提出这样的问题？
我冲洗菠菜时感到
它们碧绿的质量摸上去
就像是我和植物的孩子。
如此，菠菜回答了
我们怎样才能在我们的生活中
看见对他们来说似乎并不存在的天使的问题。
菠菜的美丽是脆弱的
当我们面对一个只有50平方米的
标准的空间时，鲜明的菠菜
是最脆弱的政治。表面上，
它们有些零乱，不易清理；
它们的美丽也可以说
是由烦琐的力量来维持的；

而它们的营养纠正了
它们的价格，不左也不右。

各位读完后觉得怎么样？你们也许觉得菠菜是一种再寻常不过的食物，怎么能够入诗？是不是又发现这“菠菜”经过臧棣的一番书写后，显得既熟悉、又陌生，甚至有一点形而上的意味？确实，它不是一般意义上的咏物诗，像写松树、白云，以及我们面前的桌椅、设备等那般。也就是它不仅仅表达赞美，而更是反思的触发点和中介。菠菜触及普通人的日常经验，是我们生活中的切近之物，在它被烹饪成一道菜之前，我们要前往菜市场购买、买回后要仔细清洗，在这个十分生活化的过程中，多种关联被建立起来——人与物、自我与他者、个体与世界，它连接着我们周边十分广阔的社会现实，仿佛在提示我们考虑如何应对这个现实。因此，这首诗看似写物（菠菜），实际上是写一种现实生活或生活状态。这菠菜经过了重新塑造、转换或者说变异，在它身上寄寓着对我们身处其间的时代语境的一种反思，特别是读到“当我们面对只有 50 平方米的标准的空间时”这一句，其间包含的现实指向是不难被感知的。

朱朱出生于扬州，因而他早年的诗歌难免散发着江南特有的气息，显得精致、唯美。他的诗歌是能够体现汉语独特美感的：精细、冷峻的形体，克制、准确的表述，凝练、结实的节奏，将汉语柔韧、优雅的一面崭露无遗。朱朱诗歌的技法在于，一些看似寻常的词语经过意想不到的交错和撞击，仿佛获得了一次再生，诗句焕发出前所未有的新意，如这首《小镇的萨克斯》。

雨中的男人，有一圈细密的茸毛，
他们行走时像褐色的树，那么稀疏
整条街道像粗大的萨克斯伸过。

有一道光线沿着起伏的屋顶铺展，
雨丝落向孩子和狗。
树叶和墙壁的灯无声地点燃。

我走进平原和小镇，
沿着楼梯，走上房屋，窗口放着一篮栗子
我走到人的唇与萨克斯相触的门。

这首诗是不是像一幅“印象派”油画呢？它以单纯的布景和简洁的线条勾勒了小镇上宁静、安详的景象与氛围。同时，它又宛若一支悠扬婉转的萨克斯曲，诗中的情绪随着曲调的高低缓急而波动起伏。萨克斯管是此诗的核心意象，它对应着小镇的街道，不仅诗中的各种人、物围绕它而聚合在一起，而且全诗的节奏也与它弯曲的形体保持了一致。诗人似乎有意克制自己的笔触，小心翼翼地不让语言之流恣肆向前。在雨丝等意象的映衬和变幻光线的照射下，全诗的色调显得十分柔和。“铺展”“点燃”“小镇”“唇”和“门”等词，交织成了一种特别的韵律。

朱朱写于2000年的组诗《清河县》显示了他诗歌的变化，呈现出结构繁复、主题多层次的特点。《清河县》这组诗，表面上是对一段为人熟知的历史故事的改写，犹如不同人物独白的多声部的组合，实则是对历史和人性主题的深度开掘、对词与物多重关系的书写，体现了语言与经验的双向的现代转换。他近年来的《皮箱》《多伦路》《江南共和国》《七岁》等诗作，主题更为深入、视野更为开阔、语言也更为丰沛。

五、 总结与展望

通过这两讲的学习，我们对20世纪80年代和20世纪90年代这20多年间诗歌的总体情况、代表诗人及其基本特征已经有了大致的了解。

大家可能已经注意到，进入21世纪以后的这十多年，诗歌又有了一些非常重要的变化。引起这些变化的原因之一就是互联网的兴起，互联网这种新型媒体进入对诗歌无疑产生了很大的影响。诗歌的传播方式、接受方式甚至思维方式和书写方式，都受之影响发生了颠覆性的改变。近几年，又出现了博客、微博、微信这样一些更新的媒体，可以说诗歌面临着更为多样的机遇和挑战。然而不管怎么说，无论各种新媒体怎样更迭、升级，诗歌本身需要解决的始终是写什么、如何写的问题。具体来说，就是当前和今后的诗人们应该进一步探索，如何用汉语精确地传达出置身于这样一个日新月异的社会、文化中的深切感受，保持与现实的张力关系。在冷静的沉思中给人带来启迪和期冀，既有思想的穿透力，又能展现汉语的丰富性。这是我对于未来诗歌的一种期待。

好，我们的课到此结束，谢谢大家！

第八讲◇新时期小说

这一讲，我们讲新时期的小说。

党的十一届三中全会，确定了改革开放的方针。十一届三中全会标志着中国进入了改革开放的新时期。但是罗马不是一天建成的，历史的渐进过程和突变过程交替出现，尤其是在文学方面。文学得风气之先，开时代先河，1976年10月，一个新的历史转折点给文学带来了新的气象，大量的诗歌，歌颂粉碎“四人帮”的伟大胜利，缅怀老一辈革命家，这在当时成为一个热潮。但是另一方面，历史也不可能戛然而止，“文化大革命”时期遗留下来的文风仍然在蔓延，仍然在继续，正像我们当时在政治上仍然高度肯定“文化大革命”。在政治上，明确而肯定地说粉碎王洪文、张春桥、江青、姚文元这样一个集团是无产阶级“文化大革命”新的伟大胜利。当时，还奉行毛泽东所讲“文化大革命”以后还要进行多次的论断。就是说，在政治上，组织系统发生变化，领导成员发生变化，但是在思想路线上仍然在延续从“文化大革命”时期传承下来的一些理论话语、方针政策，它的标志就是所谓的“两个凡是”。

但是时代毕竟发生了变化，社会氛围、人民的精神状况也发生了变化。人们开始反思“文化大革命”的历史，反思在“文化大革命”中的遭遇，在小说创作、电影创作，在诗歌散文当中出现了第一个浪潮，一种普泛的现象出现，这就是追问“文化大革命”究竟是伟大胜利，还是累累伤痕。其间，出现了“伤痕文学”。其代表作品，一个是刘心武的《班主任》，一个是卢新华的《伤痕》，接下来又出现了“反思文学”和“改革文学”。

一、 历史的迷雾与真实的伤痕

我们先看“伤痕文学”。

刘心武的短篇小说《班主任》，作为新时期文学发生的标志性作品，率先戳破了“文化大革命”的假面，它发表在1977年11月的《人民文学》上。当年，我正在准备参加十二月份举行的高考，但是也在关注文学动态，我是非常热情的文学青年，看到刘心武的《班主任》，有振聋发聩的感觉。我们现在可能很少有什么作品能给大家产生共同的感应，能带来振聋发聩的感受。我问问大家，让你们感到震惊的是什么作品？谁来举两个例子？就随便讲讲你觉得震惊的作品，看看我们两代人的差异是什么，随便讲，电影也可以……

《班主任》在今天看起来在写法上比较简单。作品写一个中学的班主任叫张俊石，他又是这个班的语文教师。班里新来了一位同学，一位我们通常认为是坏学生的宋宝琦，不好好读书，在街道上跟一些不良少年混在一起，打架斗殴。那张俊石接收不接收这个学生？接收了他，班上就多了一件麻烦事，一个问题少年。但是张俊石很有使命感，把他接收下来了。接下来，他就来考察与此相关的问题、相关的情况。宋宝琦不喜欢读书、不喜欢学习，流荡在社会上，但是在他那里发现一本小说叫《牛虻》，很令人震惊。我不知道你们有没有看过这本书，《牛虻》是我们一代人的励志小说，而且，我自己读《牛虻》前是先读了《钢铁是怎样炼成的》，你们读过吗?《钢铁是怎样炼成的》中讲少年保尔·柯察金就是从《牛虻》里受到启迪，向《牛虻》学习，将其作为自己的人生指南。但是宋宝琦拿着一本《牛虻》，他给这本书原来就有的插图胡涂乱抹，给里边的女主人公琼玛画胡子，不是像现代艺术给蒙娜丽莎脸上画胡子；宋宝琦没有这个意识。张俊石教师问他“这书你读过吗?”“没有，这是‘黄书’啊。”然后在另外一个场合，张俊石问谢惠敏，她是班里被认为是最好的学生，乖乖女一样的，学校怎么讲，领导怎么讲，报纸上怎么讲，她就怎么做。谢惠敏说“我也没有读过，这不是‘黄书’吗？不能读啊。”张老师在思考，谢惠敏和宋宝琦，一个是我们心目当中的好学生，一个是问题少年，可是他们面对《牛虻》，畏之如虎，谁也不敢读，害怕中毒。我们今天来看《牛虻》，哪有什么“黄色”、什么毒素，但是在“文化大革命”时期确实是把大量的中外文学作品统统划为“封资修的黑货”，要么是批判，要么是烧毁，要么就查禁。张俊石也是在20世纪50年代成长起来的，当年把《牛虻》和《钢铁是怎样炼成的》当作是自己的人生指南。到了下一代，到了“文化大革命”当中成长起来的这一代，他们读什么书呢？没书可读，那个年代的确是没书可读，而且看到《牛虻》不约而同地都接受了当时流行的那样一种判断，是毒草、是黄书，不能读。明明是人类宝贵的精神财富，但是他们都不去读，他们都被当时流行的说法蒙蔽了、愚弄了，于是就由这个地方提出来，“文化大革命”时期“四人帮”把所有的人类精神财富统统划为毒草，不许人去读、不许人去接触，人民就只能受“左”倾思潮的灌输，把人变成了愚民，把人变成了阿Q。这样讲起来，同学不会有什么感触，但是当年很多的读者读完《班主任》，它唤醒很多人的反省：我们都是这样的。我们在“文化大革命”时期都受过这样的毒害，本来有这么多的精神财富，这么多的小说、诗歌、散文、戏剧，丰富的思想文化著作，我们作为后来人理所当然要去接受它、阅读它、传承它，但在“文化大革命”时期因为受到“左”倾思潮的操纵，拒绝人类的精神财富。尤其是谢惠敏这样的好学生，紧跟着时代，听从时代的召唤，结果自己陷入了一种蒙昧状态。很多读者就站出来说，谢惠敏就是我——后来我自己反省，我也在很大程度上有谢惠敏的这种精神状态，就是特别迷信当时的“文化大革命”

理论，特别迷信当时的主流意识形态，特别听话。但是，我唯一的一条就是不管是不是毒草，我天性喜欢读书，我一直在读书，只要能够借到手，什么书都喜欢读——这倒是说可以自慰的一点——于是，《班主任》在问世以后，不胫而走，在全国产生巨大影响。

接下来是卢新华的《伤痕》，它发表在1978年8月的《文汇报》上，写到了“血统论”的戕害。我们同学可能现在都不明就里，在很长的时间内，我们的社会生活是以出身论高下的，你是工人出身、军人出身，血管里边流的是革命的血。如果你家庭出身不好，是“地富反坏右”子女，那你就入了另册，不许当兵、不许推荐上大学，甚至不许参加高考。在“文化大革命”时期，“血统论”流毒就更加甚嚣尘上。卢新华的小说《伤痕》，写一位女知青王晓华，十五六岁就自愿报名下乡。这在当年是响应毛主席的号召，还有一条，王晓华要跟她的母亲划清界限。她母亲本来是老革命老干部，在“文化大革命”期间被打成叛徒，王晓华为了革命利益，斩断母女关系，划清家庭界限，这在那个年代是受到提倡、受到鼓励的。你要不划清界限，你就会受到牵连。但是有时你划清界限也没有用，王晓华和她母亲划清界、断绝母女关系，在乡下待了很多年，但是别人都招生走了，推荐工农兵上大学走了，或者被选拔回城当工人了，只有她一个人在乡村苦熬苦忍，不知道出路在哪里。

这个作品有一个细节，我觉得非常有震撼力。粉碎“四人帮”之后，开始落实干部政策。王晓华的母亲恢复了名誉，摘掉了叛徒的帽子，但是历史的阴影仍然在王晓华的心里，没有抹去。母亲写信告诉她，女儿啊，现在恢复了我革命者的身份，我的叛徒的罪名被消除了，你赶快回来吧，我已经重病在床。重病在床非常想见自己的女儿，这是人之常情啊。王晓华晚上看完信之后，朦朦胧胧入梦，在梦中她回家了，突然看到母亲仍然趴在桌子前写什么，是在写“关于我的叛徒问题的补充交代”。历史的一页翻过去了，但是心灵上的伤痕仍然在继续蔓延。

晚上，快十点了，她手中还捏着妈妈的来信，她躺在床上看着，想着，恍恍惚惚，她已经回到家中，推开门，见妈妈正趴在写字台上写着什么，见她回来，惊奇地喊了声“晓华”便朝她扑过来。她也百感交集地扎在妈妈的怀里。好久，她挣出头，擦着眼泪问："妈，你在写什么？""没，没写什么。"妈妈脸上忽然一阵惊慌，忙去掩桌上的纸头。于是，她疑惑地一步抢过去。夺在手上看时，上面却分明写着几个大字："关于我的叛徒问题的补充交代。"她两眼盯住她，忿忿地骂了声："可耻！"转身便往外走。"哪里去？""你管不着！"可是，妈妈已经抢先一步披头散发地拦在门口了。"啊！"她惊叫一声，从梦中猛醒，蓦地坐起在铺上，止不住双手按着怦怦乱跳的心。"回不回去呢？"她有些犹豫不决了。[1]

《班主任》也好，《伤痕》也好，我们今天看起来都非常正面、非常积极、非常正确，但是在那个年代，在"两个凡是"的操控之下，这样的作品非常有勇气、有胆魄，在受到了人们的广泛阅读传播的同时，也遭到严酷的打压。可以说，"伤痕文学"在彻底否定"文化大革命"的问题上做了勇敢的先锋，在大众文化传播领域打开了缺口，为改革开放做了积极的开拓。

被列入"伤痕文学"的作品还有陈世旭的《小镇上的将军》、从维熙的《大墙下的红玉兰》、郑义的《枫》、周克芹的《许茂和他的女儿们》、王亚平的《神圣的使命》、张弦《被爱情遗忘的角落》、宗璞《我是谁》等，分别从红卫兵、知识分子、军队将领、司法领域和农村等不同方面，揭示"文化大革命"造成的创伤，都产生过较大影响。

二、 归来者的反思与追问

"伤痕文学"之后，是"反思文学"。

前面讲"伤痕文学"冒着政治上极大的风险，让人们看到了"文化大革命"给亿万民众带来的沉重伤害。《班主任》和《伤痕》，都是牵一发而动全身，切中要害。

---

① 卢新华：《伤痕》，谷声应、陈利民编：《伤痕》，中国文学出版社 1993，第 157 页。

回过头来想，我们的同学很幸福，你们从小到大读书、看电影、看电视，假如说你们的成长历程当中没有小说、没有电影、没有电视，也没有今天那么丰富多彩的音乐作品，你们的人生会多么贫乏、多么苍白。但这确实是“文化大革命”中成长起来的一代，我这样一代人的切身体验，所以“伤痕文学”问世以后会产生爆炸式的影响。讲了“文化大革命”是什么，接下来一个追问是为什么，为什么会有“文化大革命”。“文化大革命”伤害了广大的人民群众，也伤害了很多各个阶层的干部。为什么会如此呢？在追问为什么的时候，我们来看看在这个问题上做出思考、发出追问的是哪些作家。“反思文学”的作者，基本上是“右派”作家和他们的同代人。

1.“反思文学”的思辨哲理与诗意象征

我们讲20世纪50年代中期——百花时代，王蒙、李国文、刘绍棠、陆文夫这样一批作家，他们要揭示现实矛盾，当时思考的一个层面就是关于党的干部的作风问题。当时认为党内出现了严重的官僚主义，不问民间疾苦，不了解现实当中民众的真实心声、真实需要，高高在上，做官当老爷。这样的思考刚刚露头就被打压下去，很多人被打成右派，当他们重新回到文坛的时候，他们很多人的思考接续了50年代中期的思考线索，于是“反思文学”包括两个向度，一个是对领导集团各级干部的责任追问，一个是对底层民众责任的反省。

对领导干部的责任追问，集中在人民、大地、母亲这样的命题上。正面地讲，党要全心全意依靠人民群众，为人民利益而奋斗。但是在王蒙（《蝴蝶》《悠悠寸草心》）、李国文（《月食》《冬天里的春天》）、茹志鹃（《剪辑错了的故事》）这样的作家思考当中，他们说为什么会有“文化大革命”，是党和民众的关系发生了畸变。战争年代，我们的党能够由弱到强，领导人民群众，打出一片新天地，创建新中国。在新中国建立之后，当“文化大革命”的浪潮席卷而来的时候，各级领导干部为什么不能领导普通民众抵制这种错误的潮流，战胜这种错误的潮流？这个问题是非常复杂的。我们今天看起来仍然没有能够找出满意的结论。但是在当年，在王蒙、李国文以及茹志鹃这样的作家心目当中，他们的思考是什么呢？他们认为，因为新中国成立之后我们的一些干部脱离人民群众，不问人民疾苦，高高在上，失去了跟普通民众的生死相依关系——用当年的一种表述，战争年代是鱼水关系，党的各级干部、我们的人民军队像鱼，人民群众像水，鱼离不开水，鱼在水中腾化为龙，我们能够依靠人民群众的支持和帮助打天下、坐天下。但是坐了天下之后，就从鱼水关系变成油和水的关系，油浮在水面上，看着还在水上，但是它和水已经变成两个层面了，当年的描述是这样看问题的。

2. 李国文的《月食》

表现这个题材的，有李国文的《月食》。一个短篇小说，横跨三个年代，战争年代、20 世纪 50 年代和新时期，通过三个时期的思考来讨论党和民众关系的变迁。

这里有一小段作品中的文字——作品主人公伊汝当年战斗在太行山，与那里的乡亲结下生死之交；20 世纪 50 年代，伊汝给领导提意见被打成右派，后来右派改正重新归来，而且在从党、干部和人民群众关系的变化方面思考总结“文化大革命”的经验教训。下面这段文字就是伊汝当年给领导干部提意见时的一段话，针对的是 20 世纪 50 年代革命者进城之后疏离当年患难之交的人民群众的情况。

说实在的，进城以后，我们心里还有多少地盘留给根据地的乡亲、留给群众、留给人民呢？慢慢地就把那些用小米养我们的，用小车推我们的，用担架抬我们的，把我们认作儿子、认作丈夫掩护过的老百姓忘了，而我们党正是靠这些老百姓打败了敌人，夺取了胜利，所以党章、党纲千叮咛，万嘱咐，要密切联系群众。因此我想，要丢掉了这个优良传统，会不会有那么一天，人民群众要唾弃我们？①

---

① 李国文：《月食》，载唐达成主编《中国新文艺大系·1976—1982·短篇小说集》（上），中国文联出版公司，1986，第 562 页。

这样的苦口婆心，见出作家心目中的今昔对比，见出作家的殷殷之情。

3. 茹志鹃的《剪辑错了的故事》

李国文提出这样的问题来，如果怎样就会怎样，说人民群众会要唾弃我们。在茹志鹃的《剪辑错了的故事》里，她就表现出人民群众已经唾弃我们，虽然这只是一个梦境，但是，梦是心中想，是强烈的预感。

老寿回到家里，打好了背包，换好了鞋，把干枣灌进干粮袋。当一切准备停当的时候，忽然有人轻轻叩了三下门。

啊！这不是老甘吗？他就是这么敲门的。难道真把他给盼来了？老寿赶紧拔栓开门，一看，不禁吓了一跳。进来的却是甘书记，他蓬乱着头，身上又是雪又是泥，没一个跟随的人，手里捏着一条空空的干粮袋；一进来就把门关上，气喘吁吁地说道："后面有人朝我放枪！"

"胡说！你动摇军心。"老寿威严地说道。

"是真的。我跟你们一起行动吧！我不能一个人走。"

"这得问问大伙儿。"

"胡说！我是你们的领导。"

"这也得问问大伙儿。"老寿认准了一个理，而且竟都说出来了。他自己都觉着奇怪，自己的胆子怎么会这么大。①

作品讲一个革命干部老甘，当年就是依靠人民群众的支持和掩护，才能在战争的险恶环境下开展工作，但是，在大跃进年代，已经担任县委书记的老甘不遗余力地执行上级指示，搜刮农民的粮食，激起民怨。当年的老甘和现在的甘书记判若两人。作品中的一个村民老寿，忽然又梦到了一个新的战争年代，梦见一个新的危难时期，甘书记想重新获得民众的支持的时候，老寿却坚决拒绝他。民众没有支持他，民众拒绝了他。这是一种意识流似的、梦幻似的描写，但是确实是讲干部和民众的关系之间产生了

① 茹志鹃：《剪辑错了的故事》，载唐达成主编《中国新文艺大系·1976—1982·短篇小说集》（上），中国文联出版公司，1986，第233页。

断裂，出现了危机。所以，“文化大革命”为什么会发生，从这个方面找到一些原因，而且延续了20世纪50年代的重要思考。在粉碎“四人帮”之后，许多干部重新走上领导岗位，重新面对人民群众的期待的时候，发出这样的呼唤，是有它重要的、积极意义的。

4. 高晓声和他的陈奂生系列

“文化大革命”之所以发生，不仅是因为干部和人民群众的关系发生了变化，也不仅仅是这样的一个原因，但这样的思考在今天也没有过时。“反思文学”的另一个向度，是高晓声所代表的对民众责任的反思。我们前边讲，关于人民群众有不同的描述，一种是讲人民是大地，人民是母亲，这是一个非常经典的意象。我们知道希腊神话中有一个故事叫《安泰》。后来，斯大林在文章中曾经用安泰的故事做比喻，说我们就是安泰，人民群众就是大地母亲，这样一种描述，很有象征意味，影响了苏联，也影响了中国。很多时候，人们从大地母亲与儿子安泰的层面来映照我们的各级党政干部。这在我们上面讲到的李国文和茹志鹃的小说中都有明晰的表现。下面会讲到的王蒙的《蝴蝶》，改编成电影后就叫作《大地之子》。

但是另一方面，在高晓声这里，人民是具体的形象、具体的人物，他看到的是人民——农民身上的阿Q性。

“陈奂生”系列的作者高晓声，新中国成立初年是江苏的青年作家，20世纪50年代中期，他们在“干预生活”的召唤下，积极地要创办一个《探求者》的文学刊物，而且在创刊广告上提出要大胆干预现实，探索生活。在《探求者》群体中，有陆文夫、方之、叶至诚等。刊物还没有办起来，他们就在“反右”运动中全军覆没。高晓声受到严厉的处罚，被开除公职，回到乡村去当农民达20年之久。所以，高晓声说：“我的命运和农民一样，我是农民这根弦上的一个分子，每一触动都会响起同一音调，我毋需去了解他们在想什么，我知道我自己想的同他们不会两样。[①]”但另一方面他讲：“当我探究中国历史上为什么会发生这种浩劫时，我不禁想起

---

① 高晓声：《曲折的路》，《四川文学》1980年第9期。

李顺大这样的人是否也应该对这一段历史负一点责任。8 亿农民的力量哪里去了？为什么没有发挥应有的作用？难道 8 亿人的力量还不能改变 10 亿人口国家的历史轨道吗？①”

我们经常讲人民群众创造历史，那“文化大革命”的历史是谁创造的，人民自身出了什么问题？这是高晓声的思考，所以高晓声写了《李顺大造屋》。李顺大盖房子，建造他自己的居所。“居者有其屋”，这和“耕者有其田”一样，是一种非常古老的对生活的美好向往。李顺大旧时代是一个穷苦农民，受剥削、受压迫。新中国建立之后，翻身了，当家作主了，于是这位做了主人的李顺大雄心勃勃要建造三间房子。第一次是在 20 世纪 50 年代，苦熬苦忍准备了建造三间屋子的材料，突然赶上了大跃进“共产风”，他的这些建筑材料被无偿征用，人民公社拿去派了别的用场，三间房子没了。第二次，60 年代攒了一些钱，但是动乱年代造反派横行霸道，李顺大被这种有权势的人巧取豪夺把钱骗去了。他一方面在经济上一直在受损害，但另一方面，李顺大一直说自己是一个“跟跟派”。他觉得是毛主席、共产党让我们翻了身，我就一辈子要跟党走，跟社会主义走，没有自己的思考，没有自己的辨别能力。自己受到了那么多的伤害，但是仍然没有觉悟。也可以说，李顺大就是乡村中的谢慧敏。

在写《李顺大造屋》的前后，高晓声写了《“漏斗户”主》和《陈奂生上城》，两部作品的主人公都是农民陈奂生。陈奂生家里劳动力很强，却很多年粮食匮缺，吃不饱肚子，被人嘲笑是“漏斗户”。李顺大要解决的是盖房子的问题，陈奂生要解决的是吃饱饭的问题。陈奂生一个乡村人，也没有什么娱乐生活，晚上就相互串门，听别人说东说西。陈奂生拙嘴笨舌，也没有什么稀罕的事情说给别人听，即使是讲故事也是要有身份、有经历的。德国的哲学家、美学家本雅明就讲过，什么人有资格讲故事？一个是老人，因为老人活得长，经见多，有很多年轻人没有经见过的，他都经见过。举个最简单的例子，比如，在座的同学都没有经历过“文化大革命”，我经历过“文化大革命”，大家讲起来，肯定是我在这个方面更有话

---

① 高晓声：《〈李顺大造屋〉始末》，《雨花》1980 年第 7 期。

语权。再一个是出门远行的人，农业社会人们安土重迁，出门的机会很少，出门远行的人离开了本乡本土在外边行走，看到了外边的新鲜世界，回来讲给别人听。陈奂生不是老年人，也没有自己特别的经历，又加上笨嘴拙舌，但是他也去别人家串门，就听别人说东道西，他自己想说点什么，又觉得说不出，到了夜深的时候该睡觉了，站起来往家走。高晓声这样写：在他走出了别人的屋子和院子之后，从夜空当中，还能听到他肚子里的咕咕的叫声，饥肠辘辘，饿的。后来他赶上了改革开放和生产责任制，吃饭的问题解决了，这是《“漏斗户”主》。但是话语权怎么办，精神生活的问题怎么办？《陈奂生上城》中，陈奂生到城里去卖零食，小说里说是油绳，应该就是我们北方的油麻花吧。到城里去卖麻花，赚点小钱。结果天气突然降温，他又舍不得花五块钱买一顶棉帽。感冒了受寒，回不了家，还是舍不得花钱住店，在火车站候车室歇一宿，感冒发烧，烧得迷迷糊糊，县委书记吴楚要坐火车到省里去开会，在火车站看见了——这不是陈家村里的老陈吗？他怎么会在这里？过去看看，跟他说话也不答应，摸摸他的额头正在发烧，吴楚交代他的秘书，我要到省里去开会，你把老陈送到医院去打针吃药，然后把他放到县委招待所去住一宿。第二天起来，陈奂生感冒好了，要出门走人。看招待所的那位女性，是一位年轻的女孩子，小说里写得很有趣，叫大姑娘。大姑娘说，你住了一宿要交费，要交五块钱，这一下把陈奂生心疼得要死。接下来他有两个举动，一个举动是回到招待所的房间之后，拿起人家的枕巾来擦脚，在沙发上乱跳。他觉得反正我花了五块钱，就有权利对这个房间里的东西进行支配。第二个他想回到村子里的时候怎么和老婆交代，我卖油绳卖了五块钱，钱哪去了。后来，忽然思路顿开。

陈奂生自问自答，左思右想，总是不妥。忽然心里一亮，拍着大腿，高兴地叫道：“有了。”他想到此趟上城，有此一番动人的经历，这五块钱花得值透。他总算有点自豪的东西可以讲讲了。试问，全大队的干部、社员，有谁坐过吴书记的汽车？有谁住过五元钱一夜的高级房间？他可要讲给大家听听，看谁还能说他没有什么讲的！看谁还能说他没见过世面了，看谁还能瞧不起他，唔！……他精神陡增，顿时好像高大了许多。老婆已不在他眼里了；他有办法对付，只要一提到吴书记，说这五块钱还是吴书记看得起他，才让他用掉的，老婆保证服帖。哈，人总有得意的时候，他仅仅花了五块钱就买到了精神的满足，真是拾到了非常的便宜货，他愉快地划着快步，像一阵清风荡到了家门。……①

这段文字的诙谐幽默，暗含讽喻，值得多读几次。

陈奂生也好，李顺大也好，他们精神里的蒙昧，他们的阿Q精神，一脉相承。陈奂生像阿Q一样进城——我们知道阿Q对城里人很看不上，但又将城里人不叫长凳叫条凳这样的一些城里见闻，作为他在未庄的一个谈话的资本。陈奂生也获得了一种精神的满足，更可笑的是，陈奂生的奇遇果然让他成了当地的"名人"。如果8亿农民都像陈奂生、都像李顺大，确实是我们的民众太蒙昧，我们的民众没有能力捍卫自己的利益。

5. 王蒙：意识流小说

"反思文学"的一个重要代表作家是王蒙。

我们今天的文学观很保守、很陈旧。从创作来讲，网络高手一天能写10 000字，每天跟进的读者要读多少字呢？很多人讲莫言的作品那么难读，莫言的作品创新性很强，短篇小说可能不能这么讲，他的每一部长篇都有醒目的创新。艺术的本性就是创新，不但在内容上，也要在表现方式上。有的同学给我讲读不懂莫言的《枯河》。不同的时代语境，对文学的要求也不一样，20世纪80年代是一个提倡创新的时代，诗歌中的"朦胧诗"，小说中王蒙的《布礼》《蝴蝶》等"东方意识流"，一方面有人摇头说"看不懂"，一方面得到文坛内外的高度评价。我们现在只讲轻松阅读、文化快餐，避难就易，我们没有真正了解文学的天地多么广阔。你说意识流、现代派，包括我们讲到的刘索拉、残雪，这样的作品就很少有人去读。你是一个普通的读者，喜欢读什么就读什么，这没问题，但是你作为一个中文系的毕业生，你要有必要的知识储备，要有阅读训练，要有文学

① 高晓声：《陈奂生上城》，载唐达成主编《中国新文艺大系·1976—1982·短篇小说集》（上），中国文联出版公司，1986，第539页。

修养。那就不是说什么好读就读什么，有些难读的作品都要读。当代文学还好一点，你讲外国文学，不管是卡夫卡还是福克纳都比较难读。但是你离开了这些作家，二十世纪文学史就没有了。

请看《蝴蝶》中的这段文字。

那是什么？忽然，他的本来已经粘上的眼皮睁开了。在他的眼下出现了一朵颤抖的小白花，生长在一块残破的路面中间。这是什么花呢？竟然在初冬开放，在千碾万轧的柏油路的疤痕上生长？抑或这只是他的幻觉？因为等到他力图再捕捉一下这初冬的白花的时候，白花已经落到了他乘坐的这辆小汽车的轮子下面了。他似乎看见了白花被碾压得粉碎。他感到了那被碾压的痛楚。他听到了那被碾压的一刹那的白花的叹息。啊？海云，你不就是这样被压碎的吗？你那因为爱，因为恨，因为幸福和因为失望常常颤抖的，始终像儿童一样纯真的、纤小的身躯呀！而我仍然坐在车上呢。[①]

这是王蒙的《蝴蝶》中被大家经常讲到的一段意识流描写。作品的主人公张思远，在新中国成立初期曾经担任过某城市的军管会主任和市委书记，“文化大革命”中遭受批斗后又被发落到乡村去接受劳动改造，被村民亲切地称作“老张头”。作品的开篇之处，在改革开放的新时期，他被任命为国务院某部的副部长，他探望过落难时生活的乡村之后，坐着专车在公路上疾驰。在他的眼中出现了一朵颤抖的小白花，生长在一块残破的路面中间，这是什么花呢？等到他力图再捕捉一下这初冬的白花的时候，白花已经落到他乘坐的这辆小汽车的轮子下面被碾压而过。看到这一朵白花，他想到什么呢？他的第一感觉是体会到小白花的痛楚，然后由纤弱的花朵联想到他的前妻海云，“海云，你不就是这样被压碎的吗？你那因为爱，因为恨，因为幸福和因为失望常常颤抖的，始终像儿童一样纯真的、纤小的身躯呀！”坐在车上的张思远，把自己的思绪、感觉转化到小白花

① 王蒙：《蝴蝶》，载何西来主编《名家评点王蒙名作》，中国海洋大学出版社，2003，第163页。

那里，又将意识继续漫游到海云那里，这就是所谓的“意识流”。一个人的意识和潜意识随着情感的波动如水一样流动，摆脱严谨的逻辑、理性关系的拘囿。我们在许多作品的阅读经验当中，不会这样由一朵小白花引起对他妻子的怀念，这在当时来讲属于一种艺术的创新。

前面我们讲到李国文的《月食》与茹志鹃的《剪辑错了的故事》的互相补充，王蒙的《蝴蝶》也和茹志鹃的《剪辑错了的故事》互为镜像。《剪辑错了的故事》中是村民老寿对“老甘”和“甘书记”的辨析，张思远反思自身怎样从“张书记”“老张头”到“张副部长”的身份变迁中迷失和重新寻找真实的自我，也反思自己的政治迷失。比如，主导某市的反右派运动，海云也被打成右派而未能得到他的保护；张思远自己则在“文化大革命”初期受到激烈的批斗，成为被批判被打倒的对象。两者间的关联令其陷入沉思。王蒙的意识流作品，大都像《蝴蝶》这样，沿着一种思绪和情感，带入主人公数十年的人生浮沉、历史沧桑，在时间—空间、现实—心理、真实—幻觉之间自由切换，头绪繁多，情感复杂。作家自己说，“故国八千里，风云三十年”的繁复经验，让他选择了新的表述方式。这对我们通常所说的文学作品的内容与形式的关系问题，做出了很好的证明。

为了阐释王蒙的“意识流”小说，再看他的《春之声》。

咣地一声，黑夜就到来了。一个昏黄的，方方的大月亮出现在对面墙上。岳之峰的心紧缩了一下，又舒张开了。车身在轻轻地颤抖。人们在轻轻地摇摆，多么甜蜜的童年的摇篮啊！夏天的时候，把衣服放在大柳树下，脱光了屁股的小伙伴们一跃跳进故乡的清凉的小河里，一个猛子扎出十几米，谁知道谁在哪里露出头来呢？谁知道被他慌乱中吞下的一口水里，包含着多少条蛤蟆蝌蚪呢？闭上眼睛，熟睡在闪耀着阳光和树影的涟漪之上，不也是这样轻轻地、轻轻地摇晃着的吗？失去了的和没有失去的童年和故乡，责备我么？欢迎我么？母亲的坟墓和正在走向坟墓的父亲！[1]

---

① 王蒙：《春之声》，载唐达成主编《中国新文艺大系・1976—1982・短篇小说集》（上），中国文联出版公司，1986，第629页。

第一句，“咣地一声，黑夜就到来了”，第二句“昏黄的，方方的大月亮出现在对面墙上”，你说黑夜怎么到来？在作品里面是讲“咣地一声”，是关火车车门。作品的全部内容，就是主人公岳之峰坐在闷罐子火车上的思绪奔涌，时间是春节前夕。岳之峰是一个工程师，刚从德国访问回来，坐过德国的磁悬浮列车，见识过德国的高速度，回到国内之后要回老家去过一个春节——岳之峰很多年没有回家了，因为他的父亲是地主身份，他要表示跟家庭划清界限，很多年都没有回去了。这也照应了此前讲过的卢新华《伤痕》中王晓华与母亲划清界限的情节，具有普遍的社会性。现在时代变迁，他父亲的身份也改变了，改成了劳动者。在 20 世纪 70 年代末，所谓的地富分子都改变成分，叫“劳动者”，终于不再是阶级敌人，不再是不可接触的人。岳之峰要回家去跟他的父亲过春节，因为春节期间运输力过于紧张，客运车辆不足，用这种运货物的闷罐子车来运送旅客，咣地一声，车门关上了，这个车厢黑了。闷罐子车是货车，也有一个一个的方形的窗户，因为月光是从窗户里进来，所以“昏黄的，方方的大月亮出现在对面墙上”。这和我们常见的客观写实不一样，是一种主观感觉的描写。王蒙的小说特别有一种随意联想、随意发挥的艺术特征。看这个句子，它是讲声音，说“黑咕隆咚，好象紧接着下午便是深夜。门咣地一关，就和外界隔开了。那愈来愈响的声音是下起了冰雹吗？是铁锤砸在铁砧上？”他是听到火车的车轮响，却觉得好像是“下起了冰雹吗”？是“铁锤砸在铁砧上”？但是紧接着就想到什么呢？“在黄土高原的乡下，到处还靠人打铁，我们祖国的胳膊有多么发达的肌肉！呵，当然，那只是车轮撞击铁轨的噪音，来自这一节铁轨与那一节铁轨之间的缝隙”。下边又是一个联想：“目前不是正在流行一支轻柔的歌曲吗，叫作什么来着——《泉水叮咚响》”“如果火车也叮咚叮咚地响起来呢？”这种任意联想，由火车的车轮声想到了家乡的铁匠打铁的声音，想到了《泉水叮咚响》这样一支流行歌曲。后面还有他对于车声的模拟，说这个火车的声音，听起来好像是说“我们才刚刚起步。赶上，赶上！”“不管有多么艰难。哞，哞，哞，快点开，快点开，快开，快开，快，快，快”你看这个节奏，它和火车车轮碾过钢轨的声音、和岳之峰的现实感受交融在一起，说“车轮的声音从低沉的三拍一小节变成两拍一小节，最后变成高亢的呼号了”。

三、“改革文学”：理想在召唤

“反思文学”深化了“伤痕文学”提出来的问题，“伤痕文学”是回答“文化大革命”的本相是什么，“反思文学”追问为什么会发生“文化大革命”而且祸延10年。还有怎么办，面对惨痛的历史与沉重的现实，我们应该怎么办。“为什么，是什么，怎么办”，这样的命题是从高尔基写的《俄罗斯文学史》中借用过来的，高尔基说，当年的俄罗斯在一个历史转型、时代巨变的社会震荡中，俄罗斯作家纷纷都在追问：“谁之罪”“怎么办”“在哪里能够生活得更好一些?”《谁之罪》是赫尔岑的作品；《怎么办》是车尔尼雪夫斯基的一部长篇小说；《谁在俄罗斯能过好日子》（也有一个译名叫《在俄罗斯谁能快乐而自由》）是诗人涅克拉索夫的作品。高尔基用这几部作品的名字来概括19世纪历史大转型期间俄罗斯作家的时代追问。这里我就把它借用为从“是什么”“为什么”到“怎么办”，描述新时期文学的最初阶段。“伤痕文学”和“反思文学”揭出了“文化大革命”造成的伤痕，也自以为发现了它的根源。“文化大革命”结束之后，百废待兴，需要有时代英雄站出来，能够打破这种沉闷的百废待兴的现实，开创新的局面，需要有人来纠正现实的弊端，于是“改革文学”应运而生。富有理想气息，富有铁腕的性格，雷厉风行，敢做敢当——这样的人物开始出现。像蒋子龙的《乔厂长上任记》，柯云路的《三千万》《新星》，还有张洁的《沉重的翅膀》，李国文的《花园街五号》和张贤亮的《男人的风格》等。

“改革文学”的开创者——蒋子龙

蒋子龙是从工厂走出来的作家，1941年出生，技校毕业进了工厂，然后去当兵，60年代中期从部队复员以后回到天津重型机器厂工作，当过工人、秘书、车间主任。他对工业生产有切身的感受。1975年有一个短暂的回暖，就是邓小平推行全面整顿的时期，蒋子龙写了一部中篇小说叫《机电局长的一天》。《机电局长的一天》发表在1976年第一期新复刊的《人民文学》上，当时就引人注目。作品写一个机电局长叫霍大道，在面临重重难题的情况下怎么样展开工作，从早到晚忙忙碌碌，又非常有魄力、有决断。但是《机电局长的一天》紧接着就受到批判（今天对文学进行政治批判的现象很少出现，但是在当时是很普遍的）：写《机电局长的一天》的霍大道，就是邓小平请回来的“走资派”重新走到领导岗位之后复辟资本主义，反攻倒算。那个年代作家的处境非常不堪，蒋子龙陷入严酷的批判当中。别人给他出主意说你不如写一篇顺应“反击右倾翻案风”的作品，用实际行动来改正你的错误，蒋子龙就又写了一篇短篇小说叫《铁锹嫂》：写的是农村基层的一个女干部，坚持参加生产劳动，铁锹使得很好，不亚于男性。她一边工作，一边积极投入当年的批邓、反击右倾翻案风的斗争。“文化大革命”之后，蒋子龙就里外不是人，他写过《机电局长的一天》，这是他得到的一个正分，但是他的《铁锹嫂》是得了负分。当然可能还有天津当地的很多人事纠葛。于是蒋子龙也有几年很郁闷，被批判、被清算，1976年因为写《机电局长的一天》受到当时的主流意识形态的批判，到“文化大革命”结束之后，又因为写过《铁锹嫂》，继续接受新的主流意识形态的批判。

蒋子龙在《人民文学》这样一个主流大刊的积极支持之下，写出了《乔厂长上任记》，塑造了一个敢于面对危难局面、敢于克服重重障碍，挺身而出、主动请缨的乔光朴厂长。“文化大革命”结束几年了，但是重型电机厂的生产局面很混乱，质量低下、效率低下。乔光朴此前曾经在重型电机厂工作多年，在厂长位置上经历过“文化大革命”动乱，被批判、被斗争，斗得七长八短，现在有一份比较清闲、效益也比较好的工作。但是在讨论怎么解决重机厂目前的乱局危局的时候，人们都知道问题的复杂棘手，纷纷保持沉默，只有乔厂长主动站出来。

乔光朴抬起眼睛，闪电似地扫过全场，最后和霍大道那穿透一切的目光相遇了，倏地这两对目光碰出了心里的火花，一刹那等于交换了千言万语。乔光朴仍是用缓慢平稳的语气说：“我愿立军令状。乔光朴，现年五十六岁，身体基本健康，血压有一点高，但无妨大局。我去后如果电机厂仍不能完成国家计划，我请求撤销我党内外一切职务。到干校和石敢去养鸡喂鸭。”①

到重机厂去，困难重重，有人际关系的问题，也有生产管理的问题——工业化的生产，一环扣一环，质量标准很高，每一个环节都有它规定的要求，但是在“文化大革命”时期强调工人阶级的自主性，把各种规章制度都看作是管、卡、压，都是对工人的束缚压抑、排斥，于是各种规章制度统统废掉。作品中有一个细节，乔光朴到车间去检查工作，看到一个年轻工人不懂操作规程、不爱护机器，看到那个机器很脏，机器操作要求上要加什么润滑油、要有什么保养措施都没有做到，乔厂长找了一条白毛巾过来，用毛巾在机器上擦一把，黑乎乎的，非常脏。他就讲，“你开这个机器就要把机器管好，要是下次我再来检查你这个机器还是这么脏乎乎的，那你就不要做了，到服务队去当杂工。”用这样一种令行禁止、铁腕无情的手段，不怕得罪人，来推行他的改革措施、推行工厂管理制度的恢复和建立。还有一条，这个乔厂长用人唯贤，有一个“文化大革命”时期的造反派，曾经积极地批判斗争过乔厂长，但是乔厂长认为这个人有才干，仍然起用他，让他去做工厂的销售工作，而且确实做得不错。

那个年代，就是这样的作品也同样是充满了争议的。一方面《乔厂长上任记》问世之后，它产生的影响很大，也许像我们同学现在看《杜拉拉升职记》——我不知道我们现在看《杜拉拉升职记》是什么感觉，是不是确实能从杜拉拉那里获得一点启示，怎么样在工作单位应对各种关系的启示。但是那个年代确实有工人呼吁：我们需要这样的乔厂长，请上级给我们派一个乔厂长来！这样的文章登在报纸上——那个时候文学和现实的关系非常密切，《乔厂长上任记》非常有现实的震撼力。另一方面，天津方面组织了对《乔厂长上任记》的批判。具体内容不去讲，因为它牵扯到怎么评价“文化大革命”当中的造反派。《乔厂长上任记》也不太平，正像前面讲的《班主任》《伤痕》、茹志鹃的《剪辑错了的故事》这样的作品，当年一方面

① 蒋子龙：《乔厂长上任记》，载唐达成主编：《中国新文艺大系·1976—1982·短篇小说集》（上），第396页。

受人们的欢迎，另一方面也引起了争议，因为触犯了文学的禁区。

蒋子龙写了《乔厂长上任记》之后，又塑造了一系列的有魄力、有见识、有牺牲精神的改革者形象。他写的《开拓者》《赤橙黄绿青蓝紫》，在当年非常有影响，不但影响文学也影响现实，把文学和现实融合在一起。在中共中央表彰改革开放40年百人表彰名单上，中国作家有两人入选，蒋子龙赫然在目，另一位是已故作家路遥。

四、 人情世态： 感伤主义的蔓延

在“是什么”“为什么”“怎么办”的思考线索的旁支，出现了着重表现人情世态的作品，仍然延续了对“文化大革命”之根源的追问。20世纪70年代末到80年代中期，有一种关于人道主义的思潮，讲人性、讲人情、讲人道主义，因为在很多年里我们遵照的是毛泽东的《讲话》所言，在阶级社会里，人都是分阶级的，阶级性变为人性的替代物。同样讲人情，讲的是阶级情，就像《红灯记》，李玉和一家三口本来是没有血缘关系的，他们因为革命斗争的需要组成了一个新的家庭。再比如，人道主义，很多年里我们把“人道主义”划入资产阶级思想范畴，拒绝它、批判它、清算它。到20世纪70年代末80年代初，在追问“文化大革命”的渊源时就抨击“文化大革命”中肆意践踏人的尊严、剥夺人的自由、伤害人的情感。我们读杨绛的“文化大革命”记忆，杨绛不但被批斗，还被强制剃“阴阳头”，拿起剪刀来二话不说来给你一边剃光了，一边留着头发，连人的基本形象都没有了。想想这是一种什么状况。还把家庭的亲情也全都泯灭掉了，就像前面讲《伤痕》一样，为了革命，为了表忠心，我跟母亲断绝关系，我不承认你这个叛徒母亲。姑且不论这个叛徒是真是假，即便真的是一位叛徒母亲，就应该这样断绝关系吗？所以在对“文化大革命”的反省当中，讲人性、讲人情、倡导人道主义，是从基本的人性和价值观上，否定曾经有过的许多错误斗争方式，肯定每一个人的基本权利。我们今天很多话语成为常识，以人为本，我们当然讲人道主义，我们是人嘛。但在那个年代人道主义思潮一方面战战兢兢地从马克思、恩格斯和毛泽东那里寻找精神资源，争取合法性，一方面结合中国的“文化大革命”、中国现当代的历史进程，加以反省。但是人道主义思潮也曾经遭受过严厉的打压，受到残酷清算。20 世纪 80 年代的文艺思潮和思想进程非常曲折，从理论方面我们不去多讲。就是在这样一种思潮之下，感伤主义的文学思潮随之兴起。

我们曾经相信革命万能，我们也曾经相信改革万能，到 20 世纪 90 年代我们又相信过市场万能，好像抓住一个核心问题就可以一损俱损，一荣俱荣。但是为时不久，人们就会发现改革并非万能，很多个人化的问题，很多具体的生存困境和政治也许关联不大，但是它对于人们的生活、对于人们的情感确实造成了很大的困扰，有很大的影响。比如，这两个代表性作品，一个是张洁的《爱，是不能忘记的》，一个是路遥的《人生》。

张洁的《爱，是不能忘记的》写了什么呢？一个年轻女性在她的母亲钟雨去世以后发现，她母亲有一个笔记本，封面上写着“爱，是不能忘记的”。日记中就讲钟雨和一个老干部的爱情，这位老干部在战争年代出生入死，为了报恩和曾经掩护过他的一家人的女儿结婚，但是两个人并没有情感，没有共同的生活兴趣；然后在偶然情况下碰到了钟雨——作品叙述人的母亲。两个人都富有知识分子的气质，产生了精神恋爱，有很多的情感交流。他们并没有结婚、没有暧昧的行为，只是有一种精神的交流、精神恋爱。他们两个人面对面几乎都没有握过手，手都没有拉过，更不要说有什么亲密接触，但是钟雨把这份情感一直信守到去世。这样一份情感非常可敬，也非常哀伤，一个女人终生守着一份可望而不可即的情感，度过她的一生。但是，这样的作品当年也受到有些人的批判。因为很多年里我们强调忠诚，不但要忠诚于革命事业，也应该忠实于你的家庭。这种非常纯洁、只有精神交流没有亲密接触的情感，也曾经被指认为是不道德的。回望 20 世纪 80 年代，不可同日而语，确实令人感慨系之。

路遥写了《人生》和《平凡的世界》。路遥在 20 世纪 90 年代以来，是中学生、大学生最狂热地追随的重要作家。路遥的《人生》，讲了回乡的知青高加林。高加林高中毕业，有才学、有见识、有向往、有追求，但是迫于现实的困境，他只能回到乡村，开始在村子里边当民办教师。后来，连民办教师的位置也被挤掉了，不是他干得不好，而是因为取而代之的新教师是支书家的儿子。从民办教师再退到黄土地上当农民，他的心理落差非常之大，一心向往走出乡村。高加林一度被吸收到县里的通讯报道组去，得以发挥其文化特长，干得非常出色，但阴差阳错，在走出乡村后又被迫回到乡村。作品还有一条线索，是他和刘巧珍的爱情纠葛……路遥写出了高加林的人生困境，一个有志向的农村青年怎么样选择自己的道路？很遗憾，现实没有给他提供施展才华的机会。高加林的精神后来在《平凡的世界》当中得到了延续，《平凡的世界》的主人公孙少平最后是走出了乡村，但是他走出农村的道路同样充满了曲折，充满了感伤的氛围。

张洁的作品也好，路遥的作品也好，它们都跳出了政治批判的视域，它们都会讲隐秘爱情这样非常独特的个人问题，或者讲是回乡知青这个社会群体的问题。它们没有直接和政治挂钩，直接和“文化大革命”挂钩，它们需要更广阔的社会舞台，更宽松地给人们提供选择爱情、选择命运的机会。

第九讲◇
新时期小说续

讲堂互动

教师：

今天咱们变换一下讲课顺序，先请几位同学讲授新时期的几位作家，然后我再略作补充。

一、汪曾祺

学生1：

我要介绍的作家是汪曾祺。汪曾祺是江苏高邮人，毕业于西南联大中文系，是沈从文的学生。一生担任过教师、编辑、戏剧编剧等很多工作。他的创作的历程比较长，从20世纪40年代开始创作一直到80年代的《受戒》出版，获得了全国性的声誉。

《受戒》获得巨大成功的原因在于它和当时的环境、和文学的现实可能之间是不相吻合的。因为20世纪80年代的文学创作无非是两种潮流，一种是对上一阶段的感伤情绪的延续。另外一种是处在十字路口的时代的迷茫和对未来的思考。《受戒》和这两种主要的潮流都不一样。它讲的是小明子受戒出家当和尚，然后遇到了两小无猜的小英子，两个人之间青春萌动、爱情萌芽的这样一个故事。《受戒》是一个很独特的存在，尤其是在80年代。它既没有阶级意识，也没有敌我的斗争，似乎也没有对“文化大革命”时代的思考，没有时代性。《受戒》的成就和他的语言也分不开。汪曾祺语言的高纯度，剥落了一切的技巧，只剩下最纯粹的语言。所以也有人说《受戒》的成就是因为汪曾祺对自己语言的极度自信甚至是自负。有人把汪曾祺称为是京派文学的最后一个传人，而对时代性不做特别回应其实也是京派的一个特点。所以，一提到汪曾祺就会想到他的老师沈从文，然后再往上说就是废名，还有全力支持京派的周作人。

说回《受戒》，能看出汪曾祺在创作《受戒》的时候，他的故事是淡化的，这个小说没有什么高潮或者是主要人物的矛盾冲突，作者对这个故事没有刻意经营，对这个小说的情节，没有过多的处理。这一点和京派的其他作家是相类似的，他所追求的只是一种温柔敦厚的风格。我们都说汪曾祺和他的老师沈从文、《受戒》和《边城》之间有很大的相似性。我自己的感觉，沈从文还是偏重于抒情，在《边城》这个故事当中，能够感受到很多情绪的表达。但我觉得汪曾祺重在营造一种境界，就是重在造境，更遵循京派这种回归中国古典文学之美的宗旨和观念。

学生2：

我讲的也是汪曾祺，与前一个同学互为补充。

高邮的童年和少年生活对他有着巨大的影响。高邮的风景、民俗、人物和往事都构成了他以后笔下的高邮水乡世界。汪曾祺可以说是大器晚成。他的《受戒》发表之后，受到广泛关注，大家都在纳闷，从哪里冒出来一个汪曾祺。他在新中国成立之前，几乎默默无闻，只出版了一个《邂逅集》，是1949年出版的，《羊舍的夜晚》是在六几年出版的。除外，他就没有出版过任何小说集。在改革开放之后，才在文坛上展示出自己过人的才华，开拓了一片崭新的风俗画化的文学天地。

这是《受戒》的最后一段的节选。

划了一气，小英子说："你不要当方丈！"

"好，不当。"

"你也不要当沙弥尾！"

"好，不当。"

又划了一气，看见那一片芦花荡子了。

小英子忽然把桨放下，走到船尾，趴在明子的耳朵旁边，小声地说："我给你当老婆，你要不要？"

明子眼睛鼓得大大的。

"你说话呀！"

明子说："嗯。"

"什么叫'嗯'呀！要不要，要不要？"

明子大声地说："要！"

"你喊什么！"

明子小小声说："要——！"

"快点划！"

英子跳到中舱，两只桨飞快地划起来，划进了芦花荡。

芦花才吐新穗。紫灰色的芦穗，发着银光，软软的，滑溜溜的，像一串丝线。有的地方结了蒲棒，通红的，像一枝一枝小蜡烛。青浮萍，紫浮萍。长脚蚊子，水蜘蛛。野菱角开着四瓣的小白花。惊起一只青桩（一种水鸟），擦着芦穗，扑鲁鲁鲁飞远了。[1]

《受戒》描写的是小和尚明海当和尚的经历，他和天真烂漫的乡村姑娘小英子之间纯真的友谊和淳朴的初恋。汪曾祺自己说，他写《受戒》主要想说明人是不能受压抑的，反而应当挖掘人身上美好的、诗意的东西，肯定人的价值。他说他在小说里边表现了人性的解放。明海虽然当了和尚，但

① 汪曾祺：《受戒》，载季红真选编《汪曾祺小说》，浙江文艺出版社，2009，第124－125页。

是他并没有束缚自己的人性，还和小英子一起追求爱情。从这里可以看出来他写人性的解放。再看一下原文。小英子特别大胆地对明子说：“我给你当老婆，你要不要?”——这表现她特别单纯质朴、活泼热烈的性格。不止是在“文化大革命”时期，“文化大革命”之前的作品中也不敢做这样的表现，没有这里体现的人性解放热烈和大胆。《受戒》的发表就像一阵微风，抚慰了文坛。

他还有一个代表作是《大淖记事》，故事梗概我讲一下：美丽的姑娘巧云是挑夫的女儿，她爱上了锡匠十一子。两人心心相印。可是水上保安队的刘号长却在一个黑夜玷污了巧云，但是这只能占有了她的身子，决不能占了她的心。巧云依然热恋着十一子，那个刘号长恼羞成怒，就绑走了十一子，把他暴打了一顿，打得快要死了。巧云本来是一个柔柔弱弱的姑娘，此时却表现出了坚强的性格，参加了青年妇女的挑担运输，有了经济来源，精心护理十一子，硬是从死神手中夺回了十一子，并最终与十一子在一起生活。《大淖记事》这篇小说，表现了底层劳动人民顽强不屈的生命力，就是在死神面前也要挺身反抗。巧云姑娘和小英子一样，也是活泼热烈的，她有一种原始的野性的美。在她身上，除了这种野性的美，还有一种单纯质朴的美。他们的爱情故事也是那么淳朴而热烈的，结尾处他们两个人克服重重困难的结合也洋溢着一种乐观向上的力量，表达了汪曾祺自己对人性美的赞扬和信心。《大淖记事》中也有很多风景民俗的描写，表现了汪曾祺对乡土风景风情的赞美。

二、 王安忆

学生3：

大家好，我给大家介绍的作家是王安忆，我主要是介绍《长恨歌》，还有《小鲍庄》，这是图书馆都能借到的。

《长恨歌》的女主角叫王琦瑶，她之所以长恨，是因为她的人生有太多的不完满，尤其是她与四个男士的爱恋，都让人觉得特别地遗憾。更奇特的是她的意外死亡。王安忆在前面花了大量的笔墨描写王琦瑶是上海众多的弄堂人家女孩儿中的一个，花了大量的笔墨写她和四个男士的不太坎坷，但是就非常不完满、非常让她伤心的爱情。王琦瑶之前的经历：她长得比较好看，还有一个明星梦，在她参加过选美之后，她人生的轨道就完全改变了。随后，就认识了当时上海的军政界的政要李主任。从李主任开始，她的爱情，她被金屋藏娇，就已经展示了她人生的不完满。

我读这部小说，总结出一个特点，就是王安忆用词很精细、很精准。她在《长恨歌》当中，几乎是每个篇章前都会花很大的笔墨去描写当时的环境，环境里边有很多的寓意，有很多的铺垫，让大家感受一下故事发生在一个什么情况下。这整部作品的环境是以上海为主的。王琦瑶的人生其实就是上海的一段历史的演变。从这篇作品中看得出来，王安忆是分析的大师，人生分析、哲理分析、社会分析、两性分析都会在她的文字中流露出来。看到一句话，我就感觉跟我接触的上海人特别像。她说，上海的人民都是把人生往小处做——这太符合我对上海人的印象了，但是绝对不是小气啊，就是他们的人生就是“往小处做”。

说一下《小鲍庄》。它和《长恨歌》特别不一样，王安忆作品风格多变。《小鲍庄》写的是改革开放前后一个鲍山脚下最穷的村子。故事以村里的一个小孩捞渣为中心。当时，发生了洪灾，他为了帮助老人逃离洪灾自己淹死了。当时，老人其实已经命不久矣，已经到了风烛残年，但是小捞渣还是很努力地救助那个老人，结果自己命丧黄泉。我给大家节选了的一个片段，就是在洪水中逃难的那一段，捞渣的父亲找他找不着，大家跳进去水里不停地找，才找到了捞渣。把捞渣放平的时候，他已经咽气了。包括最后一句，鲍五爷，也就是他救的那个老人，也已经趴在筏子上咽气了。

男人们脱去衣服，一个接一个跳下了水。一个猛子扎下去，再上来，空着手，吸一口气，再下去……足足有一个时辰。最后，拾来一个猛子下去了好久，上来，来不及说话，大口喘着气，又下去，又是好久，上来了，手里抱着个东西，游到近处才看见，是捞渣。筏子上的人七手八脚把拾来拽了上来，把捞渣放平，捞渣早已没气了，眼睛闭着，嘴角却翘着，象是还在笑。再回头一看，鲍五爷趴在筏子上早咽气了。[①]

大家可以看，王安忆描写捞渣在死的时候就是“眼睛闭着，嘴角却是翘着，像是还在笑”。看到这个时候，我觉得特别感动。这部作品和她的《长恨歌》不一样，她的那种很高能的分析没了，完全把自己的视角隐退了，就只有故事的情节，“自生自灭”。作品很土，土得很精致、很精练、很精巧。《小鲍庄》是“寻根文学”的代表作，她想揭示中华民族世代相袭的以仁义为核心的文化心理结构。从一开始就宣扬小鲍庄的人是多么地遵循着儒家这些看似非常高尚的品格。比如，互相帮助等。其实在村民的日常生活当中有一些更加简陋的陋习漫涌在其中。王安忆想用反讽的手法，表现一种原罪意识，这是我在别的文章中看到的。王安忆怎么写到《小鲍庄》这种比较乡土感觉的作品，和她的知青岁月有关。王安忆的插队生活、知青生活给了她一些素材和经验，可以写出当时农村大多数人的精神面貌。

做一个简单的小结。大家多读一点王安忆的作品就会发现，她的确是一个风格比较多样的作家，探索性强，积极进取，并且在她的作品中有鲜明的强烈的女性意识。这个在看《长恨歌》时很有感触，看她的“三恋”，就是《小城之恋》《荒山之恋》《锦绣谷之恋》，很大胆、很前卫。冰心在为王安忆的作品集作序的时候说，王安忆的写作路子很宽，凡是她周围的一切，看到了就能写出——这就是我比较佩服王安忆的一点，看她的作品确实会觉得，她写的这个东西其实我天天见，但是我就不会想到这样的词语、这样的手法、这样的一个情景安排去描写它。她作品中的丰富人物和故事都是需要我们进一步认识的，在某一种特定历史时期生活在这片土地上的人们的心路历程。《小鲍庄》和《长恨歌》都很明显，因为都是以咱们国家的几件大事，很隐形的一些背景。比如，新中国成立后那几年的自然灾害、粮食短缺，包括“文化大革命”，都是故事的大背景，都是这一些时间段里发生的事情，当时的人是怎么经历的，不同的人又是怎么经历的。

---

① 王安忆：《小鲍庄》，载荣挺进、李海燕编《烦恼人生》，中国文学出版社，1993，第406－407页。

她的作品能展现出很多这方面的东西。

教师：

我补充两句，同学讲王安忆是一个分析大师，为什么呢？很多作家有大量的生活素材可写。莫言就会讲，家乡那么多人、那么多故事，我再写多少年也写不完。王安忆写到后来，是要找故事去写的作家。王安忆没有多么大起大落的人生，所以她写到一定程度就会觉得写作资源出现问题，她自己也讲她要去找故事、编故事，她就去学阿加莎·克里斯蒂，我们知道这是一个西方著名的推理小说大师。她从那里学到很多怎么样去写小说的技法。她更多的时候把小说看作是技术活，强调技巧。这个王琦瑶的故事，王安忆说来源就是当时的一条新闻，很短，说一位曾经当选上海小姐的女性在一桩入室盗窃案中被杀。那么整个故事她要把它填充进来，一种路子就是去追踪她的一生到底每个细节是怎么样，用细节把故事填充起来；再一种路子就是她用这个分析式的方法来推理，从大时代的进程中把王琦瑶的一生推演出来。

三、莫言

教师：

接下来请同学讲莫言和韩少功。从汪曾祺到王安忆，然后讲到莫言和韩少功，这是“寻根文学”的一个版块。汪曾祺在 20 世纪 80 年代出现比较早。刚才两位同学讲汪曾祺，讲到他有一种超越时代感，超越了我们讲的比如说伤痕文学、反思文学、改革文学和感伤文学这样的和社会政治密切纠结的文学书写状态，然后转到了一种常态社会的世态人情。当然，世态人情背后是一种文化的底蕴。有人讲，汪曾祺是最后一位士大夫，最后一位用他的小说来表现我们这种儒家文化的积极一面的理念。他给青年作家以很大影响，80 年代的作家中有两位，一个是孙犁，一个是汪曾祺，给青年作家的影响最大，这一点还没有得到充分的重视。下面请同学讲莫言。

学生4：

我来给大家介绍一下莫言。

莫言，原名管谟业，1955年2月17日生，祖籍山东高密，是第一个获得诺贝尔文学奖的中国籍作家。他自20世纪80年代以一系列乡土作品崛起，充满着“怀乡”以及“怨乡”的复杂情感，被归类为“寻根文学”作家。2000年，莫言的《红高粱》入选《亚洲周刊》评选的“20世纪中文小说100强”。2005年，《檀香刑》全票入围茅盾文学奖初选。2011年，莫言的《蛙》荣获茅盾文学奖。2012年，莫言获得诺贝尔文学奖。他的代表作品是《四十一炮》《生死疲劳》《蛙》《红高粱家族》，还有《檀香刑》《丰乳肥臀》，大多都是以他的故乡——山东高密为原型。

莫言的很多作品被改编成电视剧和电影。在之前是张艺谋导演的电影版《红高粱》，现在是郑小龙导演的电视剧版《红高粱》。莫言的《师傅越来越幽默》被改编为电影《幸福时光》，莫言的《白狗秋千架》被改编为《暖》，《白棉花》被我国台湾导演改编拍摄成同名电影，莫言也曾经参与《太阳有耳》的编剧工作。

我在这里要谈一下我对莫言的个人印象。我认为莫言是一个有着一颗活泼热忱之心的人。他的作品总是能在灵动之处打动你，每一刻都不平淡琐碎，每一时都有最淳朴的深意。莫言在他的一系列作品中塑造了“高密东北乡”这一神圣而肮脏、神秘而朴实的乡土。在这一片土地上，发生着抗日战争、民族解放、土地改革、人民公社、计划生育等重大的事件；正是以民族的这些大事为背景，轰轰烈烈展开了一个个动人心魄的、令人愿意去相信的故事。正是在莫言的推动下，高密东北乡像是每一个中国人的故乡，很亲切，不厌倦。莫言很注重语言的雕琢，但那并不是华丽的包装，而是努力地让语言更贴近活生生的现实生活。他长于对人物进行完备巧妙的刻画，对于我来说，印象深刻的是莫言总会注重描摹刻画女性的乳房，通过乳房的变化，表现一个女性年华的流逝。这一点与众不同，在他的许多作品中都有所体现。他对女性这一特征的赞美，是对自然的膜拜，是来自乡间最淳朴、最本真的情愫。莫言很巧妙地将历史事件与现实生活相结合，将一个个虚幻又真实的故事娓娓道来，反映了一个时代所特有的民风民情，以及他想要表达的深意，很自然动人。我希望大家能够多读读莫言的作品，以此来感受大家的风范，有一些更深的体悟。我喜欢莫言的作品并极力推荐给大家，很重要的一点原因，就是莫言的书既好读又深刻。好读在扣人心弦、想象奇特、情节动人，让你不自觉地就能深入其中。他的深刻藏在很简单的人情世事中，可以令你自然体悟一个时代的苦难和幸福，让你不由地去思考人生。

四、韩少功

学生5：

韩少功和20世纪50年代的那些作家都经历了新中国成立之初，“文化大革命”中做过知青，也同样面临着七八十年代社会上的种种大变化。早期的时候，他的作品仍旧带有一种“伤痕文学”的色彩，1985年他提出了“寻根文学”这个理念并且发表《文学的根》，和其他的寻根作家相互呼应。他把寻根的切入点指向了孕育他的楚文化之中，向其深层汲取力量，这种文化意蕴非常浓厚。他的作品分布非常多样，而且直到今年他还有新作品问世。

我主要就韩少功的“寻根文学”来做一些我自己的理解和阐释。他在《文学的根》中这样说：“文学有根，文学之根应深植于民族传统文化的土壤里，根不深，则叶难茂。”他经历过的“文化大革命”和知青生活，以及改革开放的时代，他就提出来，怀疑一场政治手术能否解决种种文化慢性病。他意识到，不能像“伤痕文学”“反思文学”那样，把人仅仅看作是政治的人，要把人看到文化上去，把他归结到文化的根结上去。全球化时代的中国想要走向世界，它就不仅是要在经济上、政治上有所作为，在自己的文化上，必须要有新的突破和展示。在韩少功这里，他的作品展现出来的不能说是远离现代化，这样说可能不太合适，我觉得他是要和现代化之间保持一定的距离，要克制清醒，同时体现出来向传统文化的回归。

在他这里，就是向楚文化回归。刚刚说的王安忆，大家说她的寻根就是一种个人心理上的。在他这里，就是寻根到一种地域性的文明上去了，他并非要寻根到儒家文化，而是乡土之中，俚语、野史、传说、笑料、民歌、神怪故事，他都把它写出来。他的小说有一点像是沈从文的《神巫之爱》那种作品。他在实践当中，也确实深入了湘西的这些民族之间，去真切地感受遗存的楚文化，从而在他的笔下展示出那个神奇诡谲的、狂放孤愤的世界来。

我这里就给大家简单讲一下他的代表作《爸爸爸》与《马桥词典》。《爸爸爸》写丙崽，他是一个白痴，先天智力发育不全。他一辈子就会说两句话，一个就是“爸爸爸”，一个就是不文明用语“×妈妈”。他住在鸡头寨，他的母亲带他长大，父亲不知所踪。在这种生活之中，每一天丙崽都处在被别人欺凌的状态下，鸡头寨整个环境也是特别封闭衰落的，观念非常落后。到后来，鸡头寨和鸡尾寨之间发生了大规模的械斗，结局非常悲惨，全村那些老的、少的、非劳动力全部被灌毒药死去，但是丙崽喝了药，照样活了下来。大家就恍然了，觉得应该信奉他，也许他是一个丙仙，说这两句这么直接甚至粗俗的话，也许有着一些暗示，可以预卜吉凶。整个故事让人觉得特别荒诞，把鸡头寨和丙崽这两个形象浓缩起来，成为楚文化中闭塞、愚昧、衰落的那些东西的象征。就像我在这里感受到的，鸡头寨已经不是沈从文的凤凰代表的那种楚文化，他连凤凰的尾巴都比不上，这一切的象征性的生存状态早已非昔日巫楚文化一般绚彩神幻，仅剩下一句简单的“爸爸爸”和“×妈妈”，令它的遗民诚惶诚恐。

希望大家能够更加关注一下《马桥词典》。它的文体的叙述方式和内容都是充满争议的。因为韩少功很注重语言这个层面，他在后记中就专门提到，人是有语言能力的生物，但是人说话其实是很难的，现今的人已经开始普通话化了，说的都是一门标准的官方语言，记忆中的故乡也已经被普通话化了，而且正一天一天地被异声滤洗着。而词又是有生命的东西，它在人群之间不断地蜕变，它是有性格和情感的，在特定的事实中显现着或长或短的生命。这就使得韩少功愿意从词、从语言来入手，找到马桥的根脉所在——他反复地端详、审查，去探索出这些当地人说话、语言、词汇背后的故事。《马桥词典》的叙述方式就是一条一条的词条。比如，第一个词条“江”，江是什么？当地人读作“gang”，它的内容特别丰富，他甚至不惜动用《宋史》《水经注》《平绥厅志》，还有一些音韵学的常识，把词典里这些词条的内涵强化出来，而他描述的这些词条涉及马桥的历史、地理，当地的风俗、民情，当地那些人家里边的家长里短，以及他们与外界像当地的县镇街上的那些连接，马桥这个地方的时代变迁。比如，“放锅”“小哥”以及“发觉觉歌”，还有“晕街”这些词条，就有深意藏焉。“小哥”指称当地所有的女性，不能说某个女性是他的小妹，是他姑姑，全部都是借用男性的指称话语，往男性靠拢。“放锅”就是当地女性出嫁的时候都要背着一口锅，到男家去要把锅安放好，做一桌饭，处处能体现出对女性性别的一种压抑。“晕街”就是对马桥这个地方的人们和外界隔绝最突出的一个体现，马桥人很封闭，不愿意去接触外界的那些人和事。他们一上了县城、一上了街道上会晕，看见车水马龙，看着高楼大厦就会觉得晕车了一样，所以这在韩少功眼里很不可思议。而且也存在像“神仙府”以及万玉这些人，他们就是特别怪诞，他们不是隐者，但是又处处表现出不与世俗合流，表现出清高，不想接触现代文明的样子，但是他们同时在现代文明面前又变得特别苍白、特别地虚弱。由此，就能在一个个极为醒目的词条、语言特点上来发散出当地封闭的文明遗存。

总结一下，就是韩少功回到自己的楚文化中，从语言的角度出发，用他的笔反映出楚文化的光彩和没落。同时我特别喜欢的就是韩少功在寻根之后的归根。在2000年的时候，他就是真归隐到了汨罗市八景乡那里，在那边盖了自己的一栋新居，在他的归根之地，每天做一些劳务。他特别强调劳动、土地，并对这些东西有着很深厚的感情。我觉得，他只是要与现代文明保持一份距离，能够真正回到原初与淳朴中。2006年，他出版了《山南水北》这部散文集，独抒心灵，在农村、土地、劳动、神话、原始、传统、城市、现代性之间和自己的心灵进行对话。你看第二段：“所谓人性，既包含情感也包含欲望。情感多与过去的事物相联，欲望多与未来的事物相联，而我们现在大多数丢弃了情感，而追随欲望了，所以记忆也就太少了，一个个都成了失去母亲的文化孤儿”。所以他的寻根情结一直存在，他如此归根，只是要在现代文明下保持一份清醒、批判和从容，有他的坚守，并且在这种姿态下铸造民族精神和新的文化特质。

教师：

好的，谢谢各位同学，今天的讲述我有一个很明显的感觉，比我们上一周的时候有了很大的改善。上一周的问题不在于同学，在于我自己调整课程的行课方式，就是简单地通知几个同学来上台来讲课。时间太短，没有一个准备的时间。今天同学的讲授，我觉得都有了很大的提高。

五、“寻根文学” 的意义

同学们讲完了，我就再来讲一讲“寻根文学”的意义。新时期小说潮流迭起，作家众多，比较而言，我认为最有成就的是“寻根文学”，最有成就的作家也是这一批“寻根文学”作家。

刚才，同学们的演讲，讲到了汪曾祺，讲到了王安忆，也讲到了莫言和韩少功。汪曾祺往往被追认为是“寻根文学”的前导，是他最先把视线投向了高邮水乡的地域文化，接续了文学的抒情传统和明清散文的笔致。

我再补充一个作家，阿城。阿城确实是“寻根文学”中非常重要的一员，他和韩少功可以称为“寻根文学”的两杆旗，不但有创作，而且有关于文化和文学、文化和人类的关联性思考。韩少功写了《文学的根》，阿城也有一篇很重要的文章，叫作《文化制约着人类》。阿城提出来，中国文学靠什么和世界对话？靠中国本土文化的发现和表述。在 20 世纪 80 年代初期，有相当一批中青年作家都在追随模仿西方的现代主义文学——这种学习非常必要，因为中国当代文学在“文化大革命”期间自我封闭，隔绝了和外部世界的交流，不知道别的国家、别的民族的作家怎么写作。到 1976 年之后，时代转换，大量的外部信息、世界各国的作家作品蜂拥进入中国内地，给作家带来了强烈的刺激，带来了丰富的启示。当年的卡夫卡、萨特都是最早进入中国内地，备受关注的一批西方现代主义作家。学习卡夫卡、学习萨特或者学习意识流的方式，这在当时是非常普遍的一种现象，也是在进行文学的补课。但是有一条，你学习西方作家学得再好，你是中国的卡夫卡、中国的萨特，或者东方的意识流，它的价值和文学成就在哪里？世界上很多物质产品，可以同质化、标准化，以电脑为例，从最早的286、386用到当下的Win 7、Win 8，或者手机上的iPhone 6、iPhone 8，技术层面可以这样做，全球都是一个标准，但是从文化层面讲，应该要追求人类的丰富性、多样性和民族性，而且这是非常强大的现实要求。在这样一种背景下，产生1984、1985年文学寻根的热潮，扭转了中国文学演进的方向。像前面讲到的，它扭转了文学一味地向西方现代主义学习、效仿的发展方向，再一点它跳出了“伤痕文学”“反思文学”“改革文学”这样文学和政治紧密纠缠的一种比较狭窄的发展方向。我们讲中国文学的当代性，很重要一条就是当代中国文学是讲政治的文学，但另一方面政治表现的领域毕竟非常有限，现实生活还有更丰富的一面、更广阔的一面，日常生活、风俗文化、民俗方言，儿女情、家务事，都应该是文学的重要表现对象。在这些日常生活、地域文化背后潜藏着一个民族的精神特征，它显然高于、大于我们有限的政治情怀、政治情结。但是另一方面我们的文学也好，文化思潮也好，仍然和政治情怀有着千丝万缕的联系，它不是一刀两断，不是泾渭分明，“寻根文学”还在延续这样的追问，为什么会这样？为什么会有“文化大革命”？为什么会有极左思潮？我们讲“反思文学”，讲到了《陈奂生上城》，讲到了高晓声的思考，从韩少功这里来讲，他写《爸爸爸》，仍然是在表现国民性的蒙昧无知，一个像丙崽这样的小孩子，被人们嘲弄、愚弄的非常弱智的儿童，最后又忽然把他奉为丙仙。从丙崽到丙仙，丙崽没有变，乡亲们的态度变了，乡亲们的态度变化之中仍然有一种非常强烈的蒙昧感、文化的弊端、国民性当中的弊端。

到阿城那里，他觉得当代中国的社会现实、政治环境束缚了很多人生命的自由展现，所以他写《棋王》、写《树王》《孩子王》。他倡导什么呢？倡导跳出政治和意识形态的束缚，回归日常生活，回归世俗生活，这种世俗生活、日常生活又不是简单的穿衣吃饭，有一种道家和禅宗的思想在里边。《棋王》的主人公叫王一生，王一生下棋，不是我们这种自发随意地，凭着兴趣开始下棋，而是经过了名师指点，从普通的棋迷，上升到一种哲学的高度。其中有这样一个片断。

他一开说，把我吓了一跳。原来开宗明义，是讲男女的事儿，我说这是“四旧”。老头儿叹了，说什么是旧？我这每天捡烂纸是不是在捡旧？可我回去把它们分门别类，卖了钱，养活自己，不是新？又说咱们中国道家讲阴阳，这开篇是借男女讲阴阳之气。阴阳之气相游相交，初不可太盛，太盛则折，折就是“折断”的“折”。我点点头。“太盛则折，太弱则泻”。老头儿说我的毛病是太盛。又说，若对手盛，则以柔化之。可要在化的同时，造成克势。柔不是弱，是容，是收，是含。含而化之，让对手入你的势。这势要你造，需无为而无不为。无为即是道，也就是棋运之大不可变，你想变，就不是象棋，输不用说了，连棋边儿都沾不上。棋运不可悖，但每局的势要自己造。棋运和势既有，那可就无所不为了。①

王一生和一个拾破烂的老头下棋，结果被这个老头杀得大败而归，然后向老头请教怎么下棋，这老头给他一本书，说你要看这本书。王一生一看吓傻了，怎么是一本讲男女之事的书——谢慧敏和宋宝琦把《牛虻》认作是“黄书”，王一生把这本书认作是“四旧”，都是不敢往下看。然后老头叹息了，说什么是旧呢？我每天捡破纸片是不是捡旧，可是我回去把它们分门别类，卖了钱养活自己是不是新？又说咱们中国道家讲阴阳，开篇就是借男女讲阴阳之气，阴阳之气相游相交，以柔克刚，以静待动，怎么样造势，完全是中国老子《道德经》的一种思想显现。新和旧，强和弱，阴和阳，守和攻，这样一种中国的自然辩证法、中国淳朴的辩证法。阿城是从正面的意义来讲的。

我们再联想到韩少功的《爸爸爸》，它也是一种“二进位制”，中国的传统哲学，阴阳、动静、强弱、攻守、雄雌、黑白，都是从正负两个方面去阐述世间万物的肌理的。你去看《老子》里面充满了“道生一，一生二，二生三，三生万物；万物负阴而抱阳，冲气以为和”这样的字眼。所谓阴阳八卦，也是从阴爻和阳爻两个概念繁衍出来的。到了《爸爸爸》中，它就

---

① 阿城：《棋王》，载《阿城精选集》，北京燕山出版社，2006，第9页。

更简化了，就是一句“爸爸爸”，和那一句“X妈妈”，把问题极简化了，丙崽用这两句话，也可以应对一切，可以预兆吉凶，辨别人的喜欢和愤怒，极端简化，也可以无穷解释。

还可以讲到《小鲍庄》，讲仁义。小鲍庄名声在外，远远近近的人都在讲他们这里的人仁义，但是在仁义的表象后边，有那么多的曲折、隐衷、不如意、不光明。在仁义这样一个旗号下面，隐藏着什么？我们学过鲁迅《狂人日记》，鲁迅讲在仁义道德背后看出了“吃人”二字，可能王安忆没有那么深刻，没有看到“吃人”，但是她看到了小鲍庄人际关系的错综复杂，利害之间的相互纠缠，然后用捞渣的死来对小鲍庄进行救赎，这也是一种对传统文化的非常独特的理解和表述。

从阿城的《棋王》倡导的道家和禅宗哲学，到韩少功的《爸爸爸》二进位的思维模式，再到《小鲍庄》对中国儒家文化之仁义的一种反思，我们会看到，作家因为有了文化意识，他们的作品有了深度，有了历史感，有了更深厚的民族性。《棋王》《小鲍庄》和《爸爸爸》，在写作艺术上各有自己的特征。阿城讲，写《棋王》力求通俗易懂，他说我就限制在几千个汉字之内，尽量让它白话、口语。《棋王》第一句是“车站是乱得不能再乱”，我们一看这个很普通啊（这和我们讲过的诗歌，食指的《四点零八分的北京》有一比，食指写车站怎么写，阿城怎么写），小说的第一句话许多时候是作品全篇的定调，要从这句话往后捋，才能从中感觉出奥妙来。《小鲍庄》有两个序，一篇作品一般只有一个序，它为什么有两个序，而且后边的文字又时时照应着远古的传说神话。像《爸爸爸》，刚才同学讲得非常好，特别注重人物的口语，因为全篇结穴就是丙崽的两句话，他的两句口头禅。包括后来的《马桥词典》，仍然是剖析当地的口语中的风俗文化积淀。

莫言也是“寻根文学”的重要作家，他的《红高粱家族》《丰乳肥臀》《檀香刑》《生死疲劳》，他的文学领地“高密东北乡”，都是通过对于历史往事的回忆与想象，或者说“想象性的回忆”，展现出乡土大地的苦难与反抗，展现中国农民在残酷血腥的处境中迸发出的生命活力，生命的理想主义和生命的英雄主义。我对莫言有一个定位描述——飞翔在红高粱大地上的自由精灵。

和王安忆、韩少功、阿城这样的知青作家不同，莫言是乡村中土生土长、乡村经验非常丰富和本真的，他的寻根，可以说是咬定青山不放松，执着而持久的，这成为他40年文学创作的一条主线。

还有，“寻根文学”拓展了我们的思维界面。简略地讲，人类生活包括三个层面：器物、制度和以价值观为核心的文化。“寻根文学”就是在价值观层面上对于一个民族的传统、现实、精神积淀进行一种思考，而且这些作家，我们看他们后来的创作都以“寻根文学”作为一个重要的节点，在此后不断地蔓延、深化和扩展，刚才同学讲到《长恨歌》。《长恨歌》实际上就是讲王安忆怎么样从对于知青生活、小鲍庄这样的乡村文化转向了大上海文化的描述，王安忆有一句话说“走在南京路上，有一种美人迟暮的感觉”。这不是我们当下，是在20世纪90年代初期说的，就是有一种很沉重的失落感。大上海在二三十年代曾经是世界闻名的五大繁华都市之一，纽约、东京、巴黎、布拉格、上海，但是在八九十年代，在香港和珠三角城市群的崛起繁荣的比照下，就觉得上海衰落了，当年的繁华气象哪里去了？就像王琦瑶一样，在40年代末期曾经像流星一样地闪耀，在“选美”中当选上海三小姐，但是后来就每况愈下，只留下浓郁的怀旧之情。王安忆说：“我写王琦瑶其实是写大上海的命运”，这种判断带有作家的个人性，但它却是将大上海的文化、大上海的历史，放在王琦瑶这里加以展现。

这是我关于“寻根文学”的一点补充。

第十讲◇
走向从容开阔的新时期散文

散文，在文学殿堂里，应该是一块宝藏，是一座金山，丰富璀璨。今天，我们所讲的新时期散文部分仅仅是“冰山”一角。我们只有三节课的时间，所以只能是走马观花，蜻蜓点水。

我们说的散文包括了两个部分：一是叙事抒情散文，一是随笔。

关于当代散文，我们可以这样概括，是逐步走向从容开阔。我想从两个部分向大家介绍，第一部分是概况，我们给大家做一下总体的梳理。第二部分，我们要对一些重要的作家做专门的讲解。

首先，我们来说第一个部分，散文创作的概况。

一、散文创作概况

1. 十七年散文——歌颂新时代、新气象、新生活

散文创作第一个阶段可以把它叫作“十七年散文”。这个“十七年”

的概念，大家应该都清楚吧？有很多同学都点头了。它是从新中国成立初期到哪一年，对，到 1966 年，到“文化大革命”发生。从新中国成立初期到“文化大革命”发生这个阶段，我们把它叫作“十七年”。我们要介绍的是“十七年”的散文。“十七年”的散文的特点是什么呢？主要是歌颂新时代、新气象、新生活。

“十七年”，这当中国家经历了很多重大的事件。比如，我们的开国大典，举国欢庆，还有呢，就是 1950—1952 年的土地改革，再有就是 1950—1953 年同时还发生了一次战争，即抗美援朝的战争，还有就是“第一个五年计划”，这些事件都在这个时期。这些重大事件在散文当中，都会有所体现。在这当中，比较有影响的作家的散文作品，有臧克家的《毛主席向着黄河笑》、老舍的《我热爱新北京》、巴金的《我们会见了彭德怀司令员》、菡子的《从上甘岭来》、叶圣陶的《游了三个湖》、杨朔的《滇池边上的报春花》等。那么新中国成立初期，这些歌颂新时代、新气象、新生活的散文，到底是一个什么样的状况呢？我们在这里给大家举一个例子。比如，臧克家的《毛主席向着黄河笑》，我们看一下，这就是它的原文节选；而臧克家写这篇文章，是根据一张新闻照片。

毛主席视察黄河，一张留影告诉了我们这个消息。

毛主席向着黄河笑了。这是望到了壮丽的远景，从一个伟大心胸里流露出来的欢笑。这笑里带着完成一个伟大任务必胜的信心。这笑是有力的、动人的、富有强烈的感染力量。追随在毛主席身后，紧跟着他的脚步前进的六个人，不，应该是六万万人，也都笑了。毛主席在笑着向黄河打招呼，好似说：“这是人民当家作主的年代，黄河啊，不能再任情纵横了，我们要你为祖国社会主义的建设服务。”①

你们感觉有什么特点啊？臧克家是一位诗人，所以他的散文会有诗的韵味。而且，还非常直白，直抒胸臆，对吧？自己对主席、对国家领袖那种感情是非常真挚的，抒情也非常直接。那么这种诗韵，就是新中国成立

---

① 刘锡庆编：《臧克家散文选集》，百花文艺出版社，1999，第 76 页。

初期散文的一个显著的特点。这篇散文很有代表性，我们就不具体分析了。

2. 新时期的散文

第二个阶段就是新时期的散文，它是从哪年开始的呢？我们哪一年提出“改革开放”政策的？1978年。从1978年一直到20世纪末。这个新时期散文的时间大家一定要记住，是从1978年年底提出“改革开放”政策以后，我们才把这个文学史的分期叫作“新时期”。跟其他的文学形式，比如小说，戏剧、诗歌，是完全同步的。

新时期的散文主要表现了对“五四”散文传统的回归，这个回归可以表现为四个方面。第一个方面是题材范围，由原来的多写重大题材。比如，我们刚才说到的《毛主席向着黄河笑》，表现新中国建立的这种喜悦的重大题材到敢写个人的情感情绪，这个是题材的扩大。第二个方面，在文体上也逐渐地自由了，渐趋自由，追求“我笔写我心”这种风格。第三个方面，语言形式也更加多样化，重视自我，追求真诚。第四个方面，是在这个时期的散文里最重要的一点，就是这一时期的散文主题有两个词，一个是“反思”，即反思“文化大革命”。还有一个就是“自剖”，即自我解剖，这是这个时期散文的两大主题。

这一时期的散文家的代表作有巴金的《怀念萧珊》、孙犁的《亡人逸事》、杨绛的《干校六记》、陈白尘的《云梦断忆》等，这些作品大多都是作家个人的回忆与反思。这是这个时期散文的一个特点。

新时期的散文，我们详细地来划分，可以划分为三个部分。首先第一部分，就是老生代散文。这个词大家可能觉得陌生，其实我在文学院开这门课已有10年了，就是老生代散文研究选修课。老生代散文指的是什么呢？指的是20世纪八九十年代，中国散文文坛陆续出现的一批进入耄耋之年的老作家，他们创作了大量凝聚着个人独特人生体验与智慧的散文作品。他们在散文创作中所彰显出的人格精神和艺术品格，构成了当代散文文坛一道亮丽的风景。这是非常独特的一个群体。我们在这里给大家做一个简单的分类。这个群体包括三个类型：第一类是职业作家，包括巴金、冰心、孙犁、陈白尘、萧乾、柯灵、汪曾祺等；第二类是学者兼散文家，包括杨绛、金克木、季羡林、张中行、施蛰存、贾植芳、黄裳等。施蛰存、贾植芳、黄裳都是上海的作家；第三类是艺术家兼散文家，如吴冠中，这是一个大画家；还有黄苗子、郁风，他们是一对夫妇，他们既是画家，又是散文家；还有黄永玉等。这是老生代散文家。

除了老生代散文家之外，值得我们关注的另外一个群体就是女性散文。女性散文显示出特有的直觉经验和情感体验的独特魅力。因为女性作家，在写散文的时候和男性作家确实有一些差异，女性散文家在作品中表现出的情感、表现事物的角度，可能都和男性作家不太一样，情感可能更加细腻，角度可能也会比较新颖。她们常常会把生活和创作、生命与表现自然地融为一体，她们洞察事物的敏锐度以及语言表达的细腻感都显示出旺盛的创造力。这是女性散文家。

在女性作家中，除了我们刚才说的老生代散文作家当中的冰心、杨绛、郁风等之外，还有宗璞、张洁、马瑞芳，以及年轻一点的，其实现在也都是50、60岁了。比如，唐敏、苏叶、斯妤、张抗抗、筱敏……其中的代表作如斯妤的《心的形式》《心灵速写》等，这样的散文富于哲思但不枯燥。除此之外，还有小说家写散文，写得比较好的。比如，王安忆、铁凝等。还有李佩芝、韩小蕙。除了这些女性散文家之外，还有一位值得一提的就是曹明华。曹明华出道的时候，还在上大学，而且她是一位学理工的学生，但是她写出了很多青春独白体的散文，比较有名的一篇题目叫《美》。她是用第二人称“你”来写的，不是我们过去写散文常用的第一人称“我”，写了她所观察到的生活当中的各种各样的美。比如，距离产生美，距离美。她创立了一种在当时来说是比较有代表性的散文类别，即青春独白体。在曹明华的带动下，也有后续的一批所谓的新生代散文的兴起。

我们所说的新时期的散文，第一个部分是老生代散文，第二个部分是女性散文，第三个是什么呢？就是评论家、小说家、诗人，他们的散文创作。就是做其他文学创作或者文学评论的这些人的散文创作。这里边比较有代表性的，比如，著名文学评论家雷达，他写的大多是随笔。还有余秋雨、梁衡、周国平。梁衡供职于报社，有多卷本的《梁衡文集》。其中，有一篇《觅渡，觅渡，渡何处?》，写的是瞿秋白，中国共产党建党早期的领导人之一。这篇文章写得很有气魄，在尊重历史的前提下，加上了作者个人的想象，加上了情景的复原，思想深刻、情感饱满。周国平是一位西方哲学的研究者、尼采研究的专家，他的散文就很自然地带有哲理，带有哲思的味道。他的散文也被称为是哲理散文，语言比较精炼。另外，小说家和诗人当中，比如，贾平凹、王充闾、卞毓方、林斤澜、周涛等都同时有散文创作。周涛，大家知道他是一位诗人，他在新疆待了很长时间，所以他写的散文自然而然地带有新疆的地域特色。他的《巩乃斯的马》，气势磅礴。他写马群奔跑起来，尤其是在大雨滂沱的时候，那群马就在雨里“哗哗啦啦”地、浩浩荡荡地飞奔而去，那种气势展露得淋漓尽致。另外值得一提的是，周涛还写了一篇非常有名的散文《守望峡谷》，写他和一群作家去采风，走到了怒江的一个地方，看到半山腰上有一个村落，他们就跋山涉水费了很大的力气来到那户人家，和那户人家的主人进行了一番交流。那个主人是谁呢？主人是一位女性，叫思蜜纽。这个女主人有什么特点呢？年轻，23 岁，但是她已经是三个孩子的母亲了。她出场的时候是什么样子呢？前边手上拉着一个，然后是胸前奶着一个，背后拽着一个，三个孩子，就是这样一个状态。作者写到，第一眼看到她的时候，没有别的感觉，就一个字：美，就觉得她特别漂亮。与他同行的人，有北京的、有四川的一些所谓的美女作家，这些女性作家，一致认为这位女性天生丽质，那简直就是没法用语言来表达了。思蜜纽的大女儿也特别漂亮。看到了这母女四人之后，这群作家就开始展开联想，说我们怎么能帮助她们来改变这种命运。因为她们的生存条件实在是太差了，住在非常陡峭的山坡上，山脚下就是怒江，跟外界的交流非常困难，生存条件极差。家里院子里摆着的就是苞谷、玉米，没有别的东西。这群作家就展开各种各样的想象，能不能改变她女儿的生存状况呢？能不能把她带出来，然后让她享受良好的教育，让她享受大都市的各种优质的资源。后来，大家想来想去，认为那样做，对这个女孩可能并不是一件好事。最后，作者就说，这样一个女性，在这样一个生存条件下的女性，她们的幸福可能就是她们此生厮守在一起。那种特别好的、特别先进的生存条件，未必适合她们。由此作家再度深入思考和追问：我们所理解的幸福是什么，我们自己真的幸福吗？这个《守望峡谷》在周涛的散文里是一篇比较成功的作品，有很多的散文选集都收了这一篇作品。

韩少功，大家都比较熟悉，是一位著名的小说家，《马桥词典》《爸爸爸》这些作品都是非常有特点的。你们读了《马桥词典》和《爸爸爸》，觉得最大的特点是什么？寻根主题；语言特点呢——通俗，对地域文化的关注等。那他的结构呢？其实韩少功的每一部作品，都要在小说形式上有所创新。他也写了一部很棒的散文，叫《山南水北》。这部散文的特点是什么？有趣之外，还有什么？回归土地，对！但不要说"归隐"。有人把韩少功的《山南水北》和梭罗的《瓦尔登湖》相提并论。我告诉大家，这是有差距的。《瓦尔登湖》那真是作家自己只身一人到了原始森林里，自己亲手砍伐树木，盖小木屋。他是在一点生活条件都没有的情况下，去创造一个生活的环境，然后在里边居住，居住了两年。就是这两年的时间里，他也是经常地出来，就是从林子里边走出来，然后在林子外边有一个小房子，补充一点给养，自己也会会朋友，稍微调剂一下情绪，他也不是完完全全地野居，但是这已经属于原生态了。韩少功去八溪峒乡，有半年时间在八溪峒乡，半年时间在海南。八溪峒乡是什么样的环境呢？有村落、有农民、有村舍，社会环境是完全具备的。这两位作家的两部作品是不一样的。韩少功的《山南水北》这部散文集，还不能算作是完全的生态散文。它最重要的特点就是有趣，特别诙谐。比如，他写农民，看到城里人穿西服，他们也想穿。一些农民的西服特别长，就像一件短大衣一样。别人问他你为什么要买这么长的，然后他说买长的值啊。价格一样啊，他不管穿上的是西服还是风衣。他们也喜欢穿皮鞋，穿皮鞋去干农活。大家想想，在地里深一脚浅一脚的，泥土里边摸爬滚打，最后皮鞋成了什么样子呢？韩少功有一个特别生动的比喻，那皮鞋像什么样子了？变成鱼干了。他在《山南水北》中表现的是他在八溪峒乡的生活。作品非常生动、诙谐，其中的语言很幽默。韩少功的幽默和其他人也不太一样，这是一个值得研究的话题。

再有就是王小波。王小波，大家知道他是一个小说家。写过哪些小说啊？《黄金时代》《白银时代》《青铜时代》，写得最好的，是第一部《黄金时代》。王小波的小说写得很有深度。他的散文主要是随笔。比如，《我的精神家园》，写得很有思想，《沉默的大多数》也是他的散文名篇。他有一篇散文叫作《一只特立独行的猪》，是用动物的视角来观察社会，那篇文章很有讽刺意味，是很出彩的。

值得一提的还有刘亮程。他的散文集《一个人的村庄》，其中一篇同名的散文，就写一个人，优哉游哉地扛着一个锄头，走到哪儿就修修补补到哪儿，整天的生活就是这么闲适。他的这部散文集，被誉为沙漠之中的“绿洲”，获得第二届冯牧文学奖文学新人奖。他本人被誉为“20 世纪中国最后一位散文家”和“乡村哲学家”。

总之，这些小说家也好，诗人也好，他们的散文创作无疑是给散文文坛增加了新鲜的血液。评论家的思辨性、小说家的细腻性，都丰富了散文的题材和表现力。以上是给大家介绍的是散文的概况，一个是十七年散文，一个是新时期散文。

下面，给大家介绍一下散文创作专题。

二、 散文创作专题研究

1. 老生代散文

首先要给大家介绍的是老生代散文。

受时间所限，老生代散文家就介绍三位，一位是巴金，一位是孙犁，还有一位是杨绛。

巴金：当代“文化良知”的杰出代表

说到巴金，大家首先会想到《随想录》，高中课文里有《小狗包弟》《怀念萧珊》。

巴金的《随想录》，是在 1978 — 1986 年这 8 年时间内陆续完成的。他的第一卷《随想录》，是在香港的《大公报》一篇一篇发表的。后来，又陆陆续续地集成了五个集子——《随想录》《探索集》《真话集》《病中集》《无题集》，共有150篇随笔。大多是关于“文化大革命”的回忆与反思，如《纪念雪峰》《怀念老舍同志》《说真话》《写真话》等。他的随笔，尤其是对“文化大革命”的反思这样的文章，既有他个人的忏悔，同时，又有他对畸形岁月的鞭笞。另有12篇是“境外游记”。《随想录》的价值在哪儿？《随想录》在当时来说，是一扫当代文坛“瞒和骗”的文艺，是“反思文学”的最强音。巴金自己说：“五集《随想录》主要是我一生的总结，一生的收支总账。”学术界认为这是一部“力透纸背、情透纸背、热透纸背”的“讲真话的大书”，是一部代表当代文学最高成就的散文作品。巴金被誉为老生代散文家中的“领头羊”。为什么是领头羊？1978年年底，改革开放才刚刚开始，巴金是老作家里第一个站出来对“文化大革命”进行反思的，也是最用力气、影响最大的，他陆陆续续地写了很多文章。同类作品还有杨绛的《干校六记》《丙午丁未年记事》，季羡林的《牛棚杂记》、陈白尘的《云梦断忆》等。

在《随想录》里，最重要的特征是什么呢？是对于内宇宙、作者内心世界的一个曝光、一种鞭挞，写这样的题材是需要勇气，需要胆识的。他对于内宇宙挖掘之深，力度之大，不能不让读者由衷地钦佩。我们看一下他文章的具体内容。

我们看这篇《纪念雪峰》。他说：“这天的大会是批判丁玲、冯雪峰、艾青——给他们戴上右派帽子的大会。我也重复着别人的话，批判了丁玲的‘一本书主义’、雪峰的‘凌驾在党之上’、艾青的‘上下串联’等等。”我们一看就知道这是强加给这些作家的帽子，原文都加了引号。“我并不像某些人那样‘一贯正确’，我只是跟在别人后面丢石块。我相信别人，同时也想保全自己。”这就是当时巴金的真实心理，我相信别人，同时也想保全自己，所以也不去想“打倒丁玲”这句话到底是否正确，“打倒艾青”这句话是否正确。他一方面真诚地相信别人，可能“他们”就是对的。另外一方面就是我只有“跟在别人后面丢石块”，我才能得到一时的所谓“安宁”。

我们可以看到巴金的散文里，对自己“文化大革命”时期的行为和心理充满了愧疚，我们再看一下这段怀念老舍的内容。“重读井上靖先生的文章、水上勉先生的回忆、开高健先生的短篇小说，我也不能不责备自己。老舍是我30年代结识的老友。他在临死前一个多月对我讲过：‘请告诉朋友们，我没有问题……’我做过什么事情，写过什么文章来洗刷涂在这个光辉的（是的，真正是光辉的）名字上的浊水污泥呢?”这段话什么意思呢？老舍含冤去世了，国内的作家没有人敢写任何的文字纪念他，但是日本的作家、不是一位而是多位作家，都写了关于老舍的回忆文章。所以到了“文化大革命”结束以后，改革开放之初，巴金回忆到这个事情的时候，他的内心充满了愧疚，觉得非常对不起老舍先生。这一类的内容，在他的《随想录》中是非常多见的。巴金的情感，是赤诚的，毫无矫饰的，是如水的澄澈、纯洁，是发自心底的声音；是一位饱受风霜的老人，将一生的情感、经历沉淀之后的自然抒写。我们看一下《怀念萧珊》。

一个人坐在书桌前，想写一篇纪念她的文章。在五十年前我就有了这样一种习惯：有感情无处倾吐时我经常求助于纸笔。可是一九七二年八月里那几天，我每天坐三四个小时望着面前摊开的稿纸，写不出一句话。①

当时，这老两口儿，晚上睡觉的时候都得吃安眠药，早上很早的时候就醒来，醒来之后互相诉苦。每每到这个时候，萧珊最后都要加一句，就是要“坚持下去”，或者再加一句：“坚持就是胜利”。这老两口儿，就是这样互相鼓励。有时候，巴金开完批斗会回到家里，见到萧珊，“感到格外的亲切，仿佛重回人间”，这都是巴金当时的真实感受。巴金说“我比她大十三岁，……为什么不让我先死。”巴金还说：“她是我生命的一部分，她的骨灰里有我的泪和血。”

总的来说，巴金的散文是平实、质朴的，因为感情的真挚与强烈，却能给读者带来巨大的震撼。大家知道巴金的小说也有一个特点，像《家》《寒夜》《憩园》等，都是如此，就是富于激情，或者具体说就是倾诉式的语气。他这种富于激情的特点，不光存在于小说里，同样也存在于散文里。作者在语言上的功夫，实际是作者精神力量的呈现。

---

① 巴金：《随想录》，人民文学出版社，2000，第14页。

巴金是2005年去世的，活了101岁。2003年，他获得了“感动中国人物”这样一个称号，颁奖词是这样写的。

穿越一个世纪，见证沧桑百年，刻画历史巨变，一个生命竟如此厚重。他在字里行间燃烧的激情，点亮多少人灵魂的灯塔；他在人生中真诚地行走，叩响多少人心灵的大门。他贯穿于文字和生命中的热情、忧患、良知，将在文学史册中永远闪耀着璀璨的光辉。①

为什么把这一段颁奖词展示出来，因为它特别真切、特别熨帖地展现了巴金突出的特征，就是他的激情，就是他在文学作品里那种激情。他的热情、他的忧患意识、知识分子的良知，在他的作品里很好地体现出来了。这个颁奖词写得非常好。

这是我们要给大家介绍的巴金，大家一定要去翻一翻、读一读《随想录》，这样，你才能对这位散文家有更深的感触。

孙犁：晚年孙犁的乡情与书情

在老生代散文家里，还要给大家介绍的是，晚年孙犁的乡情与书情。

我们在这里介绍的是孙犁晚年的散文作品。孙犁的全部创作可分为两个时期：第一个时期是战争年代，抗日战争及解放战争，他自己认为战争年代是他创作最顺畅的时期，主要是小说创作；第二个时期就是改革开放之后，主要是怀人记事的抒情散文以及“文话”“书话”形式的随笔。文话和书话，我在这里要给大家做个解释。所谓文话、诗话、词话，这三话是鼎足而立的，在南宋的时候就有文话这样一个文体。中国最早的文话是南宋陈骙的《文则》，主要是讲文章写作的基本原理，我通读过这篇小册子，而且还写过论文，所以对文话比较熟悉。“书话”是从什么开始有的呢？书话晚一点，是在清朝末年才开始的。在20世纪二三十年代时，才在中国兴盛起来。主编过三卷本《中国现代文学史》的唐弢，他曾经对这个书话提出四个一点，即一点事实、一点掌故、一点观点、一点抒情。这是唐弢自己对书话的这种文体的定义。他自己曾经写过一本书叫作《晦庵书

① 百度文库 https://wenku.baidu.com.

话》，讲的是读书心得。比如，《闲话阿 Q》或者说是《读半农》，这样的标题，也就是对于文坛的作者或作品的评价。不管是文话还是书话，在当下而言，都可以统称为随笔。比如孙犁，他就有很多这样的内容，比如，《读果戈理》《读红楼梦》或者《谈谀》等。这些文章从本质上说就是文话或者书话。

孙犁的散文，表现出一种朴素的人性关怀。对于底层的普通人，他写得比较多。孙犁这一生读书、藏书、救书、爱书，与书结下不解之缘，他对于读书，对于文学现象的理解、深刻的剖析，都展示出了他对于文学的思考。孙犁的价值是无可估量的。为什么我们讲完巴金就要讲孙犁呢？因为这两个作家被称为新时期散文的“双璧”。孙犁这个作家很有意思，他出身富裕农民，但是他身上有很多“小资”情调；他既受到家庭封建思想的熏染，同时又接受了“五四”民主、自由、启蒙思想的影响；他没有太高的学历，但是他爱书如命，好几次搬家，主要就是搬书，家具都没有书多。他没有留过洋，但是他在作品中的人性意识却是无与伦比的自觉，所以有研究者说，孙犁既属于主流文化，却又始终有些游离于主流文化的话语中心，这是孙犁矛盾的地方。他的晚年，应该说有一点对现实的“不满”，有一点不能“与时俱进”了，很晚才用彩色电视，一直都看黑白的。对于大杂院里的生活也不是特别的满意，有一点特立独行。

人民文学出版社出版了他的散文集，在他的抒情散文里，他表现出一种非功利的、人情味十足的情调，是一种朴素的人性关怀，也就是他特别关注小人物，特别真诚地关注弱势群体，这是在他的作品里所呈现的一个突出特点。

我们看一下他的作品目录，这只是一小部分——

《童年漫忆》《父亲的记忆》《母亲的记忆》

《乡里旧闻一》：《干巴》《木匠的女儿》《老刁》

《乡里旧闻二》：《瞎周》《楞起叔》《根雨叔》等

《亡人逸事》《黄鹂》

《住房的故事》《吃饭的故事》

《童年漫忆》《父亲的记忆》《母亲的记忆》中，孙犁写他的母亲，抗日的时候，他去参加抗日活动，好长时间没有回家，有一天偷偷地跑回村里来，出于安全的考虑，他不敢直接回家，他怕别人告密，就躲在村子外面的一个地方，然后让人捎信给他母亲。他母亲知道这个消息后特别高兴，恰巧他家有一棵月季花，刚刚开花，特别漂亮。结果他母亲就毫不犹豫地把其中一枝花折下来了，他父亲就埋怨她说，“看这个花刚开了，你怎么把它折了，这不是给毁了吗?”然而他母亲却说，“我儿子回来了，这么大的事情，我高兴啊，这朵花就是替他开的，我就要把这朵花送给我儿子。”大家想一想啊，在河北农村这样一个地方，这样一位妇女会有这样的审美情怀，能够有这样的心情，要把一朵盛开的月季花送给自己的儿子，这是一种什么样的境界、什么样的审美！所以我一直都想，孙犁在创作当中所体现出来的那种审美情致，可能跟他母亲的审美遗传有密切关系。

孙犁写过两个散文系列，《乡里旧闻（一）》《乡里旧闻（二）》，其中包括很多小的短篇。比如，《木匠的女儿》；比如，《楞起叔》《根雨叔》，这都是写乡村的很贫苦的、很底层的老百姓的，一篇一个人物。《亡人逸事》是写他的第一任妻子的。本来那个媒人是给别人家说媒的，因为下雨躲到他的妻子家门洞里去了，她父亲看到那个媒人就说，你要给谁家说啊，你替我家姑娘说说呗，结果就给孙犁牵了线了，他俩就成了夫妻了。所以，孙犁称他与第一任妻子的婚姻是天作之合，要是没有那场雨，他们俩就不可能结合在一起。这篇文章写得非常好，《亡人逸事》大家一定要看一下。

还有一篇叫《黄鹂》。孙犁在疗养院的时候，阻止了一个同样疗养的人打猎的嗜好，那个人要把黄鹂鸟射死，而孙犁阻止了他。这篇文章也写得很好。孙犁的作品，特别关注小人物，把小人物写得非常鲜活动人，真实可信。在《乡里旧闻》中写了很多可爱的少女、青春妇女，这一点他继承了从曹雪芹、蒲松龄到沈从文的传统，他的人道主义思想集中表现在对有缺点的妇女的同情上。比如，他写的《木匠的女儿》，写她很漂亮，但是没有赶上好时代，所以她一生虽然跟了好几个所谓的强者，但是她的命运依然很悲惨，很年轻的时候就去世了。孙犁对这样一个当时那个年代所谓的风流女子，充满了同情。另外，孙犁写的《悼曼晴》。曼晴是他的一个战友，孙犁说曼晴为之奋斗的是诗，不是官位。这一点，是孙犁特别欣赏的，所以，孙犁会把曼晴当作是自己的知己。孙犁对于自己朋友的赞赏的态度，也同样能反映出他个人的追求。真诚、质朴，安于“边缘”、安于“平淡”，这也是孙犁人生态度的真实写照。

孙犁的散文还有一个特点，就是极像小说。我刚才说的《楞起叔》《根雨叔》，一篇一个人物，特别像小说，但是它还是散文，因为它是一种回忆。人物形象非常真切，这是他散文的特点。孙犁在晚年除了写了很多回忆性的散文之外，还有一件事情值得一提，就是他一生喜欢读书，喜欢藏书，喜欢救书。救书是什么意思啊？有些书，残破了，要不就封皮有了问题，他就会贴贴补补，还要在贴贴补补的地方写上一些自己读这本书的感受。这是他晚年生活的一部分，读书、藏书、救书，最后成就了一部《书衣文录》。

总之，孙犁所走过的是一条顺应文学发展规律的自由之路。20 世纪，是中国准备“西化”的时代。从世纪之初，对封建主义糟粕的自觉否定，对国外文化的主动“拿来”，到世纪末对信息时代带来的各种思潮的膨胀与爆炸所造成的“焦虑”，追逐“西方”而丧失“自我”的现实状况。面对各种情景，孙犁都能够“岿然不动”，他提出并且自觉向中国传统回归，他其实是昭示了中国文学 21 世纪的发展方向：21 世纪，将是“东方”的世纪。从这种意义上说，孙犁的价值是无可估量的。

杨绛：“隐身哲学”及缄默的智慧

要给大家介绍的第三位作家是杨绛。这里主要强调她的“隐身哲学”及缄默的智慧。

杨绛与钱锺书一样，一生都淡泊名利。在这，我要特别强调，这对夫妇的淡泊名利是真真正正、彻彻底底的，就现代当代这些作家来说，很多人都说淡泊名利，但是做得最彻底的是这对夫妇。杨绛的全部人生哲学都集中在“隐身衣”里了。她自己专门写过一篇文章就叫《隐身衣》，她不光是要把自己隐匿在普通百姓之中，而且还要使自己身处“卑微”。但是我要在这特别提醒大家，她只是说让自己身处“卑微”，你绝不能因此说杨绛的特点是“卑微”，千万不要这么理解，那么这种“隐身衣”的料子是“卑微”，身处卑微，人家就视而不见，见而无睹，这是她的原话。但是她实际的做法到底是什么，这个“卑微”到底是什么意思？她喜欢“万人如海一身藏”，更羡慕老庄的“陆沉”，什么叫“陆沉”啊，就是要把自己消失于众人之中，好像大海之中的一滴水，草丛中隐藏的小野花。

那么这种“隐身”是干什么呢？就把自己隐匿在大众之中，不是为了“无为”，而是为了更好地“有为”。她自己是这么说的，“一个人不想攀高就不怕下跌，也不用倾轧排挤，可以保其天真，成其自然，潜心一志完成自己能做的事。”她这种“隐身衣”的目的是什么呢？就是要更多地获得做事情的时间，大家不要认为她要隐身、她要陆沉、她很消极、她很无为，其实她是要做自己想做的事情。她的“隐身”不是自认渺小，自甘落后，无所作为，得过且过，而是知天知地，知己知彼，脚踏实地，认准目标，排除干扰，孜孜以求。

刚才讲了，杨绛和钱锺书这对夫妇是真真正正的淡泊名利。可以给大家举一个例子，因为杨绛翻译了《堂吉诃德》，西班牙要颁发一个“智慧国王阿方索十世勋章”给她，用钱锺书的话说，是三位大使才请得动她。第一任大使口头邀请她，她谢绝了；第二任大使书面邀请她，她又书面谢绝了；第三任大使说我请不到你怎么办啊，找你领导吧，然后就去请了社科院的院长，找了社科院的院长去请她才把她请动。在颁授仪式上，杨绛自谦地说“得之有愧”，她简短的答词，风趣、幽默，而且闪烁着智慧之光。她说：“伟大的文学作品是人间的光明。光明不比财货，它越分越多，越分越大，越传播，光照的地域越广。我作为一个译者，传播了原作的光明，自己也得到光荣，正应了俗语所说的‘借光’（Reflected Glory），我实在是得之有愧的。”

夏衍在庆贺杨绛八十寿辰的时候，撰写过一副寿联：“无官无位活得自在；有才有识独铸伟词”。我觉得这两句话来形容杨绛，是非常贴切的。杨绛之所以能够有这样的思想境界，究其根源，就是传统文化的根源；另外也有西方思想的影响。尼采说过这样一句话：“没有人格面具，认识就不会是深刻的。”也就是说，只有把自我作为认识的主体，同时又不忘自我是认识客体，到了这个地步，这个人的认识才是全面的。什么意思呢？就是把自我也放在认识的对象上，把自我也放在审判台上，这样一个角度，这样一个境界，你才能够进入到更高的境界，你的分析才能深刻；而不是仅仅站在一个旁观者的角度，去审视这个世界，是把你自己也放在审视的对象里边，杨绛就达到了一个这样的境界。

杨绛的散文和她的为人一样突显了她“不事张扬”的特点。没有一点“飞扬躁厉”，却有“缄默的智慧”，这是李健吾说的话。她的散文是平淡与机智、柔美与刚毅的有机结合。在杨绛的散文里，她既可以描述国学大师钱锺书的创作思想，同时也能生动传神地描写她的佣人。比如杨奶奶，比如老王等这些普通人。她的散文冷静、客观，不事雕琢，语言极其简练。她的散文里总有一种让读者荡气回肠的因子，就是平易之中所蕴含的智慧。

我们来具体分析一下她的文章。杨绛的文字略带一点儿冷漠，时常会闪现出意想不到的讽刺与幽默。她文中的警言，常常自然流露于不温不火的叙述之中。有时在她极其冷静、客观的描摹中，读者会感受到她无声的愤怒与控诉。她在散文中，永远是一副平静的面孔，不露声色，就像蒙娜丽莎的微笑，永远耐人寻味；也像相声中的“抖包袱”，在不经意中巧妙完成。杨绛的散文在抒情上往往是含而不露、含蓄蕴藉，很少直接抒情。所以她的散文，无论是什么题材，都“笑不露齿，怒不出声”。

关于“文化大革命”，她有两个小册子，都写得比较长，《丙午丁未年纪事》和《干校六记》。她在作品里没有“声嘶力竭”“剑拔弩张”。她一方面用画龙点睛的语言，不紧不慢地活画出“文化大革命”中人性丧失的丑陋，另一方面又展示了自己对于这场“浩劫”的深入思考。一切都尊重史实，写来相当从容。但是从容并不等于“温和”，她的笔尖常常带着讽刺、蔑视与愤怒。只不过，一切都是无声的。

我给大家举个例子。比如，她在《丙午丁未年纪事》中说：“派给我的劳动任务很轻，只需收拾小小两间女厕，这原是文学所小刘的工作……革命群众叫我干小刘的活，小刘却负起监督文学所全体‘牛鬼蛇神’的重任。”[①] 没有任何声嘶力竭和剑拔弩张，文字里呈现的都是事实，但是通过这种对比，作者的讽刺与蔑视，以至于愤怒都隐含在字里行间了。

《干校六记》中有一章叫《“小趋”寄情》。小趋是谁啊？小趋就是一条小狗，每到周末的时候，杨绛和钱锺书在菜园子里相会，这只小狗一看见钱锺书来了就高兴得围着他们俩转圈，然后杨绛就展开联想了：“是狗有人性呢？还是人有狗样儿？或者小娃娃不论是人是狗，都有相似处？”[②] 杨绛把一只小狗写得有“情”有“义”，有声有色。这是作者在干校生活中唯一能给她带来快乐的“动物”，可惜不是人。在写这种“快乐”的同时，她也不忘拿狗来“映衬”一下“人”。她这种出人意料的“联想”，一定会让人在发笑的同时，品出一种苦涩。另外，作者还写到，她与阿香看菜地，厕所没有门帘，她们就捡树杈编了一个所谓的门帘，第二天就被人偷走了，这两个人只得“互充门帘”。这样的描述，几近黑色幽默。

《凿井记劳》有一节，是大家终于把井挖出水来了，想庆祝一下，没有庆祝的东西，几经周折，在赤脚医生那儿开出一个买酒精的证明，才买到一瓶烧酒。然而没有下酒菜，无奈之下，只能拿泥块糖，做下酒菜。表面上是写“干校之乐”，其实是“乐”中之“苦”，让读者体会出来的，更多的倒是“乐”中之“苦”。杨绛的散文特别值得去阅读，她的语言中所蕴含的智慧，特别值得我们去细细地品味。

对干校的思考——大家看这一段：“我们奉为教师的贫下中农，对于干校学员却很见外。我们种的白薯，好几垅一夜间全偷光。我们种的菜，每到长足就被偷掉。——我们收割黄豆的时候，他们不等我们收完就来抢收，还骂‘你们吃商品粮的！’我们不是他们的‘我们’，却是‘穿得破、吃得好、一人一块大手表’的‘他们’”。[③] 当时下干校的时候，所有下干校的这些知识分子，都得把贫下中农奉为老师，“向贫下中农学习”，这是当时的口号。在当时那个年代，农民生活都比较贫困，他们看到那些下干

---

① 杨绛：《丙午丁未年纪事》，载《杨绛散文》，浙江文艺出版社，1998，第202页。
② 杨绛：《干校六记》，同上，第48页。
③ 杨绛：《干校六记》，载《杨绛散文》，第35页。

校的知识分子吃食堂，比他们吃得好，当然也很嫉妒，而且那个年代，只有知识分子才可能有手表，农民穷得买不起手表，农民同样也不服气。杨绛通过这样的描写，实际上要告诉读者，下干校的目的，是要对这些知识分子进行改造，而实际上完全不能达到这样的目的，我们提出要向贫下中农学习，而贫下中农是一种什么样的品德呢？她在散文里，实际就质疑了组织下干校这样一个事实，杨绛认为它的价值值得思考。杨绛的散文给人智慧、给人启迪，像光明一样包含着美好的情思和人生的哲理，常常使人大彻大悟，在她柔弱的身躯里蕴含着勇士的风骨、智者的胆识。

杨绛的《干校六记》《丙午丁未年纪事》，我希望大家有时间一定要看一下，她另外几篇，比如，《回忆我的父亲》《回忆我的姑母》，还有一篇叫《记钱锺书与〈围城〉》，都写得特别好。我觉得你们想了解经典，想提高自己的写作能力，甚至要了解那段历史的话，都需要好好去读杨绛的散文。

以上，给大家介绍了三位老生代的散文家。

下面要给大家介绍小说家的散文。

2. 小说家的散文

史铁生：生命意义的追寻

小说家的散文，我们首先给大家介绍史铁生。

史铁生的散文随笔，无一不体现着他对人生苦难的沉思，对生命意义的追求，对人类信仰的关注。从最初的苦闷、失落到后来的淡定、安详，从一己的疾痛之苦，到全人类的根本困境，他的散文没有民族历史壮阔背景的浸染，倒是处处闪现着具有宗教精神和哲学视野的思想灵光，为读者开启了一段独步文坛的个人与生命的对话。

史铁生有一篇散文叫《我与地坛》，不知道大家读过没有？作品洋洋洒洒万余言，是一篇比较长的散文。作品情感真挚、文采飞扬。记录了史铁生在地坛这座园子里所经历的漫长的岁月和心路历程。他说来这个园子主要是因为可以逃避另一个世界，实际上就是要逃避现实。失去双腿，没有工作，该何去何从？他在这个园子里久久地思考着这样的问题。他将自己的情感和生命投射到了地坛当中的一草一木、一石一景，他感受到物我合一的那份神秘契合。

史铁生曾经写过这样一句话，他说，“在满园弥漫的沉静光芒中，一个人更容易看到时间，并看见自己的身影。那么他可以在园子里边，一连几小时专心致志地想关于生与死的问题，最终他得出一个结论‘一个人，出生了，这就不再是一个可以辩论的问题，而只是上帝交给他的一个事实’”。就是说，其实一个人的出生应该是偶然的，但是后边的命运到底怎么样，谁也无从把握。而且有的时候苦难的降临是无缘无故的，而且是别无选择的。在作品中史铁生还得出这样一个结论：“就命运而言，休论公道”——你要说，找什么公平，根本不可能。这是史铁生从他自身的遭遇当中咀嚼出的深刻体验，同时也从经过古园的这些人身上看到了同样的结论，就是命运没有什么公理可言、没有什么公道可言。他的母亲在他即将闯开一条道路的时候突然离去，操劳多年却没有分享到他创作成功的喜悦。而在园子里那个“很有天赋的长跑家”，却只期望自己的照片能登上橱窗，然而跑过各种名次却总是与这个机会擦肩而过，总也没有实现他的目标，其实他的目标也不是很遥远，但是一直都没有实现。那个被人嘲弄的智障少女竟然是曾经蹲在路上捡小灯笼的恬美女孩，非常漂亮的一个小女孩……所以梦想与现实存在着永恒的距离，最后他得出这样结论：梦想与现实存在着永恒的距离，生命中总存在着人力所不可为的情况。人的命运你是无法左右的，就像“不幸”不只降临到他自己那儿，其实园子里有好多人同样也有各种各样的不幸，生活中很多人也都有各种各样的不幸。史铁生从对一己的疾病的痛苦，转而去发现人类的困境，他发现了这种困境之后又怎么办呢？那就要寻求救赎。救赎的路在哪里？史铁生进行了不懈的追问，由对生命的追问的沉思延展到众生的普遍困境，他看到了生命的本相：人类向死而生，苦难无缘无故地降临，最后他的结论是什么呢？在精神层面，只有在精神层面，人类才能超脱沉重的肉身，从有限中看到无限、从在场中看到不在场。只有这样，那颗躁动的心才会慢慢平静，只有在精神层面才能够获得解脱。

《我与地坛》是史铁生 1991 年发表的作品，同时也是 20 世纪 90 年代散文写作的里程碑。当时评论家认为有《我与地坛》这一篇作品就可以“孤篇称丰年”。这是《我与地坛》所获得的殊荣，其他的散文作品还真没有过。史铁生的《我与地坛》是前无古人，后是否有来者，不知道。主要是因为它使人们对于苦难的理解更加深远，而这样的文化良知、这样的分析、这样的理解是当时一些媚俗之风渐长的文学作品所不能达到的，所以这样一篇作品，它会给读者带来心灵的震撼，所以它才获得这样的殊荣——“孤篇称丰年”。

过了十几年以后，史铁生再次创作了以地坛为背景的姊妹篇叫《想念地坛》（2003 年）。在《想念地坛》中他写道：“写作的零度即生命的起点，写作由之出发的地方即生命之固有的疑难，写作之终于的寻求，即灵魂最初的眺望。”这个所谓的写作的零度即生命的起点。为什么写作，是因为生命固有的疑难，这是写作的出发地，也就是写作的原因，写作的寻求也就是写作的目标。写作的目标是什么呢，是灵魂的眺望，要去触碰灵魂。所以有学者这样评价史铁生，说他在用灵魂写作，字里行间流露着真切的情感、朴素的哲理。地坛融汇着永恒与瞬间、沉静与涌动、博大与纤细，然而眼前的它已面目全非，少了清纯、悠远、浑厚。《想念地坛》，以“我不在地坛，地坛在我”这样富于哲理的话来作结，这句话是什么意思呢？“我不在地坛，地坛在我”——我已经不在地坛那个园子里了，地坛园子在哪啊？在我心里。其实这里边展示的是什么呢，就是这种外物内化，对时空的这样一种突破，确实令人回味无穷。

除了地坛之外，他还写过北海的菊花、院子里的合欢树，还有胡同里的寺庙等。他在作品里曾经说过这样的话，他说“丑陋的人和圆满的神之间，是信者永远的路。”也就是说，你永远在追寻一种理想，而那种圆满的神也仅仅是一种理想，在现实生活当中是不可能有的。在史铁生的散文中，亲情带有很重的分量，另外一个重要的内容就是哲思。他的这个哲思生发于亲身体验，经过漫长的发酵，彰显出了独特的个人魅力。

除了《我与地坛》之外，还有《病隙碎笔》。他的《病隙碎笔》也都是一种富有哲理的人生思考，周国平对这个《病隙碎笔》的评价也非常高，他评价是“字字珠玑，充满着智慧和安详”。史铁生说：“因为我自己只能坐着，所以唯一的窗口，就是把我推向‘形而上’。就是想，我只能坐在那儿想，所以说思想、思考，占据了我的大部分时间。”实际上，史铁生是把写作视为生命意义的一种探寻，因而在他看来：“语言的重要不在于能够说明什么，更在于可以寻找什么”。实际上他是在用语言寻找。他的一生，尤其是后半生，是一直在寻找。史铁生这篇散文贯穿着一种什么样的思考呢？困境是永恒的，思考是崭新的，人的肉体承受着种种磨难，但精神上应该坚挺不屈、永葆希望。这种类似宗教的精神、坚守的信念，是在史铁生作品里贯穿始终的一个思想。

评论家季红真曾经这样评论过史铁生，说他“是一个真正的勇者，……他以哲人的深沉，洞悉着人类的处境，他又以宗教家的博大爱心关怀着人类前途。他是中国作家中个体情结最少的一个，虽然他最不幸”。什么意思呢，就是史铁生他有很多的不幸，但是他很少说自己，而是由自己的一己之痛，联系到全人类的困境，最后思考的是人类的终极本体，不是仅仅局限在个人，在终极思考中创作，以个体的生命为路标，孤军深入默默探测全人类永恒的纯静和辉煌。

这就是史铁生作品的价值。

贾平凹的散文：粗犷、豪迈，率真质朴

第二位要给大家介绍的是贾平凹。

贾平凹的散文，大体上可以分为两个时期. 一是早期的散文，早期的散文大多寄情于故乡的山石和明月。比如《丑石》，写得不错，《月迹》我觉得写得有点做作。他写得最好的散文是那些描写地域色彩的。比如，《商州三录》里的《秦腔》，我觉得是写得最好的，《商州三录》有着很浓郁的地域风俗、地域风情，充满了野情野味，蕴含了作者返璞归真、向往田园生活的出世情怀。这是他写得比较成功的散文。

贾平凹的散文《秦腔》，写得粗犷、豪迈，语言本身就和《秦腔》所表现的地域风情，是融为一体的，我们看看这一段。

这是块多么空旷而实在的土地，在这块土地挖爬滚打的人群是多么

“二愣”的民众！这秦腔原来是秦川的天籁，地籁，人籁的共鸣啊！[①]

贾平凹的这段文字和他所表现的内容是完全融合在一起的，这种地域风情的散文是写得比较成功的。贾平凹曾经提出过大散文概念，跟北师大刘锡庆教授提出的艺术散文（抒情散文），正好是相对的。他提出大散文，是什么意思呢？就是什么样的文章都可以叫作散文。但是刘锡庆的主张是什么呢，狭义的叙事抒情散文才叫散文，学术上探讨是自由的，可以各抒己见。

贾平凹还有一些随笔。比如，《说请客》《人病》等，都是对现实生活的反映，还有《笑口常开》。这些内容，反映现实，有它的价值，但是我觉得在这些作品里，比如《笑口常开》，其中的境界不太高。《笑口常开》，写了一些什么事情呢？就是一段一段的．比如，他有一次出版了一本书，然后他把这本书寄给一个朋友了，过几天他在那旧书店里又发现了他寄给这个人的这本书，上面还有他题的字，结果他就用折扣价把这本书买回来，又寄给了这个人。然后，他说“写毕邮走，蹩进一家酒馆坐喝，不禁乐而开笑”。一件事就是一段，这叫《笑口常开》。后边还写了很多，有一段他写大学生毕业，年近30，婚姻难就，然后就有很多人给他介绍，结果有一天有一个人跟他说，你去公园吧，给了他一张票，他就去了；去了以后见到一个姑娘，结果一见面就傻眼了，怎么回事呢，姑娘第一句话就是怎么又是你。什么意思呢，这个人之前他已经见过了，他自己最后愣在那，站了半晌，然后不禁乐而开笑。他就是写这种很尴尬的事情，这些事情我觉得境界不是很高。还有，比如他写在厕所里面两个人特别尴尬，没带纸，然后两个人都想要捡那张纸，突然来了一个捡纸的人，背着一个篓筐，两人都想要的那张纸就被叉走了，然后他就说他特别的尴尬，然后乐而笑之。我觉得就这些事情，都太庸俗了。怎么说呢，我觉得反映现实是可以的，但是写进文学作品，不管是小说还是散文，都应该能够给人以启迪、都应该能够给人一种美感。如果是简简单单这些内容，我觉得是稍微欠妥当。

贾平凹的散文语言，率真质朴，这是他的一个特点。另外，他写的都

---

① 刘锡庆编《精文粹》，北京师范大学出版社，2002，第408页。

是俗人俗事，依我的感觉，就是太俗了。他的散文还有一个特点就是有的时候喜欢用文言。比如，《平凹携夫人游石林》，标题就是这样的，文白夹杂，而且内容也是。文白夹杂也不是我们现在所提倡的，所以贾平凹有他的优长。比如，《商州三录》，写地域风情写得很好。另外一些散文率真质朴，善于直接抒情，素材多为农村生活。他写的大多就是俗人俗事、世俗人生。他的散文语言地域色彩浓郁，充分吸收了方言、口语，朴拙、平淡，却能生动、传神。

余秋雨的学者散文——文化良知与仪式感

最后一个要给大家介绍的就是学者的散文——余秋雨的散文。

余秋雨，他最重要的特征就是作品当中的那种文化体验。有学者把他作品的特征概括为“文化良知与仪式感”。余秋雨的散文最重要的是“意蕴的开掘”和文化的思考。他对于历史文化有高度的关注。而且他能够将学者的这种文化思考融入特定的对象当中去。余秋雨的价值是在当时的“文化热”这样一种背景下，能够率先引进最新的思想文化成果，而且将理性思索与感性世界融合得非常和谐。你们看过《文化苦旅》吧，喜欢他的文章吗？

余秋雨的散文特征是什么呢，即有学者的或者说文化史家的眼光。比如，《风雨天一阁》讲的是身为宁波人，他有很多机会去访问天一阁，但是他都是因为各种各样原因没去成，结果有一天，他突然心血来潮，忽然间特别想去了，结果前一天夜里狂风大作、暴雨倾盆，当地的文化局长陪着他，就到了这天一阁。去了之后，天一阁怎么样呢？满院子都是水，水深到什么程度，到了膝盖，只能是抛弃通常的衣冠楚楚，脱了鞋子蹚水走进天一阁，对“天一生水”的古语有了切身体验。而“天一生水”所针对的，正是图书典籍最害怕的火灾危害。这种情况让他大发感慨，他觉得天一阁的创立人范钦是一个文化的建设者和传承者，很了不起。然后对于范氏的后人世代守护这座文化的宝库，也大加赞扬。他们这些后人世代守护着天一阁，但是却没有一个人走进这天一阁看这些作品，去看这些著作，他觉得这是一种崇高与蒙昧并存、目的与手段背反的一种悲怆，实际上也有一种惋惜：你守着这么好的一个文化宝库，却不利用它，你光守着它，这其实也是一个很可惜的事情。文章反映出作者那种非常复杂的情感。余秋雨的散文，集中表现出这种文化的良知，他其实在呼吁所有良知未泯的文化人都应该来参与构建文明前提的事业，这是他的一个理想。

余秋雨的散文集不少，比如，《文化苦旅》《千年一叹》《山居笔记》等。我认为写得最好的是第一本《文化苦旅》。《风雨天一阁》中的范钦，《苏东坡突围》中的苏东坡，朱熹和他的弟子等，都反映了这些文化人如何坚守自己的文化良知这样一个题材。这样一个题材，在他的作品里有一种“仪式感”。什么是“仪式感”？我们看一下他的原文。

“这一点影响了我的艺术观，甚至可以说，我对艺术的认识，总是从仪式出发再回归仪式的。仪式使所有被动的接受者变成了主动的参与者，而这恰恰又成了我在艺术上的一个目标，我无法让我的散文摆脱这种向往。情景，正是我在散文中营造的仪式”。[①]

“情景，正是我在散文中营造的仪式”，凡是有专门情景描写的，那就是他的一个仪式感的体现。在余秋雨的文字中，对仪式感的应用是多方面的，从构思到布局、从内在冲突到叙述语言都自觉地体现出来。这种仪式感和传统文化有密切的关联性。比如，他写这样一段：“辽阔的洞庭湖变成了历代文人的胸襟的替身，人们对着它，想人生，思荣辱，知使命，游历一次，便是一次修身养性。”这就是一种情景，面对这样一个自然景观，把历史和人物、历史上的文人墨客的胸襟和景物结合到了一起。这就是仪式感的一种构思。比如，《风雨天一阁》中就出现过至少两次“仪式”这样的词，仪式感贯穿了他作品的始终。

余秋雨的散文，是将知性的思绪与饱满的情感、抽象的理念与感性的形象融合在一起。在表达方式上，在语言情感的张力上、在语感不同层次上，都有体现。比如，他将抽象的理念与感性的形象融合在一起，形成了一种富有诗意蕴含的表述方式；将具有不同情感色彩和价值蕴含的句子交错缠绕，或者互相补充或者相互冲突，形成语言的情感张力。这都是他散

---

① 余秋雨：《写作的个人感受》，载《晨雨初听》，文汇出版社，2001。

文中的特点。

余秋雨的散文还有它独特的地方。余秋雨是第一位写学者散文的作家。学者散文将历史文化融入散文当中，他之后才有很多人写学者散文。他的这种开创性，开创之功，应该在文学史上重重地记上一笔。这样的作家，虽然他的每一篇散文未必都是最好的散文，但在读他的作品的时候，大家要知道他的价值在哪儿，要了解他的价值，然后去体会他在作品当中的独特性。他的独特性就是文化历史的渗入，而且他能够借助文化历史的渗入和现实紧密地结合。

另外，我觉得余秋雨的散文形式是比较多样的。因为他以前是研究戏剧的，是戏剧理论家——他可以把散文写成富有戏剧性的、对话性质的，也可以写成序言性质的，这是他在散文创作形式上的多样性的体现。

关于当代散文就给大家介绍这么多。我刚开始讲的时候，就告诉过大家，我们今天讲的仅仅是“冰山一角”，还有很多宝藏需要大家自己去探寻，大家一定要去好好品味这些作品。

下面请两个同学讲讲你们理解的杨绛。

学生1：

大家好，我今天跟大家讲的是著名的作家、翻译家杨绛。

首先是人物简介。杨绛，原名杨季康，是杨荫杭之女、钱锺书之妻，祖籍江苏无锡，生于北京市，作家、戏剧家、翻译家。

杨绛（1911—2016），她的百岁人生可以说是非常有传奇性的，1932年她在苏州东吴大学毕业之后，到清华大学读研究生的时候认识了钱锺书，然后二人结成夫妇。1935—1938年，她与丈夫钱锺书一同前往英国牛津大学求学，然后有了他们的女儿钱瑗。1938年之后，一家三口回国，然后经历漫长的新中国成立、“文化大革命”的这一时期。1978年，她最有名的一部翻译作品《堂吉诃德》出版，被公认为优秀的翻译佳作。之后就是因为刚刚经历了“文化大革命”，20世纪80年代以后的杨绛，没有再将精力放在大作品上，较多地写散文、杂文及回忆短文。虽然都比较短小，但平淡文字中也透露出来一种朴素而真挚的情感，像《老王》，被选为中学教材。90年代后，因为丈夫钱锺书先生和女儿钱瑗两人相继生病去世，她深居了很久。之后，在她92岁高龄的时候写出了她至今最为出名的一部著作《我们仨》。这个我当时读的时候也是非常地感动，而且是不同的年龄阶段的读者会有不同的感受，（这部作品）也是我最推荐大家去读的一部作品。

她的作品非常丰富，种类很多、数量也很多。散文，像《干校六记》《将饮茶》《丙午丁未年纪事》等，很多都是以反思“文化大革命”为主，也非常深刻。然后译作方面有像《堂吉诃德》为代表的翻译作品，长篇小说有《洗澡》及其续集。剧本《弄假成真》等，被搬上话剧舞台，除此之外还有论文集，像《春泥集》《关于小说》等。总之，她在文学方面有着非常显著的成就。

然后就是讲一下人物评价，她颇受社会各界的关注，不管是从她的做人还有为文等方面，都有各种各样的评价。但是对我来说，印象最深的就是她的丈夫钱锺书先生评价她为“最贤的妻和最才的女”，我觉得这个不管是从家庭方面，还是她自己个人成就方面，都算是最为恰当地评价了杨绛先生百岁传奇的人生。她治学的严谨、踏实，或是做人方面的追求平淡，都是值得我们学习的。

学生2：

大家好，在前面的同学介绍了杨绛先生的生平和评价之后，我来介绍一下她的作品和风格。

杨绛的作品往往是对日常生活的描写，在不动声色之中充满了智慧。如果说一般意义上女作家通常是性情写作，她们乐于表现个人细腻而敏感的情感变化，那么杨绛她可以说是“智性写作”，在描写一般心理的时候又体现了一种思考韵味。李健吾这样评价杨绛的写作特点：杨绛不是那种飞扬躁厉的作家，正相反，她有缄默的智慧。唯其是有恬静的优美的女性的敏感，临到刻画社会人物，她才独具慧眼，把线条勾描得十二分匀称。一切在情在理，一切平易自然，而韵味尽在个中矣。其实杨绛在她自己所著的《关于小说》中也曾特意引用奥斯丁在《诺桑觉寺》里的话说：“小说家在作品里展现了最高的智慧，他用最恰当的语言，向世人表达他对人类最彻底的了解。把人性各式各样不同的方面，最巧妙地加以描绘，笔下闪耀着机智与幽默。”其实不难看出，这里其实也是杨绛在借花献佛表达她自己的小说观点。

下面我从三个方面介绍一下我理解的杨绛的语言特色。

首先是杨绛的作品往往吸收了最干净、明了的口语词汇，她用简单的句式、短小的句子来加以描述，读起来就好像读者坐在对面慢慢地听她讲述，让我们觉得她的语言十分清新质朴，就像是从人物口中直接说出来的。比如，下面的这些例子。

在《记杨必》中她说："我们姊妹也嫌她娇，大伙儿治她。……治好阿必的娇，阿七的功劳最大。"

在《我们仨》中她写道："我隔着他的肚皮，也能看到他肚子里翻滚的笑浪……紧闭的嘴拉成一条直线，扯出一丝淘气的笑。"

在《老王》中她写道："老王不仅老，他只有一只眼睛，另一只是'田螺眼'，瞎的。我常坐老王的三轮。他蹬，我坐，一路上我们说着闲话。"

杨绛的作品往往有一种娓娓道来的韵味，如话家常的感觉，仿佛像田园诗一样恬淡朴素，而又意蕴丰富。杨绛不着力描写大悲大恨，而是用冲淡的笔法，来刻画尤为复杂的心境。这就是她语言特点的第二个方面——含蓄冲淡。

比如，在《干校六记》中，杨绛写道："上次送默存走，有我和阿圆还有得一，这次送我走，只剩了阿圆一人……她不是一个脆弱的女孩子，我该可以撇下她。……我又合上眼，让眼泪流进了鼻子，流入肚里。"

再如2002年的时候，九旬高龄的杨绛写下《我们仨》一书，她一个人怀念生死两茫茫的亲人，这本书含蓄节制而又十分令人动容，尤其是封底那句叹息："我一个人怀念我们仨。"就感觉悲而不伤，含蓄蕴藉。在开篇她写道："'我们仨'其实是最平凡不过的。我们这个家，很朴素；我们三个人，很单纯。我们与世无求，与人无争，只求相聚在一起，相守在一起，各自做力所能及的事。碰到困难，锺书总和我一同承当，困难就不复困难；还有个阿媛相伴相助，不论什么苦涩艰辛的事，都能变得圆润。"

接下来，杨绛的作品是平和闲淡的，同时又会在不经意中流露出幽默的思考。她往往用批判和审视的态度，来面对严峻的现实环境，她往往试图穷形尽相地去表现人物的可笑之处，风趣机巧而又并不过火。讽刺和幽默是杨绛语言的另一大特色。比如，在《干校六记》中她写道："小时候老羡慕弟弟剃光头……果不其然，羡慕的事早晚会实现。"

在《回忆我的父亲》中，她写道："我偶尔听到父亲告诉母亲说：'我今天放了一个"屁"。'或'一个大臭屁'，或'恶毒毒的大臭屁'。过一二天，母亲就用大剪子从《申报》或《时报》上剪下这个'屁'。我只看见一个'评'字，上面或许还有一个'时'字吧？"

在《洗澡》中，她写道："余楠怀疑丽琳掩遮着什么。可是问到大学里的三反，她很坦率地告诉余楠，叫'洗澡'。每个人都得洗澡，叫做'人人过关'。至于怎么洗，她也说不好，只知道职位高的，校长院长之类，洗'大盆'，职位低的洗'小盆'，不大不小的洗'中盆'。全体大会是最大的'大盆'。人多就是水多，就是'澡盆'大。一般教授，只要洗个'小盆澡'，在本系洗。她好像并不焦心。"

我们从总体上概括了杨绛语言上清新质朴、含蓄冲淡和讽刺幽默三方面特点之后，再从不同文体方面来看一下杨绛的写作特点。

杨绛的散文大概可分为三个方面内容，其一是个人经历的再现，其二是故人旧事的怀思，其三是抒发对人的思考。

首先在描述自身经历方面，以《干校六记》《控诉大会》等为代表，表现了在"大跃进""三反五反"和"文化大革命"运动中知识分子的命运——他们从讲台走上被批判台，从学者变成控诉对象，从大学校园走向农村。命运的改变、肉体的摧残、精神的折磨令多少中国知识分子走上了绝路。在描写这些经历时，杨绛往往站在一个远距离的视角，痛定思痛进行反思和批判，她依然用的是平和的叙述，却展现了动荡岁月中不平凡的种种事件。她那种本真、细腻使得描述更加冷峻客观，同时又痛人心腑。她在深刻地批判的同时，又展现了自己乐观、倔强而豁达的个性和不与世俗同流合污的高尚人格。

《回忆我的父亲》等，都是寄人怀思之作。她善于用生动诙谐的语言来描写日常生活中的趣事，这些都能表现她对生活的热爱和孩童般的天真和热情，尽管她描写的是日常生活中看似琐碎的小事，却能在平凡的生活中找到一种文人的情趣，既没有老于世故的做作，也没有平常可见的庸俗，而是带有了文人的雅致与高洁的追求。

杨绛散文还是有独特风格的心灵散文。比如，在《孟婆茶》中，她就说自己“夹带着太多私货过不了关”，这就表现了她对于自己受累于尘世的反思，和想要去摆脱束缚的考量。在这类作品中，她常常用玄妙和超现实的笔法来展现出非常神奇的想象，进而象征生活中的哲理和思考。这些都表现了她对人生切实的关怀，表现了她心灵的自由和旷达的人格。这深邃奇妙的思想，又表达了她谦和练达的性情。

说完了她的散文，我们来讲一下她的小说。

首先，杨绛善于塑造各种类型的人物形象，大多具有风趣幽默的特点。比如，《王夫人》中刻画的许太太形象，因为抽大烟，脸上就总有股黑气，然后还浓妆艳抹，非常令人讨厌，就被人起了个绰号叫“猴屁屁”。然后在《大笑话》中，杨绛把素淡高雅的陈倩比作“高汤”，把浓妆艳抹的朱丽太太称作“奶油咖喱汤”。杨绛一直把对人物的塑造视为小说描写的重中之重。她曾经这样表述自己的观点，她说：“我想做个试验，现在有的小说不成功，因为都是上面布置下来的任务，多少有些程式化。能不能纯粹编一个故事、塑造一个人物呢？我塑造的人物就像怀孩子一样，一直等到人物变成一个活生生的人。我所有的人物都是我自己造出来的，不抄袭。……我的小说成功的地方，就是因为人物一旦生出来，他们就按自己的逻辑办事说话，我的故事跟着他们走，不是我让他们这样做那样做，是他们自己自然地做这做那。我没有安排哪个人应该爱上哪个人。”

其次，杨绛的小说非常注重戏剧手法的应用，她在注重人物塑造和人物对话表达的同时，又善于制造各种矛盾和冲突，正如她自己说的“笑不是调和，笑是不调和”，在各种跌宕起伏的情节中，产生了令人发笑与深思的效果。比如，在她的早期作品《璐璐，不用愁》中，她写即将毕业的大学女青年张璐璐同时面对两个青年的追求，璐璐自己游离不定，再加上父母的干预，她就直呼“愁死了”。有一次，璐璐在表姐的帮助下与一位青年重归于好，结果另一位青年又来找她，这其中就有一段非常风趣可笑的对话。后来，这两位青年吃够了苦头就都离开了璐璐，璐璐就陷入了十分痛苦的境地，而接下来剧情又直转，说璐璐申请留学美国成功了，失去爱情成了生活中一段有趣的插曲。作者、读者和人物一道转忧为喜，难免会发出会心地一笑，因此结尾写道，“璐璐嘴角往上一掀，满脸甜笑。璐璐，不用愁！不用愁”。

最后，杨绛的小说对现实和虚构进行了完美的融合。除了刚刚说过的心理散文，在小说中也有体现。比如，刚刚说到的《洗澡》一书，她就用了比喻和象征来展现了政治运动的特点，有人谈论《洗澡》的时候问她：“您不觉得小说里写政治运动很难吗?”她回答：“是很难。开始的时候，我犹豫过，可是锺书鼓励我，他说我行，因为他说我能‘无中生有’。其实人的一生，从无到有，又从有到无，都是‘无中生有’。”《洗澡》中的机构和地名肯定是虚构的，就如她自己说：“小说里的机构和地名纯属虚构，人物和情节却据实捏造”。换一种说法就是写实性虚构，就是能用现实来作为依据，塑造能够体现真实的虚拟故事。她曾经说：小说家要描摹真实的人生，不是写生活的鳞爪，不是写琐碎的现象，却是要写出一个故事，那布局是贴合人生真相的，使读者从这一个故事看到一般的人生真理……一个有布局的故事当然比日常所见的事情整齐；正好比戏剧里的对话总比日常的谈话精炼。故事有布局，非但不违反真实，却更加真实，因为它所表现的真实更有普遍性或典型性。所以我们的问题不在故事是否要有布局，却在布局是否歪曲了人生的真实。

教师：

好，谢谢两位同学。

我觉得杨绛和钱锺书一样，是我们百年中国文学当中少见的喜剧作家。就是一方面我们讲百年中国苦大仇深，那么多血泪，那么多痛苦，但是在杨绛和钱锺书这里，他们那种把历史感遇喜剧化了，这种风格非常独特，用他们经常喜欢引用的一句话叫，说“这个世界从感情上来看是悲剧，从理智上来看是喜剧。”我觉得这是杨绛的小说也好，散文也好，共同的特性。她和我们看生活的角度不一样，她翻译过《堂吉诃德》，对于这种欧式的喜剧也非常有心得。

后 记◇

数年前，为了教学需要，我们几个教师做了一门在线视频课程。基本框架是我做的，请张桃洲教授主讲20世纪八九十年代诗歌，请陈亚丽教授主讲新时期散文。我自己则完成其余部分。为了使视频质量得到保证，还特意安排我的几个硕士、博士研究生在课堂上进行录音并且整理成文字，然后转录在授课视频上。最近一年间，因为机缘巧合，我翻出这些文字稿进行修订，也请张桃洲和陈亚丽两位教授把他们的讲稿重新梳理过了。

我觉得这个讲稿还是有自己的特色的。

它尽量地保持了课堂讲授的原生态，口语化、活泼、平和、娓娓道来，面对学生，“心中有观众”，即便转换成文字形态，基本的韵味仍然保留了下来，别具一格。

它强调课堂的互动性，精选一部分师生的课堂问答和学生上台讲课的内容，有其积极的启示性。

它注重教学内容与课堂讲授的互补性。随着教学计划的修订，各门类课程的授课时数不断地进行压缩，同时又强调学生的主动性学习、研究性学习，乃至“翻转式”教学，给中国当代文学课程的讲授带来许多新的困惑。其一，中国当代文学的特殊性在于，它的时代感和体制化非常鲜明，要讲清楚体制和意识形态对文学、对作家的制约颇费口舌，出生在“90后”或者“00后”的学生何以理解从“合作化”“两个批示”到“批判封资修”“文艺黑线”的相关内容，恐怕是困难重重的。其二，课时所限，对一些重要文学现象和重点作家的讲授，也难以展开并深入探讨。我们这本“讲堂录”，就在这两个方面用了很多力气，占了一定篇幅，在正式的教材之外，还提供了很多的史料与信息，以补充课堂讲授的不足。其三，文学不是时代精神的传声筒，它“按照美的规律进行建造”（马克思语），但艺术性又是“羚羊挂角无迹可求”的。最常犯的毛病就是将其作为思想材料，将其简单地与时代性相对应，对文学的艺术本性付之阙如。怎样把艺术分析、审美鉴赏能力的培养，贯穿在对作家作品的解读之中，也是我们的着力处。从审美范式到作家风格的比较，是“讲堂录”的鲜明特征。

参加“讲堂录”原始资料整理的同学是周显波、江涛、孙斌斌和李玉环，感谢他们。同时，更要感谢广东高等教育出版社的黄红丽总编和钱丹老师，以及与本书出版有关的工作人员。没有他们的支持，本书可能就只是电脑中未加梳理的一堆文字而已。

张志忠

2020 年 12 月 22 日